有爱的青春陪伴者

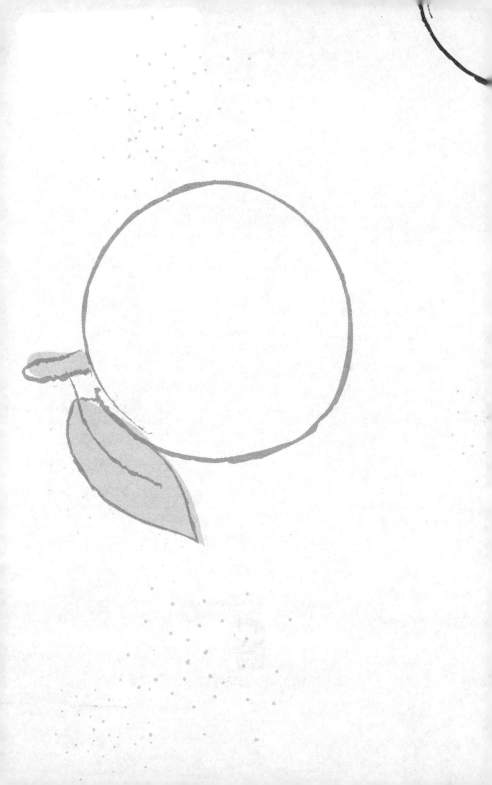

劝你趁早喜欢我

薄骨生香/著

花山文艺出版社

图书在版编目（CIP）数据

劝你趁早喜欢我 / 薄骨生香著. -- 石家庄 ： 花山
文艺出版社，2021.6
ISBN 978-7-5511-5610-3

Ⅰ．①劝… Ⅱ．①薄… Ⅲ．①长篇小说－中国－当代
Ⅳ．①I247.5

中国版本图书馆CIP数据核字(2021)第048236号

书　　名：劝你趁早喜欢我
　　　　　QUANNICHENZAOXIHUANWO
著　　者：薄骨生香
统筹策划：张采鑫
特约编辑：周丽萍
责任编辑：董　舸
美术编辑：胡彤亮
责任校对：卢水淹
装帧设计：蔡　璨
封面绘制：Cc
出版发行：花山文艺出版社（邮政编码：050061）
　　　　　（河北省石家庄市友谊北大街330号）
销售热线：0311-88643221/29/35/26
传　　真：0311-88643225
印　　刷：长沙鸿发印务实业有限公司
经　　销：新华书店
开　　本：880×1230　　1/32
印　　张：9
字　　数：215千字
版　　次：2021年6月第1版
　　　　　2021年6月第1次印刷
书　　号：ISBN 978-7-5511-5610-3
定　　价：39.80元

目录
contents

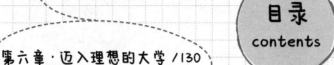

目录 contents

第一章
我的邻居

Quanni Chenzao Xihuan Wo

第一节 / 一开始，江柚绿是打算给易辞做弟媳的

易时结婚的电子请柬在朋友圈晒开了。

欢快的背景音乐、漂亮的婚纱照，还有请柬上两人相识相爱的经历描述，让江柚绿发起了呆，连易辞什么时候走近坐下的，她都没有察觉到。

"恭喜你，要做嫂子了。"

身侧男人淡淡开口，江柚绿在空气里猛然嗅到了一股酸味。她放下手机，头歪靠在身侧男人的肩膀上，叹气道："这有什么好恭喜的。"

"你很难过？"易辞的语气终于有些起伏。

江柚绿嘴角扬起，却埋头在易辞脖颈间不让他看见。她重重点头，闷闷地"嗯"了一声。

耳边易辞的呼吸重了起来，江柚绿笑弯了眼睛，在他恶狠狠叫出她的名字前，她轻咬了一下他的锁骨。

"易辞，我好难过啊，我上半年刚存的工资，就要贡献给份子钱了。"她仰起头，狡黠地眨了眨眼睛。

面前的男人眸色暗了暗，却没有说话。

江柚绿一下乐了，她双手环住他的脖子，撒娇卖萌道："哎哟，都老夫老妻半年多了，咋还吃自己弟弟的醋呢？"嘴上虽这样说着，她却爱极了易辞吃起醋来的模样，让她的虚荣心得到了极大的满足。

看着易辞的脸，江柚绿不禁感慨，她小时候为什么会喜欢易时啊？一天到晚就知道笑笑笑的男孩子有什么好喜欢的？还是易辞这种最好，不招蜂引蝶，将所有的情绪只留给喜欢的人。

易辞的脸有些黑。

江柚绿笑得越发促狭，她戳了戳他的嘴角道："你小时候要早对我笑一笑，谁还会看上易时啊。"

她说的可是实话，谁让易辞小时候经常板着个脸用"死亡凝视"盯着她，害得她一直以为，他讨厌她不喜欢她，让她一直怕他，对他敬而远之。

"上半年存了多少钱？"易辞抬眸问道，眉眼松动。

"嘿！"江柚绿见他松口，高兴地伸出四根手指。

易辞挑眉："四千，那还不错。"

江柚绿干笑一声："是四百。"

易辞："……"

"你知道护肤品多贵吗！我每天打扮得这么漂亮是为了谁？结婚的时候你不是说要一辈子……"

"份子钱我已经给过了。"易辞叹了口气,打断妻子的喋喋不休。

江柚绿瞬间笑眯了眼,躺在他的怀里,不知道想起什么忽地笑出了声。

易辞垂眸看向她道:"有什么好笑的?"

江柚绿道:"我在想,如果可以隔着时空进行对话,现在的我告诉小时候的我,我会嫁给你,我估计小时候的我会怀疑人生。"

顿了顿,她笑呵呵地补充说:"毕竟,一开始,我是想给你做弟媳的。"

第二节 / 嫁给易时的理由

江柚绿小时候一直觉得自己生来就是易时的命中注定。理由她都列好了,一是因为她跟易时在同一天同一家医院出生,二是因为他们是邻居,三是易时很帅,四是易时零花钱很多。

青梅竹马,两小无猜,竹马帅气多金,试问这不就是青春言情小说里男女主的标配吗?

目不转睛看着电视剧的江柚绿在看到女主角为了男主下凡投胎后,脑补了自己上辈子大概也是个仙女,为了跟随易时,所以才会与他同一天出生在同一家医院。

她这般美滋滋地想着,突然头顶挨了一巴掌。

"江柚绿你是聋了吗?门铃响了半天也不知道去开门!"

十六岁的江柚绿吃痛地捂着脑袋,看着自己的老母亲吴怡丽一边骂骂咧咧将她成绩不好归结到看电视上面，一边去开门。

她对着吴怡丽的背影做了个鬼脸，继续看电视。

电视里，女主投胎到一户人家，因为是在下雪天出生，便起名"雪见"。

这是人家起名的方式，既美又好听，江柚绿想到自己的名字——江柚绿，"春风又绿江南岸"，然而她不是春天出生，也不是在江南出生，只是她老爸为了以后在别人询问她名字的意义时显得很有格调，就结合古诗，起了这么一个名字。

一开始她名字里的"柚"还是"又"字，好在她老爸还有些良心发现，觉得这样的名字有些奇怪，就将"又"字改成"柚"字。

青色的柚子，让人想到清爽的夏日，而她正好出生在夏天，一下就对上了。为此，江楚天一直引以为傲他的取名水平。

门口处，吴女士故作温柔的笑声响起，因为太过突兀，江柚绿的注意力一下子就从电视剧上转开，随后就听见吴女士叫她的名字。

"江柚绿，快过来谢谢你顾阿姨。"

顾阿姨？江柚绿眼睛"噌"地亮了，她往门口跑去，一眼就看见穿了一袭米色风衣的顾媛。

明明顾媛都已经四十五岁了，但依旧年轻美丽得像三十刚出头的人。

"顾阿姨回来啦！"江柚绿甜甜道。

"对啊！"顾媛将手中的糖果递给江柚绿，温柔地笑道，"还有几个月就分班考了，学习是不是很紧张啊？"

江柚绿还没有开口，吴怡丽就笑骂道："这丫头有什么压力？回到家就一直在看电视，不像你家易辞，都保送了每晚还在学习，我昨天半夜上厕所还看见他房间灯亮着。"

顾媛微微一笑。

有这样的儿子当然是一件值得骄傲的事情，可江柚绿不满自己母亲的说辞，嚷嚷道："我作业在学校都做完了啊。"

"做完就可以不看书了啊？"吴怡丽瞪了她一眼。

江柚绿撇撇嘴，反正她家老母亲从来不在外人跟前夸她。

顾媛安慰地拍了拍江柚绿的肩膀，宠溺道："小孩子嘛，玩性总是很大，你看我们家那小的，不也是整天上蹿下跳，哪有学习的样子？"

闻言，江柚绿看向自家老母亲，有易时这样的"榜样"做对比，看她老母亲还能说出什么话来！

吴怡丽道："嘻！天生我材必有用！你家易时虽然爱玩，但你没发现他很有领导能力吗？这块儿的小孩哪个不唯他马首是瞻！他这领导力以后肯定是做老板的料。"

江柚绿："……"

天生我材必有用？马首是瞻？

打扰了，是她不配，她告辞。

顾媛笑出声，跟吴怡丽又寒暄了几句，与江柚绿挥挥手便上了楼。

江柚绿看着顾媛娉娉婷婷离去的身影，感叹道："吴女士，你就不能向顾阿姨学习一下温柔美丽吗？"

吴女士一巴掌呼在了自己闺女的后脑勺上道："前提是我也有一个保送M大且不用操心的孩子。"

江柚绿："……"她怀疑她的老母亲是在"内涵"她。

晚上睡觉前，江柚绿在心里补充了她与易时一定会在一起的第五个原因——顾媛，一个既温柔又漂亮的女人，她得有这样的一个婆婆，来弥补她这个女主在吴女士大嗓门摧残下的"不幸"童年。

第三节 / 易家兄弟

高一下学期，虽说开学没多长时间，但班上学习的氛围明显浓厚起来，就连江柚绿的"狐朋狗友"朱玲玲也抛弃小说，认真学习起来。

下学期的第一次月考就到来了，江柚绿这次依旧发挥得很稳定，成绩在三十名附近徘徊，她这个成绩在班里算中游，到时分班也只会分到普通班。

"江柚绿，快分班考了，你也要好好学习啊。"公交车上，朱玲玲语重心长地对江柚绿说，"我妈说了，我要继续保持这样进步的话，就带我去做激光手术。我们俩要一起努力，努力分到实验班，然后一起考上好大学。到时候你脸上的青春痘好了，我的雀斑没了，我们就可以开始美丽的大学生活了！"

朱玲玲脸上充满向往，这让江柚绿心里有些难过起来，她看着车窗上自己长满青春痘的脸。吴怡丽总是说她脸上的青春痘会好，说自己年轻的时候也这般长痘，只要过了青春期就好了。可是她脸上的痘痘越来越多，吴怡丽也没说要带她去看看医生什么的，只给她用普通药膏，一旦她说多了，吴怡丽就会说她大惊小怪。

虽然她知道吴怡丽是怕她过分注重外表忽略学习，也知道这种青春痘的确是家族遗传，因为她妈还有小姨年轻时都长过，可是她还是觉得自家老母亲对她不像别的母亲对女儿那般上心。

"还早，还来得及。"江柚绿表现出一副满不在乎的样子。她偷瞄了一眼朱玲玲脸上的雀斑，那斑大概有鸡蛋大小，长在眼下，呈褐色。女生对女生的外貌总是很敏感，虽然班上的男生都暗地里说朱玲玲长得不好看，但江柚绿知道，朱玲玲有一张标准的鹅蛋脸，杏仁大眼，如果没了脸上的雀斑，好好打扮一下，也是很漂亮的。

眼下最让江柚绿忧愁的不是她脸上的青春痘，而是她家老母亲看到成绩单后的反应。从前有朱玲玲在"中游地带"做伴，她并没觉得自己这个成绩有什么问题，可如今朱玲玲"单飞"得越来越成功，她要为自己的生存做些打算了。

"江柚绿，月考考了多少分啊？"

放学的这班公交车总是人满为患，即便车子已经塞不下了，少男少女们依旧一股脑地往车上挤，连带着坐在位置上的人也感受到了压迫感。

江柚绿正被旁边大叔的啤酒肚挤得不断往里靠，听到这道打趣的男声，立刻抬起头，一张漂亮得过分的脸瞬间被她锁定。

那漂亮少年被身后的人猛地一挤，差点就扑到前面的女生身上，他恶狠狠转过头，伸手就招呼身后挤到他的小弟的脑袋。"教训"完，少年看向江柚绿时又笑了起来，那笑容灿烂干净又好看，如同三月的春光，让人一下就恍了神。

易时又故意重复问道："江柚绿，月考考了多少分啊？"

易时在学校是出了名的风云人物，从一上车起，车上大部分的学生都注意到了他的存在。就连几个大妈大叔，也因为他过于出众的外表多看了他几眼。大家见他与一个其貌不扬的女生说话，视线都在他跟江柚绿之间来回打转。

大庭广众之下被问成绩，江柚绿脸都绿了，她看着易时吹胡子瞪眼，扬起拳头以示警告。

易时咧嘴笑得邪气起来，冲她努努下巴道："待会儿要不要跟我从一中东校区下车？"

江柚绿上中学时，因为大多数学生的父母看管比较严，所以手机不是人人都有，那时候校讯通也只是发放期末成绩跟放假事宜，所以月考成绩单都是印刷出来给学生每人发一份，要带回家给父母看的。

江柚绿隐隐约约感觉到了易时是要带她去做坏事，但她还是鬼使神差地答应了。

那个时候，她因为长了满脸青春痘而自卑，易时这样受人瞩目的存在与她说话，她的虚荣心还是得到了极大的满足。虽然她知道易时与她说话完全是因为他俩从小一块长大太熟的原因，不是因为别的什么。

"啧啧啧，招蜂引蝶，太招蜂引蝶了！"眯着眼看着易时的朱玲玲摇了摇头，她扭头看向江柚绿，一脸幸福地靠了过去，"我还是喜欢易时他哥。高冷，这完全是男主人设！嘤嘤嘤！"

朱玲玲之前去过江柚绿的家，知道江柚绿跟易时是邻居，也知道易时还有一个比他大两岁的哥哥叫易辞。自目睹过易辞的风采后，朱玲玲深深为易辞着迷，声称从今往后她看的小说的男主终于有了脸。

提到易辞，江柚绿赶紧抖掉身上瞬间起来的鸡皮疙瘩。她推开朱玲玲靠在她肩膀上的脑袋，无语道："嘤你个大头鬼，你大概是受虐体质吧！"

从一中东校区下车后，易时轻车熟路带着江柚绿走进一家复印店。

"老板，麻烦帮我把这个人从这里调到这里。"易时拿出成绩单在店主面前上下一指。

店主笑了一声道："不往上多调几名？"

"那就太假了，我对自己的定位还是很有认知的。"

听得出来易时跟店主很熟的。

"你的呢？"易时回过头对江柚绿道。

江柚绿愣住："你这是在改成绩单名次？"

"不要说得那么难听嘛，我们这叫享受科技的进步！"易时挑眉。

江柚绿："……"她信了他的邪。

很快，店主就将改好、重新打印的成绩单交到易时手上。江柚绿一看，惊叹毫无修改痕迹，简直跟真的一模一样！

"怎么样，要不要来试一试？反正月考成绩单校讯通不发，你还少了一顿骂。"易时嘴角一勾，像极了《圣经》里的恶魔，正引诱着蠢蠢欲动的羔羊。

江柚绿咽了一口唾沫。

从复印店出来，江柚绿还一遍遍看着自己手中的易时的"成绩单"。

易时看着她又爱又怕的模样，嘲笑道："你说你怎么这么尿呢？

还怕什么东窗事发？"

江柚绿气结道："你再说，小心我这个知情人告诉顾阿姨易叔叔！"

易时听到爸妈的名头瞬间变了脸，他围着江柚绿急急道："别呀，江柚绿！你还讲不讲义气了，我把你当朋友才带你去的复印店，你要这样做，可就不够朋友了！"

江柚绿嘴角弯起："喊，这么不相信我？成绩单还给你，你放一百二十颗心好了，我不会说的。"语毕，她陡然感觉后背一凉，回过头定睛一看，果然在四楼阳台那里，看见一道修长清瘦的身影，此时正盯着他们。

那熟悉的肃杀气息，那死亡般的凝视，五十米开外，江柚绿都感受得到。

江柚绿霎时间头皮发麻，脑子里不由自主响起《动物世界》的声音："阳春二月，草原上的鹰正盯着远处的猎物……"

她咽了一口唾沫，自动与易时保持两米距离。阳台上的人凝视了她一会儿，终于转身进了屋。

她如释重负，如果说此生她除了怕吴怡丽打外还怕什么，那非易辞的"盯"莫属了。

如果说，易辞是朱玲玲说的男主人设的话，那她一定就是成绩不好长相普通，男主时时刻刻都想解决掉的带坏他弟弟的"女炮灰"！

从江柚绿记事起，就知道易辞是一个不好相处的主儿。这个不好相处倒不是说易辞脾气很坏，而是他那话少冷淡的性子让人不知道该怎么与他接触。

江柚绿人生第一次体会到尴尬是一种什么样的感觉，就是从易辞那儿体会到的！

小时候她被吴怡丽教导要嘴甜活泼，所以不论是长辈还是同龄人都很喜欢她，唯独易辞，见到她总是一副冷冷淡淡的表情。

有一年除夕夜，顾媛让易辞带她跟易时玩，易辞虽然有些不情愿，但依旧陪他们下楼放鞭炮。吃完年夜饭出来玩的孩子很多，很快易时和她就跟其他孩子打成一片，只有易辞双手插兜，站在一旁冷眼看着他们活像他们的保镖。

"易辞哥，你会放这个吗？"她拿着女孩子最爱玩的"花蝴蝶"递到易辞跟前，眼睛眨啊眨。那时候她年纪虽小，但已然知道如何让一个人喜欢自己的方法，那就是先夸赞对方，把对方夸爽！

易辞看了她一会儿，直把小小的她看得心惊胆战以为暴露了自己真实的谄媚面目后，他终于接过那只"花蝴蝶"，默默蹲下身，将"花蝴蝶"放在地上点燃。瞬间"花蝴蝶"在地上旋转开来，带着灿烂的火花，在夜里翩翩起舞，宛如真的银蝶。

"哇！"她故作诧异，鼓着掌，"易辞哥你也太棒了吧！"

易辞盯着她没说话，后来她才明白那是看智障的眼神。

她像是被鼓励一般，凑到他跟前再接再厉道："哥哥你怎么不跟我们一起玩啊，是不好玩吗？"

见易辞依旧没有搭理她，她恍然大悟道："哥哥是不是想回家看电视啊？可是今天晚上好像都在放春节联欢晚会，没有什么动画片。哥哥你喜欢看什么动画片呢，我……"

易辞拧紧眉头终于开口："你的话有些多，可以安静点吗？"

江柚绿："……"

生平第一次，有人嫌她话多让她闭嘴，她幼小的心灵备受打击。

当江柚绿渐渐长大后才明白，易辞就是这样冷淡真实的性格，他从来不会觉得这是一种尴尬，或许那年除夕夜，他就看出了她的刻意讨好，只是以"话多"而不是"话假"，堵住了她的嘴。

江柚绿常常思考，为什么同是一个妈生的，易辞跟易时两个人个性会如此天差地别？哥哥天生自带生人勿近之气场，弟弟一双笑眼融化人心；哥哥成绩好懂礼貌心思细腻，典型"别人家孩子"，弟弟混世魔王上蹿下跳傻白甜，大人训斥孩子的反面教材。

可能每个人天生性格就不一样吧，江柚绿只能这样解释了。

第四节 / 送她上学

当晚将成绩单递给吴怡丽看后，江柚绿自然难逃一顿批评教育。

"你瞧瞧易辞，什么时候让你顾阿姨操心过！就算是他现在被保送了，仍然每晚都在学习！再看看你，一放学就知道看电视看电视……"

江柚绿想到下午易辞的那个凝视，不知为何突然想起从前她去他家跟易时玩的时候，因为她跟易时在客厅玩闹的动静太大，他从自己房间出来，冷眼盯着她跟易时，她吓得立刻丢掉手中玩具回家了。

此时吴怡丽的声音这么大，想必楼上也听到了。

江柚绿脸热了起来，易辞应该对她的印象越发差了吧。

这样想着，江柚绿晚上做了个噩梦，梦见他们长大后，易辞化身电视剧里的恶毒婆婆，而她就是备受摧残的卑微儿媳，易辞瞧不上她，更觉得她配不上易时，她百般讨好都不得他欢心，最后她跟易时还是被易辞成功拆散了。

梦的结局是她被易辞囚禁了起来。地牢里，她哭得声嘶力竭，冲着易辞得意的背影吼道："易婆婆，我一定会回来的！"

江柚绿睁开了眼，盯着天花板出了一会儿神，等反应过来后她猛地坐起，看了一眼床头闹钟，尖叫出声。

迟到了！快要迟到了！啊啊啊！

牙没刷脸也没洗的江柚绿顶着一头乱糟糟的头发冲下了楼，她大脑飞速地计算着。

"离早自习还有十五分钟，而坐公交车需要二十分钟才能到学校。啊！死了死了！"她神色慌张，口中碎碎念不已，连她最怕的那个人正推着自行车她也没看见，像一阵风般从他身边刮过。

她一口气冲到公交车站，翘首以盼公交车。

想到今早还是班主任的早自习，很有可能自己要在教室门口罚站，江柚绿越发悲从中来，没出息地急红了眼眶。

此时有人骑着自行车从她面前经过，她没注意骑车的人，而是颇为羡慕地盯着车，想着，她要是有辆自行车就好了。

江柚绿吸了吸鼻子，收回视线，继续朝公交车来的方向望去。

"上来。"清冷的男声响起，带着变声期男生特有的低沉，意外有些好听。

"嗯？"江柚绿回过头，看见易辞骑着自行车单腿撑着地面。

"易婆婆？"她有片刻发蒙，刚才他不是走了吗？

"什么？"易辞拧起眉头。

江柚绿心头一惊，连忙转移话题道："哥你干什么？"

"下一班公交车得过十分钟才到，如果你想迟到，可以等。"易辞虽然将脚踩上踏板，行车速度却很慢。

江柚绿愣了三秒后喜出望外追上去："哥！易辞哥你等等我！"她拿出跳山羊般的架势冲了上去。

"嘭"的一声，车子歪倒在一旁。

差点扎进绿化带里的易辞猛地回过头，阴着眸子盯着她。

江柚绿有些心虚，在路边干笑着："对……对不起。"

她也没想到会跟电视剧里演的不一样，刚坐上他的后座，车子就因为猝不及防的巨大冲击力歪倒了……

"哥你得多吃点了，瞧你瘦的。"

易辞："闭嘴！"

"哦……"

车子骑过一中东校区门口，江柚绿看着那些穿着校服的学生，目光落在面前的背影上。

一中高三年级的校服是红白色，校服整体以白色为主，虽说颜色不像他们高一的黄色校服土气，但因为校服都是运动款，穿在身上看不出身形，也就没有谁比谁好看一说，易辞却硬生生地将校服穿出了青春偶像剧里的男主味道，让人眼前一亮。

虽然易时长得也好看，却没有易辞身上那种趋于成熟的味道。

"易辞哥你今天不上课吗？"江柚绿好奇道。他们县一中有两个校区，高一高二在比较偏僻的西校区，高三单独在东校区，一东一西在县城的两个方向，距离还挺远的。

"上。"男生惜字如金。

上？那他还送自己？他们高三上早自习不是比高一还要早点吗？难道是他突然善心大发？

"那哥你……"

"别说话。"易辞打断她的话，他单手拉高了围巾，遮住半张脸。

通往西校区必经一座县城老桥，初春的早上还有些冷，桥上的风有些大，易辞的声音虽然被风吹得有些小，但江柚绿依旧听到了后面两个字——"脸冷。"

江柚绿："……"不愧是人间真实——易家易辞。

"易时是不是一直都在改成绩单？"

到了学校门口，江柚绿刚一下车，连"谢"字都还没有说出口，就听见易辞的发问。

果然，对于她这个炮灰女，易辞怎么可能会对她善心大发。

江柚绿僵硬着身子，看着易辞，大脑一短路就紧张起来："改……改成绩单？用笔改吗？成绩单不都是学校发的复印件吗？"

易辞深深睨了她一眼，似乎很难接受跟智障聊天，最后选择骑车离开。

江柚绿松了一口气，冲着易辞背影挥着拳，她这受的都是什么人间折磨！

"江柚绿。"身后，有人沉着声音叫她的名字。

江柚绿刚放松的身子再次绷紧，她扭过头，看向叉着腰站在校门口的年轻班主任。

"李老师？"应该没有迟到吧！江柚绿惊恐！

虽然江柚绿没有迟到，但早自习她还是没有上。

"老师，他真的只是我邻居，看我早上快要迟到所以送我的！"办公室内，江柚绿再三解释。

"老师没有说他不是你的邻居。"李老班推了推鼻梁上的眼镜，语气平淡到仿佛在说：你喊破喉咙我也不会相信的。

"我看那个男生穿着高三的校服，这个点儿，高三应该上早自习了，好学生是不会旷……"

"他已经被保送 M 大了！老师您不信去打听打听，他叫易辞，在东校区很有名的！"江柚绿眼神诚恳。

李老班摸着下巴，望着江柚绿，思忖着该怎么唤醒迷途的羔羊。

江柚绿不知，她这副样子已在自家班主任那儿从双箭头恋爱变成了单箭头。

"李老师，您要还不信可以去问三班的易时！"江柚绿眼睛亮起，"您之前家访也知道易时住我家楼上，易辞是他的哥哥，你说我早恋，还不如说我跟易时谈恋爱，最起码我们还年纪相仿。"李老班带三班的英语课，之前家访，李老班是跟三班班主任一起去的。

"那不可能。"李老班立刻否定，传闻里那个混世魔王喜欢的都是一些挺漂亮的小姑娘。

"嗯？"立刻被否定的江柚绿一时头顶涌出无数个问号，这个否定的意思是她想的那个意思吗？

"呃……行了行了，你先回去吧！"没想到把自己问进坑里的李老班一时有些心虚，挥手让江柚绿先回教室准备上课。

郁闷地回到教室的江柚绿陷入沉思。

同桌朱玲玲发现她心不在焉，好奇地问："你怎么没有来上早自习？"

江柚绿摸着脸，蹦出一句风马牛不相及的话："你说什么能治好青春痘呢？"

江柚绿小时候也是一粉雕玉琢的女娃娃，见过她小时候模样的人没有说她不好看的。可步入青春期后，她脸上先是一两颗一两颗地长痘，后来一片片地长，这让她很是崩溃。

"之前让你涂牙膏你有没有试一试？"朱玲玲道。

"牙膏真的管用吗？"江柚绿狐疑。

"那可不！之前我下巴长了一颗青春痘，我妈给我涂了三天牙膏就好了！"

"那……我晚上回去试一试？"

"江柚绿，你等等！"

晚上，江柚绿快步走到自家楼下时，身后就有人喊住了她。

江柚绿回头，是易时。

"我听说今天有人骑自行车送你来学校的？谁呀？"易时好奇。这件事他还是听他几个今早迟到、被教导主任抓进办公室训话的兄弟说的，说早上看见一个很帅的穿着高三校服的男生送江柚绿上学，江柚绿还被李老班当场抓包，听说李老班跟她谈话了一个早自习，怀疑她早恋。

当时听到这话，易时的关注点全在那个很帅的男生身上。他那几个兄弟，把毕生所学的形容词全都用在了那个男生上，他还是头一次听见他的朋友在自己跟前夸其他男生帅。整个县城，他只承认他哥比他帅，比他帅就是跟他哥有的一比，那男生会有他哥好看？

易时提到这事，江柚绿才想起要告诉他易辞好像知道他改成绩单一事了。

她点点头，紧张道："对！就是你哥！"

"我哥？"易时的声音瞬间拔高。

"嘘！别嚷嚷啊！"江柚绿仰起头往楼上看了一眼，确定四楼窗台边无人后忙不迭道，"早上我快迟到了……"

"所以我哥看见你就送你去学校？"易时快速接道。

江柚绿点头如捣蒜："嗯，对！"

"然后在学校门口正好被李老班看见了？"

"聪明啊，易时！"江柚绿暗赞不愧是易时，这逻辑思维真强。

"李老班就找你谈话了？"

"嗯嗯！"

"所以……"易时慢慢靠近江柚绿，嘴角逐渐扬起，江柚绿心都快提到嗓子眼了，她狂点着头。

没错！易时你暴露了！

"你早恋对象是我哥？"易时震惊式总结。

"嗯嗯！嗯？"这是什么脑回路？江柚绿忙道，"我……"

"哥，你都听到了吧。"易时笑嘻嘻地打断江柚绿的话看向她身后。

哥？江柚绿虎躯一震，一转身就看见推着自行车的易辞。

瞬间，江柚绿的大脑被炸得一片空白，易辞今天去上课了？不在家？

易辞看了一眼易时，又看了看江柚绿。他神情冷淡地将车停好后，径直上了楼。

"易时！"待易辞身影消失，江柚绿才如梦初醒地尖叫出易时的名字，可罪魁祸首早就逃之夭夭了，哪儿还见得着影子呢。

她现在就算跳进黄河也洗不清了！易辞会怎么想她？暗恋狂，告密者？让雷劈死她吧！

第五节 / 拯救青春痘

因为生气，江柚绿连续三天没有理易时。

"柚绿，你昨天晚上看没看剧？"上完第一节数学课后，教室里趴倒一片补觉的，朱玲玲却像打了鸡血。昨天周日，她有机会看了一眼电视剧。

"没有。"江柚绿趴在课桌上有气无力道。自从上次月考考砸后，她哪儿还敢看电视，只要离电视机一米远，吴怡丽就会用眼神"杀死"她。

"哇，我跟你说，男主真的超级帅，昨天晚上第一部里的男主还客串了，我瞬间就像是回到了过去……"

"江柚绿！"

教室窗外突然响起一道爽朗的男声，那声音很是突兀，惊起了一教室的人往窗外看去。

"接着！"易时不知道从哪儿变出一串相连的阿尔卑斯棒棒糖，精准无误地扔到了江柚绿的课桌上。

"吃完要原谅我哦！"易时笑着对她挥了挥手跑开。

窗外泛黄的梧桐树叶，明艳诱人的少年笑容，以及齐聚在她身上的目光，像电影里的慢镜头一幕幕印在了她的心头。

有些人就像光一样，不自知地吸引着人们去追逐。

江柚绿的耳垂一下烧红了起来。

朱玲玲爆了一句粗口，看向江柚绿道："我突然发现，易时的性格很像我们追的剧中的男主啊。"

"欠揍这方面挺像的。"江柚绿盯着桌上的阿尔卑斯糖，他倒是会哄人。

"柚绿，你涂牙膏了吗？"

江柚绿这才发现，自己这几天因为生气忘记了祛痘这桩大事了！

吴怡丽晚上临时要加班，所以江柚绿回到家时只看到桌上热好的饭菜，并没有看到吴怡丽的身影。

"稀奇，居然做了这么多菜，这是打麻将赢了？"江柚绿看着一桌菜，没怎么多想，而是兴奋地拿起她老妈藏起来的遥控器。

她的电视剧啊！终于逮着机会可以看了！

打开电视后，江柚绿看了一眼时间。离电视剧播出还有十几分钟，她想起自己未办的大事，拐进了卫生间。

青春期的女孩子总是在私底下用各种奇奇怪怪的方法努力变好看，

比如用白醋洗脸试图变白，比如用丝带绕着半干的头发，就可以得到半天漂亮的鬈发，比如睡觉也努力贴着双眼皮贴……

成功将一张脸涂满牙膏后，江柚绿左看看右看看，觉得自己像是在敷一张绿色的面膜，薄荷味的牙膏让脸上冰冰凉凉的，意外还有些舒服。

等到她回到客厅，发现屋里还有一人时，吓得她头发瞬间竖了起来。

"易辞哥！"看清来人后，江柚绿捂着心口，"你怎么在我家？不对，你什么时候进来的，我怎么不知道？"

"我刚才敲门了，但没人开门，我听见屋里电视机开着的声音，试了一下开门，结果门没锁，我就进来了。"易辞凝视着她的脸，"你脸上抹的是什么东西？"

脸上？江柚绿瞬间倒吸一口凉气捂住脸："没……没事！你来我家是有什么事吗？"

易辞在饭桌旁坐了下来，淡淡道："吴阿姨让我来你家吃饭。"

吃饭？江柚绿愣了一下道："那易时也要来？"

易辞抬眸看了她一眼："易时跟我爸妈去了饭店。"

江柚绿明白了，大概是易辞不想跟他爸妈去饭店吃饭就留在了家里，她妈知晓了就热情邀请易辞晚饭在她家吃，还真是性格不同的两兄弟。

这般想着，客厅的座机突然响了起来。

江柚绿一看来电显示，第一反应不是接电话，而是如临大敌拿起遥控器将电视机给关了，再冲回电话边。

一旁的易辞看着她在客厅跟军事演练一般，垂眸不知道想到了什么，嘴角弯了弯。

"喂，妈？"

"易辞到咱家来了吗？"一开口，吴怡丽就问易辞。

江柚绿瞄了一眼饭桌前的易辞，老实郁闷地回道："来了。"

"吃完饭，碗放那儿我回来洗。你赶紧的，功课上有什么不会的抓住机会问问易辞啊！"吴怡丽忙不迭道。

江柚绿："……"她就知道天底下没有丰盛的一人晚餐。

"听见没？"得不到回应的吴怡丽在电话那头吼着，整个客厅回荡着的都是吴女士的声音。

江柚绿略显尴尬地看了看易辞，忍着想要赶快挂断电话的冲动道："知道了啊！"

"你没看电视吧？"

"怎么可能，你遥控器藏哪儿我都不知道好吗？"说完这句，江柚绿看见易辞望向了她手中握着的遥控器，然后与她四目相接。

好在脸上牙膏涂得厚，她脸红易辞也看不见。

"还有，桌上的红烧肉是做给易辞吃的，你给我少吃点！你脸上有痘痘要少吃糖，别跟没吃过一样……"吴怡丽喋喋不休。

江柚绿一张老脸越发挂不住，她"哎呀"一声："妈，不说了，饭菜都快凉了，我挂了啊！"

世界终于安静下来，江柚绿长舒一口气，可没舒心三秒，更让她心肌梗死的事情在等着她。

江柚绿硬着头皮坐到饭桌前，拿起筷子道："我们吃吧。"赶紧吃完然后各回各家，各找各妈，江柚绿腹诽。

易辞看着她："你就这样吃吗？"

江柚绿脸一热，张口就胡说："这……这是面膜，得敷十五分钟。"

易辞动了动筷子，没再说话。

时间缓慢地流逝着，江柚绿从来没想过吃饭也会变成一种酷刑！

她跟易辞全程无任何交流，空气中无形的尴尬让她窒息，关键是易辞吃饭还极其慢条斯理，她也不敢先撂下碗筷下桌，而脸上的牙膏气味更是让她食之无味。

他怎么能吃得下去，不觉得很尴尬吗？江柚绿怀疑人生。

好痒……江柚绿脸上的牙膏变得逐渐干硬起来，起初那股冰冰凉凉的感觉没有了，她觉得脸很痒。

她不敢伸手去碰，但那难受的痒越发令人抓心挠肝。

"还不去洗掉吗？你想把脸毁掉？"易辞看着她。

"啊？"

"你脸上的牙膏。"

江柚绿："……"他闻到了牙膏的味道？那他是怎么能坐得住在这里吃饭的？喜欢这款牙膏味？

"哈……这是一款闻着有些像牙膏的面膜……"江柚绿尴笑着离席飘向卫生间。

水龙头哗哗地泄着水，洗干净脸的江柚绿对着镜子一照，嗷了一嗓子。

"我的脸！呜呜呜！"

易辞冲进卫生间的时候，江柚绿正蹲在地上哭得伤心。

"易辞哥，呜呜，我的脸……"

江柚绿抬起头露出一张泛红的脸，她原本想治青春痘的，结果现在脸不仅红得厉害，还痒得不行。

"不要用手抓！"易辞及时打断她的动作，眸色一沉，抓过她的手腕，"过来。"

他打开水龙头，让江柚绿弯下腰。

江柚绿有些恐惧地攥住易辞的衣角："易辞哥……"

"不要说话，闭上眼睛。"

江柚绿依言照做，随后她感受到易辞在用凉水一遍遍洗着她的脸。

少年的手冰凉修长，不断抚上她的脸。

江柚绿忍不住思绪有些跑偏，她的脸跟月球表面一样，易辞这样碰她的脸……她耳朵羞红了，她对不起易辞，让他这般年纪就承受了这种触感。

大概三分钟后，江柚绿的脸没有先前那么红肿与痒了，易辞拉着她走到客厅抽了几张餐巾纸让她擦脸："待会儿去吴老爷爷那里。"

"啊？不需要吧……"江柚绿下意识道。

易辞看着她没说话。

她承受不住那道严肃的目光，虚着声音道："好……好吧……"

吴老爷爷是他们这儿一位有名的退休的皮肤科老中医，他们这边的人有什么皮肤上的问题，基本上都是去吴老爷爷那里。

江柚绿以前春秋换季的时候总是过敏，所以吴老爷爷看见她倒是不陌生。

"下次别这样干了啊，有些人能用牙膏消一个两个青春痘是偶然，但不能这么尝试知道吗？"系着围裙的吴老爷爷一脸严肃。

江柚绿小鸡啄米般点头："是是是，耽误爷爷您做饭了。"

提及刚做煳了的饭，吴老爷爷没好气道："正好我这里还有些消炎止痒的中药药膏，你涂上，明天早起的时候洗干净，然后再涂上这支药膏，一天三次，连续三天。"

吴老爷爷从柜台的抽屉里拿出一支药膏跟一个"墨水玻璃瓶"，江柚绿连忙接过道谢。

吴老爷爷拍了拍江柚绿的脑袋道："在这里涂好就行了！不是让你带走！"

"噢噢噢！"江柚绿立刻拧开了"墨水瓶"瓶盖，伸出了食指。

吴老爷爷看到江柚绿的动作倒吸一口凉气，吼道："停！"

江柚绿顿住动作，不解地看向他。

"平滑擦药明白吗？"吴老爷爷恨铁不成钢地比画着手势，"不是抠！也不是挖！你这样子，长大了谁敢给你买化妆品用！跟土匪打劫一样！"

江柚绿嘟囔了一句："当然是未来爱我的老公给我买……"

易辞看了她一眼。

吴老爷爷扶额，对一旁一直没说话的易辞道："你去洗干净手，帮她擦药吧，我害怕她。"

江柚绿无辜地看着自己的食指。

很快，小诊所的后厨又响起了锅与铲"乒乒乓乓"的声音。江柚绿眨着眼睛看着洗干净手回来的易辞，忙不迭道："哥，还是我自己来吧！这都不早了你要有事就回家吧，我……"

"你有镜子吗？知道自己脸上哪里泛红吗？"

江柚绿一时语塞："我……"

"坐好抬头。"

"哦……"

江柚绿坐在板凳上仰起头，易辞垂下眼睑，手上的动作有条不紊。

江柚绿眯起眼睛看着近在咫尺的俊秀脸庞，她盯着易辞卷翘的长睫、细白的皮肤，心中咒骂老天爷的不公。

直到一股诡异的臭味袭击了她的鼻子，江柚绿才回过神看见易辞指尖上黑乎乎的东西。

"好臭！"她颇为嫌弃地往后一仰。

"中药味。"易辞眉心拧起，纠正她。

江柚绿看到他的反应，眼珠子一转，狡黠道："其实你也觉得臭对吧。"

易辞抬眸看了她一眼，将药擦在她脸上道："比绿茶薄荷味的牙膏要好闻。"

江柚绿："……"

虽然中药膏的气味不是那么好闻，但上脸的感觉还是挺舒服的。

江柚绿眨着眼睛，看着认真帮她上药的易辞，不由自主地想到了易时的脸。

她在心里对这哥俩做着比较，哥哥的唇比弟弟的要薄点，鼻子的话……好像也是哥哥的更挺一点，眼睛……

江柚绿微微眯起眼，这哥俩的眼睛，弟弟像妈妈多点，哥哥的眼睛……江柚绿的视线往上一移，对上一道审视目光，她一个激灵。

"最近国外政坛风云诡谲的哈。"

易辞："……"

说完这话，江柚绿就恨不得抽自己，她真的是为了逃避尴尬想都不想就说，这让她接下来说什么？针砭时弊？

"闭眼。"易辞开口。

"啊？"江柚绿愣了愣。

"这药的气味可能会刺激你的眼睛。"

"哦哦。"江柚绿依言立马照做，正好她不知道该将视线往哪里放了，闭眼好！

"谢谢你啊易辞哥，还陪我一起来诊所，你人真的非常非常好！如果今天是易时知道我用牙膏把脸弄成这样，一定会嘲笑死我的……"

易辞眸光深邃地看着面前闭着眼仍喋喋不休话里有话的少女，他想到刚才那道流连在自己脸上的目光，明晃晃毫无遮拦，让人难以忽视。

江柚绿感觉眼角被人用药膏点了点，很快她听到易辞清冷的声音。

"知道了，我不会跟易时说的。"易辞将最后一点儿药点在了江柚绿的眉心揉开，淡漠道。

江柚绿嘴角一咧，易辞不愧是易辞，真聪明！

"但作为交换，你得帮我拿到易时这几次月考的试卷和成绩单。"易辞将药膏瓶放在一旁的桌子上，补充一句道，"未动过手脚的。"

"什么？"江柚绿猛地睁开眼，清凉微辣的气体瞬间刺得她眼里泛泪。她对上易辞的眼，他什么都知道了？

"放心，我也不会跟易时说他成绩改动是你告诉我的。"易辞眸光微闪。

"我？怎么可能！我什么时候告诉你的？"江柚绿又惊又蒙。

"你说谎的水平并不高明。"

江柚绿："……"

"还有，我不喜欢别人拐着弯说话，以后你想说什么，可以直说。"易辞仔细地擦拭着手指。她刚才为了目的夸人的模样，真的笨拙且违心，滑稽又好笑。

"嗯？"他看穿她了？不是吧！

第二章
看破不说破

Quanni Chenzao Xihuan Wo

第一节 / 平光眼镜男

"三班的成绩单好弄到手，就是易时的考卷……我估计易时自己都不知道塞哪儿去了。"嘈杂的早自习课上，朱玲玲瞄到语文老师走了过来，立刻用腿撞着江柚绿，大着嗓门念着，"大弦嘈嘈如急雨，小弦切切如私语，嘈嘈切切错杂弹……"

江柚绿连忙将吃了半口的鸡蛋灌饼塞进书桌肚里，眼珠子乱转："浔阳江头夜送客，枫叶荻花秋瑟瑟……"

待语文老师刚转过身，朱玲玲就压低声音道："不过，要成绩单我可以理解为要修理乱改成绩的弟弟，但易辞还要试卷干什么？他不是都保送了吗？难不成还要拿高一卷子来温故而知新？"

"我也不知道啊。"江柚绿郁闷。她就是想不明白易辞到底在想些什么，所以一晚上都没睡好。

"算了，学神的心思你别猜，猜来猜去都瞎掰，那你是给还是不给？"朱玲玲好奇地问。

"我不想给，但是我……我害怕易辞……"江柚绿嗷呜一嗓子，这种从小到大深深刻在骨子里的害怕让她抱头悲咽道，"老大嫁作商人妇，商人重利轻离别，前日浮梁买茶去，去来江口守空船……"

朱玲玲："……"

再次路过的语文老师："……"

江柚绿越想越心烦，易时把她当朋友才带她去的复印店，而她居然在面临是否选择背叛朋友的时候犹豫了！她一方面受到了良心上的谴责，另一方面又害怕易辞的"恶势力"。

"复印店？"江柚绿脑中电光石火一闪，她好像有办法了！

一中东校区的某复印店内人头攒动，江柚绿拿着成绩单对忙得不可开交的老板道："那个……能不能麻烦你……"

老板扫了一眼江柚绿身上的高一校服，拍了拍正在打印照片的一名男生道："霍珩，你帮我个忙。"

那个叫霍珩的少年转过身，脸上的平光眼镜一闪。江柚绿眼皮一跳，想到了同样戴着平光眼镜恐怖可怕的年级主任。

那少年顺着店老板的指向看到了江柚绿，江柚绿友善地对他点了点头，看对方的样子像是文科班里性格安静的男同学，应该挺好说话的。

"你要干什么？"霍珩走到江柚绿跟前，直接拿过江柚绿手中的成绩单，语气干巴巴的。

江柚绿愣了愣，看着自己空空如也的手心反应过来，连忙道："麻烦你帮我把这个人的名次往上调几名，然后改一下单科成绩与总分，每张成绩单都要改，再帮我复印几套卷子。"

"易时？"对方在看到成绩单上的名字时语气稍微有了些起伏。

江柚绿心头一紧，难道他认识易时？她谨慎开口："你……"

"姓易的居然也有成绩这么差的？"对方嘲弄的语气打断了江柚绿。

江柚绿"啊？"了一声。

"就往上调几个名次吗？确定不多往上调一调？"

语气不善，态度轻蔑，果然人不可貌相。

"不用，不用！"江柚绿连忙摆手，如果调太多，那易辞可能一眼就看出来了。

很快，对方就重新打印出几份新的月考成绩单。江柚绿付了钱道了一声谢，准备离店。

"我说你——"身后有人喊住了她。

江柚绿扭过头，不明所以地看向那个叫霍珩的少年。

霍珩推了推鼻梁上的眼镜，一尘不染的镜片上有道白光，从左下角移到右上角。

江柚绿想起一句话，戴平光眼镜的不是闷骚就是变态。

"有这心思，不如多看看书提高一下学习成绩，亏你还姓易，这成绩真给姓易的丢脸！"

"嗯？"江柚绿看了一眼手中的成绩单，敢情她是被人当成易时看不起了吗？

"敢问阁下姓什么？"江柚绿突然叉腰像个江湖女侠问道。

霍珩双手环胸，抬了抬下巴吐出一字："霍。"

"霍啊？"江柚绿点了点头，上下打量了对方一番，不以为意道，"都是姓霍，你这身板真给霍元甲丢脸！"

"你！"霍珩瞬间变脸。

"哼！"江柚绿举起拳头示威。敢欺负她的易家人，她江家小霸王第一个跳出来打！

加班加点两个通宵后，江柚绿终于做好了"易时的试卷"，好在以前初中的时候她帮易时抄过作业，会模仿他写的字，看起来不至于那么假。

清早在楼下等着易辞，江柚绿想，待会儿将这些东西交给易辞的时候一定要像特务一样，暗中交易、表面平静、快速敏捷，不能被任何人发现！

这样想着，楼梯间响起了脚步声，江柚绿有些紧张地抬头一看，瞬间睁大了眼。

今天易时跟易辞是一起下楼出门上学的！

转身、正步，江柚绿没走几步，就被易时喊住。

"江柚绿？我五分钟前就听见你家铁门关闭的巨响，你怎么还没有走啊？"易时走到江柚绿身边。

江柚绿下意识抱紧怀里的东西，干笑了一下："我在想是不是忘记带什么东西了。"说完，她冲易辞挤眉弄眼，大哥可千万别暴露她在这儿的原因。

"是这个对吗？"易辞像是没看见她的眼神暗示，直接上前从她怀中抽走那沓成绩单及试卷，翻开扫了一眼。

江柚绿呆若木鸡，他就这么明晃晃地、毫不掩饰地当着易时面拿走了？她眼神白暗示了吗？

"我走了。"易辞看着江柚绿，话却是对易时说的。

江柚绿假笑着挥手："哥哥再见。"赶紧走吧您！

"什么东西啊，江柚绿？"待易辞骑车走后，易时手插口袋，有些好奇，"你最近跟我哥接触得还挺密切的啊？"

"呃，这个……"江柚绿在心底怒骂着易辞，这要她怎么解释？

忽然，她眼睛危险一眯，暧昧且神神秘秘道："写真。"

"真的假的？"易时眼睛瞬间亮了。是他理解的那个东西吗？他哥？嗷！好像发现了什么了不起的秘密！

第二节 / 我付出了太多

"你这两天元气大伤啊！"放学收拾书包的时候，朱玲玲看着精神萎靡的江柚绿有些好笑地开口。

"可不是！我为易家这哥俩，简直付出了太多！"想到早上的心跳加速，江柚绿叹了一口气，"好在一切都结束了。对了，放学去逛书店吗？"提到书店，她两眼发光，一扫颓靡之态。

"不去了。"朱玲玲摇摇头，"我妈给我报了补习班，从今天晚上开始补课。"

"啊？"江柚绿呆在原地，好朋友奋发努力而自己还在原地踏步，这并不是一件让人开心的事。

朱玲玲背上书包看着江柚绿道："柚绿，要不让你妈也给你报个辅导班吧，最近班里好多人都在上辅导班，你如果来，我们就可以一起补习！离分班考时间越来越近了，我妈说了，如果我考进实验班，这样她可以在今年暑假提前带我做激光手术……"

朱玲玲的执念就是去掉她脸上让她自卑这么多年的雀斑，为此可以拼命努力。江柚绿想到自己，陷入沉默。

吃晚饭时，江柚绿第三十一次瞄向她的老母亲。

"想干吗？"吴女士斜睨江柚绿一眼，有些戒备。

终于等到老母亲发话的江柚绿谄媚一笑："妈，给我报个补习班呗。"

"不可能的。"吴怡丽拒绝得毫不犹豫。

"妈！"江柚绿不高兴地放下筷子，"其他家长都积极主动给自家小孩报辅导班，我主动申请你居然拒绝？说吧，你在哪儿捡的我！"

"不是我舍不得花这个钱，你瞅瞅你初中花钱补的那两次课，但凡成绩上有点进步，我现在会拒绝你？"吴怡丽数落着江柚绿道，"你那三分钟热度，去补习班也是重在参与。"

江柚绿："……"这话倒不假，初中上的那两次补习课，她都玩去了。

"妈——"江柚绿拖长尾音开始撒娇，"朱玲玲她妈都给她报辅导班了，还答应暑假带她去做激光手术，你……"

"你如果真的想学习，不一定非要上补习班不可，只要自己肯努

· 034 ·

力。"吴怡丽打断江柚绿的话，"你要是也能考上实验班，我也可以答应带你去治青春痘。"

"真的吗？"江柚绿一激灵，"这可是你说的！我要考上实验班，你就带我去治痘痘！"

吴怡丽无语道："我说的。"

学习的热情空前高涨。下楼倒垃圾时，江柚绿信心满满地握拳："今晚一定要做一套化学卷子，再看看英语单词，怎么着也得熬到深夜再睡！"

"江柚绿，一个人对着垃圾桶在宣誓？"身后有人猛地一拍她的肩膀。

江柚绿吓了一跳，回过头看见了一张漂亮的俊脸。

是易时……哦，还有他身后的易辞。

江柚绿："……"

两人手里拎了不少日用品跟零食，大概是刚从超市回来。

江柚绿心虚地瞄了一眼易辞，含糊地回了一句"没什么"后，在心里狐疑着。看易时的样子可以肯定他心情不错，可是易辞不是已经拿到成绩单了吗？

难道还没有揭露易时吗？可为什么还没有呢？

她无意间对上易辞深邃的目光，心头一跳。

月黑风高夜，父母归家时！易辞可能想公开处刑了！

她得远离修罗场！

"我赶着回家看书，先走了。"江柚绿跑得飞快。

等易时回过神时，她早就蹿上了二楼。

易时不可置信地看向身侧人道："她刚才说的是赶时间回家看书吗，哥？"

易辞"嗯"了一声，拎着东西上楼。

"真是太阳打西边出来了。对了，哥——"似是想起什么东西，易时连忙跟上易辞的脚步，暧昧地笑道，"你给我看看你买的那写真呗。"

易辞脚步一顿，回过头看向自家弟弟，拧起眉毛道："什么？"

"写真！就是江柚绿给你的那个。"易时一字一句，发音极其清楚，他像只小狐狸扬起笑容，"哥，我也是男人了，你就不用藏着掖着了，你都敢让江柚绿帮你在西校区那边的书店找，就给我看看你喜欢的是谁呗，什么类型的？"

易辞眸光一凛，沉着声音道："江柚绿怎么跟你说的？"

"嘿，她就是跟我说……"

刚进家门的江柚绿猛然间打了个喷嚏。

谁在背后念叨她？

第三节 / 江湖里的大嫂

连着好几天，楼上稍微有什么风吹草动，都能引得江柚绿惴惴不安。

或许是被她修改过的成绩勉强能够让易时爸妈接受，又或者是易辞真如答应她那般没有对易时说成绩单是她给的？反正这段时间易时一家心情貌似还可以，易时对她的态度也如以前一般并无变化，除了……易辞。

想到易辞，江柚绿皱了皱眉。也不知道她又哪儿不顺他意了，这几天碰见他，他看她的眼神更加冰冷如霜了，这种感觉就像是她造他谣被他知道一般，让她如坠寒冬。

欸……真可怕。江柚绿抖了抖身上的鸡皮疙瘩，问身侧的朱玲玲："你想喝什么口味的？"

"就原味吧。"朱玲玲扫了一眼五花八门的饮品单。

"那好，我也要原味奶茶。"江柚绿朝店老板招呼了一声，卸下书包道，"待会儿就装我包里进校门吧。"

"还有没有地儿，给我也装杯。"

突兀的男声插进对话中来，江柚绿还没抬头，就看见一只修长的手扯开她书包口子，随后欠扁的笑声响起："没装书啊。江柚绿，你最近不是在努力学习吗？"

江柚绿额角青筋突起："你找打呀？"

易时笑得见牙不见眼："我帮你拎书包。"

躲过学校门卫的检查后，易时将手里的书包递给江柚绿。

"你的奶茶你不拿出来吗？"江柚绿白了他一眼，说着就拉开了书包拉链。

易时将手插入校服裤兜，道："不用了，你离七班也近，帮我把这杯奶茶送给一个人呗？"

莫名地，江柚绿呼吸一紧，吐出一字："谁？"

"就那个皮肤很白，走路老是低着头，个子也不怎么高，叫……

叫李什么来着……"易时记忆力不好似的抬头望天。

一旁的朱玲玲快速说出一个人名，易时迷茫的眼睛一亮，道："对，就叫这个名字。你们帮我把奶茶给她就行了，谢啦。"

皮肤很白，行事低调，长得还娇小玲珑？这人设就是校园言情小说的女主标配吗？

大步朝着七班迈进的路上，江柚绿阴沉着一张脸，身后的朱玲玲踩着小碎步紧跟在她身边，喋喋不休道："那个女生画画特别好，之前还在全国获奖了！放浪不羁的校霸跟身娇体软肤白貌美的小甜心？这不就是我最爱的滥大街校园小说里的男女主人设吗？"

江柚绿猛地止住脚步，朱玲玲猝不及防撞上江柚绿的后背，一个激灵吼道："看见'天降'了？"

江柚绿侧过脸，阴恻恻地开口："作为闺蜜，你是站青梅竹马，还是'天降'？"

朱玲玲心头一惊，面不改色、大义凛然道："我这个人只看青梅竹马校园文。"

江柚绿："……"那你刚才是在说梦话吗？

七班门口，叉着腰找人的江柚绿成功地吸引了不少目光，待她们要找的"天降"女主角施施然出现在她们跟前，怯生生地问她们是谁的时候，江柚绿愣住了。

她不自然地放下腰上的手，沉默了三秒后，轻声细语地说明来意，微笑着将书包里的奶茶递给对方，看得一旁的朱玲玲目瞪口呆，用目光提醒着江柚绿：你不是送外卖要好评的！

对方听到易时的名字有些羞赧，抬眸看了一眼江柚绿，软糯着声音道："谢谢你。"说完，朝江柚绿挥挥手。

江柚绿也露出八颗牙齿挥手致意："不客气。"

待对方进了教室，江柚绿转过身一把抱住朱玲玲，泪流满面道："她是不是很可爱很温柔，皮肤还超好？我这么近距离看她都没看见毛孔，呜呜呜……"

朱玲玲："……"

回教室的路上，朱玲玲见江柚绿神情有些恹恹的，便开口安慰："你不要想那么多啦。易时人缘很好，跟他走得近的女生多了去了，说不定这个不是你想的那样。"

"如果就是我想的那样呢？"江柚绿有气无力地坐到自己的位置上。

朱玲玲反问道："那你要怎么做呢？"

江柚绿幽幽叹了一口气，拿起桌上的一支笔，像是握住了某人命运的喉咙，阴森森道："那我只能大义灭亲去举报了，毕竟高中生要以学业为重。"

朱玲玲："……"她觉得自己现在应该去安慰易时。

为了查明易时跟"天降"到底是何关系，江柚绿想了一下午决定放学跟着"天降"，找时机去问一问。

他们一中的西校区是在整个县城最荒僻的地方，基本上学生放学不是家长来接，就是乘坐那辆唯一途经的公交车。

江柚绿曾经在公交车上见过"天降"几次，知道她上下学一般会坐公交车。可在一中东校区大门下车后，江柚绿愣住了。

她知道一中东校区里面有居民楼，但那都是一中老师的住处啊！"天降"住这儿？

江柚绿陡然生出一种天子脚下不敢闹事的畏缩感，正犹豫着，身后有两个同样从公交车下来的女生掠过她，快步走到"天降"身边，一人搭住"天降"的肩膀，一人拉住"天降"的手，将"天降"往校门口十米开外的小巷里拽。

那两个女生也是七班的，江柚绿还挺眼熟，因为她之前也曾被这两个女生这样对待过。

是救还是不救？

这样想着，江柚绿的脚步已经跟了上去。

"奶茶好喝吗？"身材高挑的"女混混"漫不经心地看着被压在墙上的柔弱小姑娘，伸出涂了鲜红指甲油的手，拍了拍"天降"的脸。

巷子里有两个高三的学生正在打扫卫生，似乎对这种事已经见怪不怪，或是怕惹事上身，都没有上前。

江柚绿贴在巷口，探了半颗脑袋往里看。"天降"脸上有些恐惧表情，声音轻颤起来："你们……你们要干什么？"

当然是先逼问你跟易时是什么关系，然后再根据你的态度决定警告手段啊！江柚绿腹诽，正准备上前，身后有人开口——

"你怎么在这儿？"

江柚绿猛地回头。

穿着红白校服的男生身材高挑，面容冷冷的，即便手里拿着扫帚，也像是握着一件时尚单品。而他身后，站着一名同样穿着高三校服的男生，此刻正好奇地看着她。

"易易……易辞哥？"江柚绿大着舌头，目光落在易辞手中的扫帚上，嘴角一抽。她该不会这么倒霉，这巷子是他负责的卫生区吧？

"好巧啊！"她脸上快速扬起一抹虚假的笑容。

巷子里的人依旧在教训着："我们要干什么？我倒想问问你要干什么！先是拿着奶茶撞上易时，引起易时的注意……"

听到易时的名字，易辞眼神微动，绕过江柚绿朝巷子看去。

江柚绿的心疯狂跳了起来，他会不会以为她在这里是给里面的两个"女混混"放风？好让她们任意欺负人的吧？

以她在易辞那儿的人设，怕是很有可能的！

"哥，你听我说，我只是路……"

"过"字还没说出口，巷子里的女生似乎很是气急败坏，拔高音调道："说！你跟易时到底是什么关系，居然连嫂子都出动，帮你送奶茶！"

"嫂子"两个字像是一道天雷，炸得江柚绿魂飞魄散恨不得当场遁地，她努力深吸一口气站稳，连忙在心中安慰自己，易辞不知道的，没事。

"啊！"一声惨叫突然响起。

江柚绿听出那是"天降"的声音，大喊一声跳出："给我住手！"

"女混混"手上动作一顿，与江柚绿大眼瞪小眼半晌后怔了怔，自言自语道："撕考过的试卷应该没事吧？"

江柚绿："……"敢情刚才"天降"叫得那么惨，是因为"女混混"准备撕她的试卷……还是上个月考过的月考试卷？这……还是她想象中的校园暴力事件吗？

易辞看了面红耳赤的江柚绿一眼，走到两个"女混混"面前道："你们是哪个班的？"

为首的"女混混"眼睛骤然一亮，像是看见亲人般热泪盈眶激动道："大哥！大嫂！"

轰隆！江柚绿瞬间石化，是天要亡她啊！

"大哥？大嫂？"站在易辞身后的蒋飞结束看戏，目光极其八卦地在江柚绿跟易辞身上来回打量，他用胳膊肘撞了撞易辞，意味深长道，"深藏不露啊易辞。"

易辞侧过脸："很闲吗？"说完，将手中的扫帚塞进蒋飞怀里，"那你去打扫吧。"

人类总是对美好的事物格外关注，尤其是在青春萌动的学生群体中，好看的人总是能引起大家的骚动，江柚绿刚上高中那会儿，易时已经成为这个引起骚动的存在。

肆意明媚的少年郎，试问谁的目光不会在其身上多停留几秒？

易时成了学校的风云人物，但因为开学才一两个月，大部分人他都还不太熟悉，所以易时对江柚绿的亲昵态度，迅速让江柚绿也成了大家关注的对象。

有些女生为了看一眼江柚绿长什么样儿，经常拉着同伴，佯装路过，从她教室外的走廊一遍又一遍地走过。

可惜她不满足大家对于"美女"的想象，一些不好的谣言便传了出来，她也被人给盯上了，第一次被人围堵，就发生了。

江柚绿从小到大因为易时的关系不知道被女生围堵过多少次，倒也波澜不惊，可是对方的脑回路着实气到了她，因为对方在上下审视完她的青春痘脸后，问易时是不是通过她在接近她同桌。

是她不配做绯闻女主吗？是她看着就那么不配"美女"二字吗？

她懒得解释，转身就走，对方瞬间觉得她挺跩。

一场"恶战"一触即发。

对方的小跟班拉住自家老大，有人拎住她的衣领，可这根本不妨碍两个女生之间的唇枪舌剑，隔空踢腿。

对方嗷嗷叫："你什么态度？你知道我姐是谁吗？高三的'女扛把子'就是我姐，你回去给你同桌带话，离易时远点，能不能好好学习！爸妈供你上高中是让你出人头地的……"

江柚绿龇牙咧嘴："我管你姐是谁？我凭什么要听你的？易时跟我青梅竹马。我！是我！我才是你要带话的对象！多练练眼神再来当混混吧……"

两个人越吵越凶，逐渐靠近。

对方的小跟班实在是拉不住自家老大，爆发出一道惊天动地的吼声："老大，是纪律委员啊！"

也不知道纪律委员是什么可怕的人物，江柚绿看着刚才还跟她吵得脸红脖子粗的女生瞬间噤若寒蝉，而她这才惊觉有人一直在拉着她的衣领。

她回眸，呼吸差点停止了，是……是非常可怕的。

"易辞哥……"刚才大着嗓门吵架的她仿佛是另外一个人，她弱弱地喊了一声来者。

易辞"嗯"了一声，在等她后文。

江柚绿懊恼不已，在学校周边打架被纪律委员抓也就算了，纪律委员还是易辞？是易辞也就算了，她刚才还说了玷污他弟弟的话？青梅竹马？他怕是想一脚踢飞她这个擅自加戏的女配。

没办法，为了不被处分，江柚绿硬着头皮走到易辞身边。在众人的注目下，她扯了扯他的衣角，一跺脚扭起身体："易辞哥，我被高三扛把子的妹妹欺负了，我不干啊呜哇——"尾音极长，动作矫揉造作，整体不堪入目。

对方及其跟班："……"

易辞："……"

虽说高一高三不在一个校区，但新生们也从高二年级那儿听闻了高三有个大帅哥，姓易，叫易辞。可只有很少一部分人知道易辞跟易时是兄弟，因为除了在帅这点上有共同之处，性格、学习什么的，这两人完全不像是能成为一家人。

很明显一个例子，那就是易时出了名的痞，狐朋狗友多；易辞出了名的律己，生人勿近。

所以江柚绿能亲昵地叫易辞哥，还敢对易辞撒娇，这实属罕见。但当晚那女生从她姐那儿得知易时跟易辞是兄弟俩时，她瞬间茅塞顿开。易时之所以对江柚绿很亲近，那是因为江柚绿是他嫂子啊！

于是第二天，那女生找到江柚绿当面道歉。

"对不起，是我有眼不识泰山。但看在我们以后可能会成为妯娌的份儿上，咱们和睦相处吧。"

江柚绿："……"

后来，"大嫂"这个说法就在对易时有好感的女生中传开，大家就对易时跟江柚绿的关系表示理解，毕竟是未来"嫂子"嘛。

以至于后来易时十分疑惑，为什么大家从来没把江柚绿跟自己联系到一起，以及传闻中他的大嫂是谁时，江柚绿只能尬笑。

巷子里，蒋飞正对"女混混"进行批评教育，而"女混混"沉浸在"大哥"没认出她来的悲伤中，忘记了反驳。

蒋飞目光瞄向易辞，只见易辞跟前的小姑娘义正词严地解释着，生怕易辞误会些什么。

待易辞让对方回家后，蒋飞眼尖看见小姑娘偷偷松了一口气，他差点笑出声。

"我还是头一次看见有一个人那么着急与你撇清关系。"待人都散去后，蒋飞撞着易辞肩膀打趣道。

"所以呢？"易辞抬眸反问。

"你是不是对人家小姑娘做过什么啊？"蒋飞陡然八卦。

易辞眸光闪了闪，看向好友道："很多，你想从哪里听？"

"禽兽啊！我喜欢！"蒋飞爆了一句粗口后极其兴奋道，"那就从第一件事情开始吧。"

易辞睨了他一眼："今晚自习别来问我问题了。"

"啊？我错了，易辞哥！"蒋飞学着江柚绿喊易辞哥。

"滚。"易辞收回视线看向"天降"，"同学，听说你画画很好，我想问你一些事。"

第四节 / 一个噩耗

学习的热情在燃烧了两个星期后，江柚绿感冒了。

"你说看小说为什么不会困，看三分钟化学书我就想睡觉呢？"
江柚绿有气无力道。昨晚她在床上看化学书不自觉地就靠着床头睡着
了，做了一晚上南极历险梦。

"还不是因为化学公式冷冰冰的，像块石头。"朱玲玲调侃道。

"唉……"

上课铃响起。

江柚绿掏出英语书，看见自家老班黑着脸进了教室。

"啪！"英语书拍在讲桌上发出清脆的声音。

众人心尖颤了颤，寻思着最近班里是否发生了什么大事。

"今天下午，学校高一的老师进行了一次家访，住校的同学，老
师们也在今早打了电话给家长……"老李一开口，教室里的空气像是
凝固住了一般。

"原本这次的家访活动是为了让家长更好地了解学生的在校情况，
没想到我们在此次活动中发现，有学生谎报、不报、瞒报自己的成绩，
而且还是多次隐瞒！更有甚者，篡改自己的成绩单！"

江柚绿眼皮一跳，顿感大事不妙。

一放学，江柚绿就急匆匆往家赶。刚到楼下，江柚绿就听见易时
被打得嗷嗷叫。她哆嗦着上了楼梯，等打开自己家的门，就看见自家
老母亲正一动不动地杵在门后，听着楼上动静。

江柚绿："妈，你在干什么？"

"回来了就洗手吃饭。"吴怡丽转身朝厨房走去。

楼上，易爸爸气急败坏的声音传来，江柚绿在心中为易时默哀了三分钟。

"你知道你们老师下午来家访了吧？"吴怡丽将盛好的饭递到江柚绿跟前。

江柚绿点了点头。

"易时一直拿假成绩单糊弄你易叔叔顾阿姨，虽然你学习不好，好在还没有用假成绩单欺骗我。"

江柚绿挤出一抹笑，她差点就"欺骗"了。

"你们李老师跟我说了，你要想分到实验班还是得加倍努力学习才行。"顿了顿，吴怡丽眯着眼睛道，"你不是一直想报辅导班好好学习吗？"

江柚绿眼睛骤然一亮狂点着头，妈妈这是想明白同意了？

"你顾阿姨因为易时改成绩这事生气了，打算让易辞好好辅导易时功课。"

"怎么突然说到易时了……"心下猛地一跳，江柚绿陡然生出一个不好的预感，她惊恐地看向自家老母亲。

吴怡丽笑得灿烂："当年中考前易辞给你补课很有成效，比你那几次花钱报补习班都有用，于是你妈我厚着脸皮跟你顾阿姨说了，从下周一开始，你跟着易时一起在易辞那儿补课。"

"啊！"尖叫声划破长空。

正在上楼的易辞脚步一顿，连正在屋里上演你追我赶的易家父子也停住了动作。

"楼下江柚绿也改成绩单了？"易爸爸举着鸡毛掸子问。

"好像没有吧。"易时挠了挠耳朵。

"那你继续挨打吧！"

"啊啊啊！"

……

"妈，我不要！你都不问我意见！我不去！"江柚绿气结，一想到初三的那次补课，简直就是人生中的噩梦。这噩梦还要来第二遍？打死她也不去！

"是我的错，我道歉！"吴怡丽哄着女儿。说实话，易辞那个性格太冷了，有时候她看着都有些发怵，更别提生性跳脱活泼的江柚绿了。不过为了女儿的大好前途，她还是要狠下心来，当年易辞可是让江柚绿考上了一中，严师出高徒，这次江柚绿也会上实验班的。

"反正我不去！"江柚绿誓死拒绝。虽然易辞补课的不会打人，也不会语言攻击她笨，但他总会在一道题说了三遍她都没有懂后，用他那"死亡凝视"的眼神看着她，仿佛下一秒就要拔出他那四十米的大刀。

这种精神侮辱，还不如打骂她！

"这样吧，你要答应，我明天就可以带你去医院治青春痘。"吴怡丽甩出王炸，"你要不去可以，那你自己考上实验班我再带你去医院，如果考不上，那就只能等你高考结束了。"

江柚绿眼里慢慢泛起泪水，美丽的代价这么大的吗？哇，人生简直不要太苦。

易家。

易辞敲了敲易时的房门推开进去。

"如果哥你是来训话的就请走吧，我今天听得够多的了。"易时看了易辞一眼，翻身上了床。

"这个给你。"易辞将一本夹着试卷的本子递到易时跟前，"C大艺术系的分数线可不低，你还有一年多的时间。"

"哥……你！"看见里面整理好的各种知识点，易时震惊地看向易辞。

"我根据你这几次月考的试卷做了分析，这些知识点都是你薄弱的地方。"易辞淡淡道，"别拿自己的人生开玩笑。你想考C大，现在就要好好努力学习。我是你哥，从来不是你需要追赶超越的对象。"

易时怔怔地看着易辞，哥哥都知道？

心头一时间涌出无数种情绪，易时张了张嘴，又不知道该说些什么。

小时候，他虽调皮捣蛋，成绩却很好，可无论成绩多么优异，大家都认为这是很正常的事情，因为他的哥哥易辞也是这般优秀，作为弟弟，优秀并不意外。

所有人总是先看到易辞，夸赞易辞，到他这里，努力就变得理所应当，于是他开始不那么努力，不想成为哥哥的影子。

他想成为易时，而不是易辞的弟弟……

沉浸在回忆里良久，易时低下头看向手中的东西。忽地，他道："哥，你从哪儿弄的这试卷？"

"怎么了？"

"虽然字迹很像，但这不是我的试卷啊！"

"什么？"易辞眉头一拧，料想到可能是什么原因后，脸黑了。

第三章

死亡凝视下的补课

第一节 / 邻家小妹妹

周日，高三年级晚自习临近放学，教室里有些乱哄哄的。

"明天的晚自习我不来了。"易辞将手中的草稿本扔给蒋飞。

蒋飞看着上面三下五除二解出来的答案，摇摇头笑道："你都被保送了，上不上自习还不是你的自由？"

顿了顿，蒋飞瞥了他一眼："真羡慕你。"

易辞将手中的笔转了一个圈，道："我可能未来一两个月，都不会来了。"

"什么？"蒋飞愣了愣，颤抖着手指着易辞，像是被抛弃的糟糠之妻，"易辞，你要抛弃我！"

易辞静静地看着他表演，吐出一字："滚……"

蒋飞马上变正经，"咦"了一声道："我看你前段时间晚自习都在给你弟弟做知识点总结，你弟弟也不是个不开窍的啊，怎么，你爸妈还要你专门留在家给你弟一对一辅导？"

"没错。"易辞颔首。

"那要不……"蒋飞打着主意，笑得不怀好意，"你把你弟带到班上来辅导吧。我这个班长给你开后门，顺带着给我答疑解惑。"

"不行。"易辞直接否定。

"为什么啊？"蒋飞不解。

晚自习的下课铃声响起，易辞抬眸看了他一眼道："我辅导的不止一人。"

"什么？"蒋飞瞪大眼睛看着易辞站起将书包背在肩上，错愕道，"难道……难道又是你家楼下那个邻居？"

易辞还没说话，蒋飞又一个激灵："等等！上次那个小姑娘？她是不是就是你那个邻居小姑娘！"虽然上次见到的那个小姑娘脸上的痘痘比较多，但跟他记忆里，两年前在易辞家看见的那个长相甜美、哭得泪眼汪汪的小姑娘还是有点像的。

蒋飞突然来了劲儿，上前钩住好友的脖子，玩味道："那小姑娘还敢跟你补课？我记得她那次……可是哭得好崩溃哦！"

易辞想到那双泪眼，抿了抿唇。

第二节／补课进行时

周一晚上，吃过晚饭后，江柚绿战战兢兢地上了楼。

"我还以为你不敢来了。"易时开门看见江柚绿，促狭道。

江柚绿往屋里看了一眼，咽了一口唾沫道："开始了吗？"

"还没有，我哥在洗澡。"易时好笑地看着她，"至于吗，那么害怕？脸都白了。"

"说得好像你当初没有怕过！"江柚绿翻了一个白眼，要不是为了治痘痘，打死她也不会来补课，"这是我妈让我带的水果。"

第二天，吴怡丽就带着江柚绿去了医院，可谓是说到做到。那她自然也得履行承诺，虽然上一层楼她花了十分钟……

"叔叔阿姨呢？"江柚绿将水果放下，好奇地问道。

"他们今晚有饭局，回来也不知道几点了。"说着，易时在客厅的茶几边坐下，桌上已经摆放好了书本。

看他这么乖都开始看书了，江柚绿心中一紧道："你那天……易叔叔……你还好吧？"

"你看我好不好？"易时拍了拍胸口示意。

江柚绿正准备打探口风，浴室的门把松动，她条件反射地转身。

"易辞哥！"江柚绿热情地打着招呼，脸上的笑容熟络得仿佛跟易辞是亲人，哪还有刚才进门时的紧张兮兮。

"嗯。"

易辞肩上搭着一条白色的毛巾。刚洗完澡的他身上还氤氲着水汽，江柚绿眼神不自觉地在他身上转悠。

撇开她对易辞的那些"偏见"，她还是很肯定易辞的颜的，最起码从小到大，她没见过有哪个男生能比易辞还好看，还是越长越好看。

那张清冷俊美的脸，外加走路带风的气场，是天生的王者、老天爷的宠儿，江柚绿摇摇头，可惜是座冰山。

"我先去吹头发。"易辞睨了一眼长吁短叹的江柚绿，移开视线。

易辞进了屋，易时"啧啧"开口："江柚绿，你可真厉害！上一秒还怕我哥怕得要死，下一秒就可以狗腿地打招呼？"

还不是为了生活，江柚绿懒得理易时。

"不过你也不用怕。"易时拿起桌上的笔记本，冒着星星眼，"你看看，这是我哥给我总结的知识点，多么温柔一男的啊！"

"这是……"江柚绿看着那笔记本里夹着的试卷，有片刻恍惚。

"哈哈！你说这个试卷啊，我也不知道我哥从哪儿弄的试卷，根本不是我的！题目错得毫无章法，我哥还认真帮我做了弱点分析，你都不知道得知真相后我哥当时那个脸黑得哟哈哈！"

江柚绿："……"突然陷入死亡的恐惧当中。

江柚绿当初构想的是，她不能出卖朋友，但也不能得罪易辞，所以就想出了"伪造"这么一招。她修改了易时真实的排名，虽然没有易时改的名次那么高，但也比他真实的成绩好，这样如果易时就算发现是她给的成绩单，也不会怪她，毕竟她给的又不是真正的成绩。

修改了成绩单上的名次后，就得做给易辞的试卷，为了凑上成绩单上的分，江柚绿照着答案随便做的，自然错得毫无章法。

"不好笑吗？"易时看着白着脸的江柚绿迟疑了一下。

江柚绿挤出一抹干瘪的笑容："你可能不理解一个将死之人的心情……"

易辞很快就从房间里出来，盘腿在茶几前坐下。他左手边是易时，右手边是瑟瑟发抖的江柚绿。

"你就按照我之前说的复习。"易辞朝易时说完这句话后，伸手按住江柚绿正在缓慢挪动的试卷。

江柚绿："……"场面一度很尴尬。

"咳咳咳！"她剧烈地咳嗽起来，捶着胸口，"易辞哥，我最近感冒了，我还是离你们远点吧，不然传染给你们了。"

"吃药了吗？"他问。

"哥，你放心，我肯定吃了。"

"那戴上这个吧。"易辞拉开茶几下的抽屉，从里面拆出一个一次性医用口罩，朝江柚绿招招手，"过来。"

江柚绿嘴角一抽："……"这是什么家庭，怎么啥都有？

老实戴上口罩的江柚绿重新回到易辞的右手边，身侧人身上好闻的沐浴液味道萦绕在她的鼻尖。她不敢抬头，而是盯着对方力与美的手臂，暗搓搓地想，这么好看的手打人应该很疼吧……

"成绩单跟试卷带来了吗？"

头顶传来易辞的声音，江柚绿缩了缩脖子，也不知道是不是她的错觉，她觉得易辞在说"成绩单"跟"试卷"时，有些咬牙切齿的意味。

"带……带了。"她将成绩单跟月考试卷老实交给易辞，然后戴上了眼镜，一副好好学习的样子。

其实能考上县一中的学生，基础都不会太差，但她还是有些羞耻心的，毕竟在易辞跟前，她只能叫差生。

"准备学文？"易辞清冷的声音伴随着"沙沙"的翻卷声响起。

江柚绿鼓起脸，又刚又怂道："学文……学文怎……怎么了？"她知道有不少人觉得文科是成绩差的人的选择，她也知道易辞聪明，是理科中的扛把子，但这也不代表他可以瞧不起自己！

易辞睨了战斗状态的江柚绿一眼，淡淡开口："你文综成绩不错。"

江柚绿："……"原来是夸她啊……尴尬……

"我看看！我看看！"一旁的易时从哥哥手中抽出几张成绩单，看到江柚绿文综成绩在全年级的排名，惊叹道，"没想到啊江柚绿，你文综成绩这么好，都进前百了。"

县一中的成绩单变态之处在于它不仅每一科在班级有排名，连全年级的排名都会给你划分出来。

作为普通班的普通学生，文综成绩能够在全校排前一百，那是很不错了。要知道，一中高一年级一共有二十四个班，小县城一个班级学生最少都有六十人，而文综的成绩不像理综成绩悬殊那么大，所以你追我赶差一分可能排名就掉很多。

不是江柚绿自己吹，她的文综成绩连他们老班都夸过好。

破天荒被易辞夸，江柚绿有些飘飘然，可易辞下一句就把她拉回现实："你的语数成绩很普通，英语，很差。"

"很差"两个字像千斤顶一般砸向她的脑袋。英语差她承认，可她数学成绩还行啊！每次都能考一百分左右，哪里一般了？

江柚绿不满地嘟囔："我数学很好了好嘛……"对文科生来说数本就让人很头疼，但江柚绿例外，她最差的学科是英语。

"或许放在你们班，你的数学成绩还算可以。但是从全年级看，应该说你们班数学整体水平都差。"易辞在她的数学成绩边敲了敲，意味不明道，"101分，全班排名十五？"

江柚绿："……"他们班数学整体水平是不怎么好。

"还有英语，是不是中考后，你就再也没按我说的学习英语了？74 分？"易辞的脸上没有任何表情。

江柚绿心惊胆战，这哪是来补习的，全然像极了秋后问责的！

中考结束后她就谢天谢地不用在易辞那儿补课了，哪里会想到上高中后的今天，她会再次回到这里！

见她脸上写满了尴尬，易辞开口："分班考的理科你不用担心，都是基础不会太难，我会整理一份资料给你。但如果你想考上实验班，你的成绩还有待提高。你是想应付分班考，还是想考实验班？"

易辞问得认真，江柚绿也明白，想考文科的实验班，除了分班考的各科成绩要及格以外，文科成绩的排名也要好。

"实验班。"她坚定道。

"好。"易辞留下她的月考试卷，"既然你爱写试卷，那么我们就从做卷子开始。"

江柚绿瞬间瞪大眼睛看着易辞，温热的气体慢慢拂白了镜面。

易辞的报复，虽迟，但到。

第三节 / 英语学渣

江柚绿对英语的不喜，可以追根溯源到一个女人身上，那就是她小学的英语老师。

都说老师对孩子的影响很深，江柚绿深以为然。

她还记得那天北风呼啸，教室中间的窗户上破了一个大洞，冷冽的风灌入室内，英语老师打了一个哆嗦，让不会读单词的学生去堵窗口。

她就是那个堵窗户的笨学生，一节课下来，浑身僵硬到连路都不会走。最后放学，教室里的学生都走完了，她一个人慢慢蹲下身，再想动一动都费劲得很。

"你在这儿做什么？"

听到声音，小小的江柚绿慢慢抬起头，看见一张带着奶膘的漂亮脸庞，虽然年岁小，但已自带酷酷的气场。

说来老天总是让她在丢脸的时候遇见易辞，往日里根本不会从四年级路过的易辞，那天也不知为何会经过他们班，看见教室里只剩她就走了进来。

江柚绿记不清自己具体是怎么说的了，只记得易辞蹲下身问她："能不能动？"

"不……"因为脸冻僵了，她说话都有些艰难。

易辞环顾教室一圈，最后看到她的书包，走过去打开，再走到她身边的时候，他拿着她的手套、围巾、帽子。

莫名地，她察觉到他在生气。

"哥……我动不……"

她话还没有说完，易辞就握住她的手，触及她冰凉的手指，他一言不发地给她戴手套，戴好后，他又将她的帽子、围巾给她戴好，动作认真专注。

确保她不会冷后，他扶起她："走，我们回家。"

小小的江柚绿从来没发现回家的路会那么长，她几乎艰难地走几步就得休息一会儿。跟易辞走到了银行门后，他们坐在银行的台阶上休息，周围很多家长好奇地看着他们。

"易辞哥……你先走吧，不用管我……"

"等你这样子回家，下午都开始上课了。"易辞蹲下，"你上来。"

因为是冬天两人穿得都挺厚，背最后是没背起，易辞便搂起她，每走两步休息一下。

等到了家，易辞已经一头的汗，冷白的皮肤变得通红。

吴怡丽询问他们怎么了，江柚绿对学校发生的事情闭口不谈。那时候她年纪小，虽然觉得因为单词不会读而被罚堵窗户是一件很丢脸的事情，但对英语老师也讨厌到了极致。哪怕她后来听到那位英语老师因为体罚学生被投诉劝退后，也改变不了她对英语的不感兴趣。

后来初三因为英语成绩太差，她在易辞那儿补课被他"虐"得实在太狠，有几次崩溃到哭。但就算她哭，易辞都不会让她喘口气。

经常她哭得上气不接下气地回答着易辞的问题，易辞在旁边面无表情地告诉她回答错误，罚她抄十遍，下一秒，她会"哇"的一声哭得更加撕心裂肺，看得一旁的顾媛咽了一口唾沫看向吴怡丽尴笑道："我家易辞有些太严格了哈……"

吴怡丽良久缓过神，后怕地喝了一口水压压惊："你这孩子以后适合搞科研……严格严谨……"

那时候江柚绿想不明白，就算是付费的辅导老师都不会像易辞这样严格要求，他一个不收钱的干吗对她那么狠？后来她考上一中，虽然依旧没参透易辞为什么对她严格，却感谢易辞的严厉，因为一中毕竟是市重点高中，学习氛围很好，如果没有易辞，可能她就上一所普普通通的高中，过着不知进取的日子。

只是感恩的心在她得知还有第二次补课就消失了……

连续四个晚上的补课，江柚绿已经有种窒息的感觉，不仅是学习氛围，还有就是她脸上的中药膏。

她每晚都要敷中药膏，为了节省时间，她索性就顶着敷了药膏的脸来补课。可当她这样来到易辞跟前时，她发现，易辞有些不适应她脸上的中药味！

"泰山怎么写？"易辞用指间的笔点了点试卷上的作文题，目光落在江柚绿那张黑漆漆的脸上，微微皱眉。

想忽视那道视线都难，不过江柚绿有些恶作剧得逞般高兴，她知道自己脸上的中药膏味道很怪，甚至可以说臭，但她就想看到易辞嫌弃但又无可奈何的样子。

"什么？"她刚才太开心神游了，没听仔细他问的什么。

"泰山，用英语怎么写？"易辞看着她眼底狡黠的光，屏住呼吸再次重复一遍，语气有些不高兴。

不高兴？"易不高兴"他出现了！江柚绿心头一跳。

说好的一对二辅导，因为易时聪明的大脑，在昨晚已经变成易辞与她的一对一。

不得不说人比人真的是气死人，有些人虽然玩心大，但天生的好头脑，只要一收心认真学习，那进步的速度让别人望尘莫及。易时现在在他自己的房间做题，徒留她一人面对恐怖的易辞。

"嗯？"易辞发出一个询问的音，听着漫不经心，实则凌厉如刀，仿佛江柚绿三秒之内再不开口，她就死无葬身之地了。

只是江柚绿越慌，越什么也想不起来……

她低着头抓耳挠腮，偶尔忍不住去瞟易辞的表情。

易辞不动声色。

"能……给我两次机会吗？"江柚绿抬起头真挚且小心地发问。

易辞："……"这就是她想了半天要说的话？

"Taishan？"江柚绿发出一个老外说中文的语调。

易辞眼神一暗，江柚绿心中一惊，颤抖着音调使用了第二次机会："Thailand？"

"Thailand是泰国！"易辞看着眼前的少女，胸口起伏，气不打一处来。

江柚绿狠狠打了一个哆嗦，对对对！就是这个死亡眼神！这个可怕凝视！

她是真的忘记了嘛！

"是Mount Tai。"易辞"沙沙"在试卷的空白位置写下泰山的英语单词，随后接着道，"把这句话翻译写出来。"

江柚绿松了一口气，朝作文提示看去——"古代很多帝王都会去朝拜泰山。"

江柚绿看到"朝拜"两个字，大脑短路了。

"易辞哥……我写好了……"

心虚的女声让易辞多看了江柚绿两眼，待草稿落到他手上，对方将自己缩成一团。

易辞看着草稿上的英文句子，目光忽地一滞，像是看见了苍蝇：

"Let your head 'peng peng' on the groud？"

江柚绿听易辞不可置信念完句子后再次抱紧了自己，小声道："我错了……"

易辞握紧了手中的笔。

江柚绿仿佛看到了易辞背后升腾起来的杀气，如果易辞的眼神真的可以杀人，恐怕她这个英语学渣早就被他千刀万剐了。

"从明天开始，我会检查你单词默写情况，错了就罚抄。"易辞深吸一口气道。

"啊？"江柚绿惨叫一声。

"哥，火气这么大？"江柚绿走后，易时斜倚在厨房门口，看着易辞喝水。

易辞睨了他一眼，拧紧瓶盖道："偷看得挺开心？"

"嘿！"被戳穿的易时扬唇一笑，看他哥给江柚绿补课简直是人生一大开心事。江柚绿是谁啊？江家小霸王花啊！天不怕地不怕，偏偏到他哥这里尿得像只弱小无助的猫。

"你都不知道江柚绿有多搞笑。高考有倒计时一百天，她有一份在你这儿补课的倒计时表。"易时看着哥哥的表情，笑得越发恣意明媚，一字一句补充道，"自制的。"

闻言，易辞眼神暗了暗。

"又是活下来接近胜利的一天。"江柚绿双手合十感谢上苍。

朱玲玲听见江柚绿的自言自语,好奇地朝她手中的东西看去,只见她郑重地在本子上画掉一个数,感激地念道:"还有六十九天……"

"你这是在做什么?"朱玲玲不解道。

"这是我脱离苦海还剩下的天数。"

朱玲玲了然,摇摇头叹了一口气道:"啧,你真的是身在福中不知福。"说完,朱玲玲视线无意间瞥向窗外的人影,她猛地戳了戳江柚绿,"你快看外面,'天降'!"

江柚绿没想到事隔这么多天,"天降"还会找到她。

"谢谢你上次帮我。""天降"将手中的奶茶递给江柚绿,粉白的小脸上有些羞赧。

"噢……噢,没事。"江柚绿有些受宠若惊。

"那个,你其实不是易时的大嫂吧?""天降"犹犹豫豫道。

"啊?"江柚绿下意识地有些戒备,这位该不会也是来跟她拜妯娌的吧?

"其实我知道那天那个学长是易时的哥哥,你跟易时是邻居,住楼上楼下。""天降"温暾着说。

"易时告诉你的?"江柚绿愣了愣。

"天降"摇了摇头,笑道:"我跟易时没关系,他送我奶茶只是因为不小心把我奶茶撞洒了。这个……麻烦你把这个交给易时的哥哥。"

"天降"塞给江柚绿的是一封信,拿着信回到座位的江柚绿有些如坠云里雾里。

“信？‘天降’让你把它转交给易时吗？”朱玲玲看着她手中的信，有些震惊。

“不是。”江柚绿表示自己也很蒙，“是给易辞的。”

“易辞？”朱玲玲拔高音调，又惊又奇，“她怎么会认识易辞？”

江柚绿将那天发生的事儿说给朱玲玲听。阐述完，她“嗞”一下疑惑道：“你说她为什么没怀疑我是易辞的女朋友啊？”

朱玲玲翻了一个白眼，她还以为江柚绿发了半天的呆是因为疑惑。她恨铁不成钢道：“只有瞎了眼的你会觉得易辞不如易时！你都不是易时的女朋友，连绯闻对象都不算，人家怎么会觉得你跟易辞有关系？”

江柚绿头上冒出无数个问号，不愿意相信“她不配”这个事实：“那‘天降’怎么知道易辞跟易时的关系，还知道我跟他们住上下楼？难道不是因为易辞跟她有关系？”

“你忘了那两个知道内情的‘女混混’跟她一个班的吗？不要小瞧人类捕捉信息的能力，尤其是女人。”朱玲玲意味深长道。

“所以……‘天降’不喜欢易时，而喜欢上了易辞，那个阎王？哈哈哈！”江柚绿反应过来后爆发出一串笑声。

朱玲玲看着喜闻乐见的江柚绿，嘴角一抽：“吃人嘴软，你还是想着怎么把信交给易阎王吧。”

江柚绿的笑声戛然而止。

帮人给易辞递信这事，江柚绿小时候可没少干。

虽然易辞气质冷绝，看起来很不好惹的样子，但奈何长得好看，惹得一群女孩愿意去“飞蛾扑火”，憧憬着万一见鬼了呢！

那时候，只要信不是给易时的，对方还用零食给她当"跑腿费"的，江柚绿都是很乐意去干这件事的。因为小人之心的她时时刻刻期待着易辞早恋被抓，毁掉"三好学生"的人设，这样她妈就可以不用天天让她向易辞学习了。

按朱玲玲的话说，她像极了笼罩在"别人家孩子——易辞"光环下成长起来的变态。

刚开始送信给易辞的时候，她装作天真无邪不知粉色信件为何物的样子，但后来被易辞撞破她欢喜地收着别人送的零食，还打包票拍胸脯说绝对送到时，末日就降临了。

易辞不仅没收了她所有的"跑腿费"，还让她给每一个送信的女生写拒绝信，每一个拒绝的理由还不能重复，他会检查的。而收到拒绝信的女生要么在她跟前哭哭啼啼，要么在她跟前破口大骂。每天她不仅要抓狂拒绝信怎么写，还要像售后服务般，赔礼又道歉，那段时间简直就是她的噩梦。

事后，易辞警告江柚绿，如果她再帮别人给他递信，后果自负。

江柚绿看着自己手中的信，犯了难。

易家，晚上七点。

江柚绿郑重地将白天得到的那杯奶茶放到易辞跟前。

易辞看到奶茶，眉峰挑起了一个微小的弧度。

江柚绿双手奉上那封信，像呈递圣旨般："易辞哥，这是上次那个被人围堵的女生，让我交给你的信，还有这杯奶茶，也是她给我的，说是感谢上次我出手相救。我想了一下，英雄救美的是你，这奶茶应该是你的。"

语气毕恭毕敬，态度诚恳。

易辞拿过那封信，看了一眼里面的内容后将信收下，打开课本道："奶茶给你吧，我不喜欢喝。"

"嗯？"江柚绿猛地抬起头，"你就这样收下了？"

"不是给我的吗？"易辞反问。

"当……当然！"江柚绿连忙跟着打开书本，但还是不死心地又问了一句，"你就没有什么话想对我说的吗？"

"什么话？"易辞盯着她。

"就比如……"再给他这种东西就让她吃不了兜着走？江柚绿与易辞四目相对，心情复杂，他到底还是不是易辞？他居然收了信欸！亏她一路上还在想各种说辞，他就这么轻松愉快地收下了？

那封信江柚绿偷偷打开来看过，里面只写了一个 QQ 号。这种简单粗暴的交友方式，江柚绿还是第一次遇见，跟"天降"温温柔柔的外表一点也不符。

难道易辞对这种反差萌有好感？

"准备开始听写 A 单元单词。"易辞说完话发现身侧的人没有任何动静，他偏过脸看向江柚绿。

"易辞哥——"

江柚绿两手放在腮边，撒娇卖萌比画着："人家、今天、不想、听写单词嘛——"尾音的拖长伴随着撒娇摇晃的身体。

易辞冷淡的一双眼看着江柚绿那张涂成锅底的黑脸。

江柚绿："……"

"对不起，我有病。"说完，江柚绿立刻埋下头拿起笔。

易辞盯着她的小脑袋，嘴角突然隐隐一勾。

第五节 / 好好学习，天天向上

"你哥可能有喜欢的人了。"

操场上，广播体操正播放到跳跃运动，易时听到江柚绿这句话后瞪大眼睛："你说什么？"

"欸，大哥你别呆住了啊，跳起来啊！老班在上面看着呢！"江柚绿蹦跶着咆哮。

"跳跃运动最傻了。"易时站在原地就甩着胳膊意思了两下，催促着，"你快说清楚啊？"

"就是昨天晚上我帮人递信给你哥，信上让你哥加对方 QQ，你哥收下了那封信。"

"那你怎么不向我妈举报？"易时道。

"嗯？我是那种人吗？"江柚绿诧异道。

"你不是吗？"易时笑骂，"尿包，就知道拖我下水。"

江柚绿眼睛笑得眯起，在干坏事这方面，还是易时最懂她。

晚上，易家，易辞的房间内。

江柚绿催促道："你快点，你哥马上就回来了！"

"你不要催啊！"易时输入开机密码的手不停地颤抖，他大脑乱哄哄的，这要是被他哥知道了，这要是被他哥……

"哎，怎么还没登上 QQ 啊？"江柚绿心急如焚，看见易时握着鼠标的手哆嗦着，更加紧张了，"你不是说我厉吗？你在这里抖什么？"

"我这不是紧张，而是身体不受控制！"易时辩解道，"你快去阳台看着啊！我这边搞好会跟你说的。"

"好，那你快点噢！"江柚绿再次跑到阳台上放风。

进了巷子的蒋飞"哎"了一声，指着阳台上踌躇不安的人影道："那个是不是在你家补课的邻家小妹妹啊，她每天补课来这么早的吗？这才刚放学没多久吧？"

易辞顺着蒋飞指的方向看去，眼睛微微眯起。

"他来了！他来了！"第一时间发现目标人物的江柚绿冲回房间。

好不容易登上 QQ 的易时闻言一激动，伸出手直接把电脑插头给拔了。

江柚绿跟易时面面相觑，看着电脑插头上连带着的墙壁插座，又机械地转动脑袋看向墙上裸露的电线。

江柚绿："……"

易时："……"

"记得拖延住我哥！我去修！"

"易时你！"江柚绿话还没有说完，就被易时一掌推出门外。

"哎？小妹妹要小心点哦！"有人眼疾手快地扶住江柚绿没站稳的身子，江柚绿抬起头，看见一张笑意盈盈的脸。

蒋飞笑眯眯地看着江柚绿，这小姑娘比上次看着，脸上的痘痘没有那么严重了嘛。

江柚绿的视线从蒋飞的身上瞥向他旁边的人，顿住。

"你们在做什么？"易辞目光深沉，瞥了一眼江柚绿腰间的手。

蒋飞察觉到那刀子般的眼神后连忙撒手做无辜状。

"我……我们……"

"啊！"一声尖叫自屋内传来，江柚绿脑海里蹦出"触电"两个大字，瞬间小脸吓得毫无人色。

"易时！"她冲回屋内大叫。

屋内，易时惨白着一张脸贴着墙角，指着窗户上不知哪儿飞进来的东西，颤抖着声音道："有有有……有蜜蜂。"

江柚绿："……"您可是一中有名的扛把子哎，您怕蜜蜂？

"现在，你们可以告诉我你们做了什么吗？"电脑前，易辞拿着插头在他们跟前晃了晃。

江柚绿跟易时心虚地互看了对方一眼。

"所以你们是怀疑易辞谈恋爱了？很好奇想看一看，结果因为紧张把插座都给拆了？哈哈哈！"蒋飞听完江柚绿跟易时的话后总结发言，笑到肚子痛，他看向易辞调侃道，"你这个做哥哥的，平时未免也太严肃了点吧，你看这两个小孩，都不敢直接来问你，偷偷摸摸的，像是来搜集证据一般。"

闻言，江柚绿跟易时身躯颤了颤，还别说，他们就是来搜集证据的。

"你跟我进来。"易辞起身，叫易时进屋。

易时求救般看向江柚绿。

江柚绿眼观鼻鼻观心。朋友，就是在关键时候拿来舍弃的。

易时："……"

待卧室的门关上以后，蒋飞看着江柚绿，友善地安慰道："你不用担心，虎毒尚且不食子，那是他弟弟，他会让弟弟留一口气的。"

江柚绿："……"

没多久，卧室的门就打开了，江柚绿原本以为会看见一个垂头丧气的易时，没想到易时满面春风地从里走出来。

身后，易辞手里拿着一个东西，递到蒋飞跟前道："你可以走了，快上晚自习了。"

"唉……一点看戏的机会都不给。"蒋飞叹了一口气，接过U盘。

高三学生学习压力大，他们班主任决定周六晚自习给学生放一部电影，让学生自己选择看什么，至于下载的任务，就落到了班长蒋飞的身上，但蒋飞住校身边没有电脑，蒋飞便找了易辞帮忙下载。

"那我走了。"蒋飞向三人挥挥手，目光最终落到江柚绿身上，给她加油打气，"别怕哦，易辞可是被我们称作'易甜心'呢，别看他表面冷若冰霜，其实内心温柔细腻体……"

"啪！"房门关上。

蒋飞摸了摸鼻子，这家伙什么时候脾气变得这么暴躁了？

发生了这么一个事，晚上的补课也还是一如既往地进行着，只是与往常的气氛不同，今夜安静得可怕。

原本江柚绿就感觉易辞的话不多，今晚易辞更是板着一张脸能省则省，让江柚绿愈加心虚。

江柚绿将演算好的方程式写在试卷上，交给易辞检查。易辞扫了一眼，在旁边打了一个叉后再次退还给她。

江柚绿丧气，他连死亡的凝视都不愿意给她了。

易辞低头看着书，身侧的人再次将试卷递了过来，上面重新写了解题过程，这一次答案终于正确了，只是……他的目光落在题目下面的字上——"易辞哥，对不起。"

"哥，真的对不起。"见易辞看见那字，江柚绿立刻开口，十分抱歉道，"你可以骂我，朝我发火，我知道是我的错，你不原谅我都行！你别……别这样不说话啊……"

江柚绿眼眶一酸，她还是第一次看见易辞这个样子，让她觉得自己特别不好。

"继续做题。"易辞移开视线，退回试卷，声音清冷地说道。

江柚绿嘴一撇，泪水就开始在眼眶里打转。

"啪！"

一滴泪落在试卷上，随后又落下第二滴第三滴。江柚绿眨了眨眼睛，用手拭去眼泪，不知为何，眼泪却越擦越多。

纸巾被递到她跟前，她看着那只骨节分明的手，"哇"地哭出了声。

听到动静的易时从自己的房间里慌慌张张地跑出来："怎么了？怎么了？"

易辞平静如水的眼睛看着易时，易时止住脚步，看着哭泣的江柚绿尴尬道："那个……有事叫我哈……"说完，回屋、关门，动作一气呵成。

"你哭什么？"易辞平静地问。

"哥……呜呜呜，我错了……对……对不起！"

"你知道自己错在哪儿了吗？"

耳朵贴在门上听到自家哥哥问出这句话后的易时不禁感叹，他哥这气场，以后若是找个脾气火暴的对象，遇事吵架肯定得分。

"知……知道……"江柚绿啜泣着点了点头，身上哪里还有江家小霸王的影子。

"说。"易辞抽出纸巾擦拭着江柚绿哭成花猫的脸。

"我……不应该……呜呜偷看……你的信呜……不应该跟……易时……偷开你……电脑……还把插座……弄坏了呜……"江柚绿哭到伤心处，喘得有些上气不接下气。

易辞看着她道："你还是不明白。"

听到这句话，江柚绿瞪大了一双泪眼，她道歉还道错了吗？

"我……"江柚绿喘得有些厉害，连话都说不出来了。

易辞犹豫了一下，伸出手轻轻拍着她的背，客厅只剩她抽抽搭搭的声音。

过了好久，江柚绿的情绪才平复下来。

易辞拿过她的作业本，翻到了最后一页，她打了一个哭嗝。

那上面，是她自制的"脱离苦海"天数表。

他是怎么晓得的？

"你如果不想在我这里学习，没必要来的。"易辞语气冰冷，冷到江柚绿感觉周身的空气都被冻结了。

"我……"江柚绿一时语塞。

"你现在没有好好学习的态度。"易辞道。

一瞬间，江柚绿明白了。她低下头道："哥你不是生气我弄坏插座，是因为我天天不专心学习吗？"

江柚绿也不是没被教育过，但还是第一次被同辈人，那个人还是易辞教育。

易辞没有说话。

躲在房间里的易时不停地换着位置听墙脚，咋没声了呢？

良久，江柚绿闷着声音道："对不起易辞哥，我知道错了……"

她吸了吸鼻子，再次仰起头看向易辞时一脸认真道："请你相信我，我会好好学习的！再也不八卦你了！"

易辞："……"

第四章

迎战分班考

第一节／学习小组

两耳不闻窗外事后，专心学习时间总是过得很快。

期中考试结束后的第一天，各科试卷已批改出来，第二天，成绩单分发到所有人手中。

江柚绿看着自己的理科成绩，并没有很大进步，但按照她的努力继续发展下去，应付分班考是绰绰有余了。

她拿着成绩单正掩不住喜色，班主任老李敲了敲讲桌道："还剩五分钟放学，我们调个座位。"

闻言，全班安静下来。

之前他们班的座位都是按照成绩单名次自己选的，自己选的话，大家都会跟自己熟悉的人坐在一起。调了好几次座位，全班都没有大的座位变动，但是这次，老李自己安排了座位表。

"第一组第一位，江柚绿。"

江柚绿没想到老李第一个念的就是她的名字，她脸一白，第一位？而当老李念出她同桌是谁时，她更是猛地扭过头看向朱玲玲，居然不是朱玲玲，而是班花！

朱玲玲的脸色也不太好，她们在一起做同桌已经快一年了，这次突然把她们给分开了？

老李念完一遍座位表后道："座位现在就开始调，下午上课就按照新座位表来，座位表我贴在讲桌上，没听清楚的自己上来看。"

江柚绿连忙问朱玲玲道："你坐哪儿啊？"

朱玲玲道："还好还好，我在你后面，第三排靠窗的位置，同桌是……"

朱玲玲报出一个女生的名字，那女生正是现在坐在她们前排的语文课代表，平时跟她们玩得比较好。

江柚绿颇为羡慕朱玲玲，位置不张扬，同桌还是熟人，哪像她，坐在进门一眼就看到的地方，同桌还是平日里根本没啥交集的班花。

"你好啊。"

江柚绿将书本搬到第一排的时候，班花同桌就对她甜甜一笑。

她点了点头，有些局促。

"我可不可以坐里面啊？"班花指了指靠墙的位置。

原本已经收拾好的江柚绿虽心里很不情愿，但嘴上却欣然答应。

以后她就成了他们班的"守门人"了，江柚绿叹气。

"你说老李又在搞什么，全班都换了，就我俩从第三组平移到第一组来了？"

后排的男生搬书的动静很大，引起了江柚绿的注意。

"嘁，我还不想跟你做同桌呢，烦死了！"

两个男生互怼着。

江柚绿一看，她周围真的是神仙打架，同桌是班花，身后坐的是班长跟物理课代表。

"要不我们换个位置？"班花靠着墙笑着打趣那两个男生，仿佛一开始就是三人的聊天。

在江柚绿的记忆里，班花好像跟这两个男生也没有什么交集，但人家可以这样开玩笑地说着话，让她不禁感叹美女的自信与落落大方。

当天下午第四节课，江柚绿明白了老李为什么突然要这样换位置了。

他们县一中高一是没有晚自习的，但一般到了高一下学期期中考试后，下午就会多加一节课，由各班班主任安排。

这多加的一节课老李并没有上课，而是弄成了学习小组，主打互帮互助。

"前后桌组成学习小组，有不懂的可以互相讨教。小组讨论没有结果的问题，可以拿来问老师。"老李说完这句话后推了推鼻梁上的眼镜，周身散发着年轻老师新颖教学的自豪。

全班："……"

江柚绿跟班花转过身，江柚绿拿着卷子，看着对面的班长跟物理课代表，一时不知道要问什么。

关于理综的学习，易辞已经给她安排好了，能问的也就数学跟英语，可……

"那我们开始吧。"班花笑了笑。

班长突然在空气中嗅了嗅道："你们今天有没有一直闻到很奇怪的味道？说臭不臭的，很是奇怪……"

江柚绿下意识地缩了缩自己的身体。

"哪有什么味道，就你一天天跟狗鼻子一样。"物理课代表怼着他。

班花笑着拿起试卷问对面的物理课代表："好啦，别打了，你来给我讲讲这题……"

江柚绿看了一眼她对面的班长，尬笑一下："我先自己做题了啊。"

她埋头开始做着英语卷子，陷入沉默。

他们班的班花不仅长得好看，学习成绩也还不错，这次期中考试班花考了全班第十一名。有些人，自身条件不但优秀，还很努力。

她也想笑起来好看又可爱，可是她的脸长了许多讨厌的痘痘，这段时间涂中药，身上也有股洗不掉的奇怪味道。她听着班花跟物理课代表的笑声，对了一下英语卷子后面的答案，错了……

"你有问题要问吗？"班花突然凑近江柚绿，一双笑眼弯起如月牙般漂亮，对面的物理课代表跟班长也看着她。

江柚绿连忙笑着挥挥手道："我……我还没有！你们先讨论吧，我做会儿卷子。"

三个人没再说什么，开始进入下一轮讨论。江柚绿握紧笔，她的英语成绩应该是他们当中最差的，有些英语上的问题，她可以在易辞跟前丢丑，但在他们面前露怯，总觉得会被嘲笑。

脑海里突然冒出来的想法让江柚绿怔住，为什么她会觉得在易辞跟前她可以放下她那莫名其妙的自尊心？

放学后，发现自己忘带东西后江柚绿又折回教室，只是走到门口，她听见班长道："给你用湿纸巾擦一擦吧，不知道江柚绿身上是什么奇怪的味道。"

"中药味吧，她应该在涂药。"班花道了谢接过。

晚上在易辞家补课。

顾媛端了水果放在一旁，看见江柚绿涂得黑漆漆的脸，"扑哧"一笑："我看这药效果还挺不错，最近看柚绿脸上的痘痘没有那么严重了。"

"真的吗？"江柚绿眼睛一亮。

顾媛笑着点点头："其实你啊也就是青春期长痘，所以不用担心脸上的痘痘，等过了这段时间，我们柚绿会变成大美人的。"

大美人江柚绿不敢当，能有一张看起来白白净净的脸她就心满意足了。

"咚咚！"易辞拿笔敲了敲桌子。

江柚绿连忙吃了一块苹果，对顾媛竖起大拇指道："顾阿姨，我先继续学习了，谢谢阿姨的水果！超甜！"

顾媛笑得更开心了。

"哥，卷子我都做好了。"江柚绿连忙将英语卷子拿出来。

易辞道："你们下午多加了一节课，你就在做卷子吗？"

"不是的，我们没上课。我们老班搞了一个学习小组，我就把试卷给写了。我这一题、这一题，还有这几题……"江柚绿指着试卷上被她标记的题目道，"我没明白，你给我讲一讲。"

易辞眸光微动："你们学习小组不讨论问题啊？"

江柚绿自然不会把自己的那些小九九说给易辞听，她拍马屁道："我觉得他们都不如易辞哥你讲解得好，可以让我一点就通茅塞顿开福至心灵……"

"哦。"易辞指着她做错了的一道单项选择题问，"那为什么我前段时间刚讲过的题你继续做错？"

江柚绿："……"

易辞将错题都解析给她听，她认真地做着笔记，偶尔一抬头，她看着易辞的脸，不禁出了神。

台灯下，易辞的脸光洁如玉。

易辞跟易时，都完美地遗传了母亲的冷白皮基因，这让他们优秀的外表加分不少，不是有句话叫公子如玉吗？

此时易辞额前的碎发微微遮住饱满的额头，半垂着的长而密的眼睫，敛去平日里不少的冷意，灯下的鼻梁秀挺，他神色专注，薄粉的唇上下翕动着，分明的下颌线到下巴处收紧，完美得像是二次元世界里才会有的人。

"看题。"易辞的声音拉回正在出神的江柚绿，她心下一跳，看着保持着讲题动作的易辞，弄了个大红脸，"噢噢"两声。

他不是在讲题吗？还知道她刚才在偷看他啊？

晚上结束补课后，易辞送江柚绿出门。站在门口，江柚绿忍不住

· 078 ·

问出心中的好奇："易辞哥，你有没有嫌弃我很笨啊？"说完，她蹦跶了一下，楼道的感应灯亮起。

易辞道："人的领悟能力本身就有差距。"

江柚绿："……"那就是有嫌弃她喽？她干吗要在一个保送生面前自取其辱？

"但……要继续保持努力。"易辞清冷的声音不大，头顶的灯光熄灭，楼道里陷入一片黑暗之中。

江柚绿看不见易辞是什么表情，但她嘴角慢慢咧起，易辞这是……肯定了她这段时间的努力了？

"咳咳——"易辞咳嗽了两声。感应灯再次亮起，照亮江柚绿脸上的笑容，易辞微怔。

"嗯嗯！知道了，易辞哥！"江柚绿欢快地下了楼。

等听到楼下那扇铁门关上，易辞才转身进了屋。

每天下午的第四节课，江柚绿都拿来做题或看书。易辞给她规划了学习计划，而她自己又在这基础上给自己多加了学习任务，虽然每天都很忙，但好在没有浪费时间。

四人的讨论小组依旧是江柚绿一个人在按照自己的进度学习。

"江柚绿，你没有想问的问题吗？"

这天下午，物理课代表突然开口问向江柚绿。江柚绿从卷子里抬头看向物理课代表，有些蒙，道："你们讨论吧，不用管我。"

"我看你也有做错的题目，我们可以帮你解答。"物理课代表认真地看着江柚绿。

"我……"

"你怎么不关注我写错的题啊？"一旁的班长突然开腔，看着同桌，笑得意味深长。

"你干吗呢！"物理课代表猛地一拍班长的背，瞥向江柚绿的目光有些闪躲。

"好好好，我错了！"班长求饶，朝江柚绿求救，"你快把你的错题给他看看，不然他天天问我为什么你不参加讨论。"

"你有毛病吧？胡说八道些什么？"物理课代表变了脸，有些生气。

"你自己说过的话不敢承认吗？"班长挺直腰杆反问。

青春期的少年好像很容易因为起哄而红了脸，江柚绿结结巴巴道："我……我晚上补课，所以……"

"我听朱玲玲说，你找的是你的邻居补课吧？对方好像就是我们学校高三的学生，你其实有问题可以现在问老师的。"班花开口道。

"他不是……"

江柚绿话还没说完，班花眼尖地看见老李过来了，指着她卷子上做了标记的完形填空道："你去问老师这道题吧，正好我们刚才讨论意见没有统一。"

江柚绿其实很想说易辞不是普通的高三生，能保送 M 大的，他们学校几年都不一定能出一个。

看着三人将目光投在她身上，她咬了咬唇站起身，询问刚好走到她身边的老李道："老师，我想问这一题……"

老李看了一眼题目，热情地开始讲解，意外的是，说好意见没统一的三人却没有凑过来一起听。

江柚绿坐回位置的时候，班长对班花开口道："我觉得还是我们补课老师讲得好。"

班花认同地点头道："毕竟老李才当老师没几年，我们补课的老师都教了三十年英语了，肯定老练。"

江柚绿额角的青筋欢快跳动，他们是认真的吗？

第二节 / 高考前的动员大会

劳动节过后的第一天，高三在大礼堂召开动员大会，虽说是为高三办的，但这次动员大会高一高二也得去。

从西校区排好队伍出发，穿着黄色校服的学生队伍犹如一条长龙，游走在小镇的路上，大概花了半个小时，"龙头"才进入东校区的大门，进入操场整队。

"我听说这还是一中第一次请人来开动员大会。"朱玲玲吐槽，"听说请来的名嘴出场费一小时都好几万，来回的路费跟住宿费都是学校出。学校肯定是心疼钱了，要不然给高三开的动员大会，怎么会把我们也给薅上？估计是提前让我们听一听，以后就不办了。"

江柚绿被这拨逻辑给逗笑了，她伸出大拇指："我觉得你说的话很有道理。"

"那等会儿结束后，一起看书啊。"朱玲玲提前预约。

老李让他们带着书本作业，美其名曰感受东校区学习氛围，其实是因为活动结束后时间还早，想让他们争分夺秒学习。

江柚绿点了点头，这会儿看书应该不会像在班上必须是前后桌在一起了。

"怎么还不让我们进啊？难道高三的还没有进完吗？"朱玲玲扇着风。

话音刚落，操场上的人群突然沸腾起来：

"我的天，也太帅了吧！这是谁啊？"

"啊啊啊！快看那个男生，超帅啊！"

"姐妹有他的资料吗？"

"怎么了，怎么了？"江柚绿听到动静立马踮起脚四处张望着。

"神仙下凡了。"朱玲玲看向来者感叹一句，她拍了拍还在东张西望的江柚绿，"姐妹，看那儿好吗？"

江柚绿连忙看去，视野里出现了几个高三学生，她疑惑道："不就是人吗？怎么了？"

朱玲玲瞪大眼睛道："你是不是看易辞都已经审美疲劳了啊？不就是人吗？你信不信易辞的颜粉把你骂死？你听听，这躁动都是因为易辞的出现啊！"

江柚绿再次抬眸看向主席台上的易辞，他正在与身后的同学说话，虽然他周围的人都穿着一样的红白校服，但是因为他那张出众的脸跟清冷的气质，让人一眼看见就再难移开视线了。

"大家请安静，接下来我们按照班级顺序有序进场，请跟着学长学姐进入指定区域坐下。"扎着马尾戴着眼镜的学姐拿着话筒说完话，与身旁的易辞核对着手中的表格。

操场上的队伍有条不紊地进场，每个路过易辞的人，都屏住呼吸红着脸看着他。

江柚绿是六班，很快就轮到他们进场。

随着离礼堂门口的易辞越来越近，她发现了有趣的一幕——易辞身边的学姐耳尖一直泛红。

"小心！"耳畔传来朱玲玲的惊呼，江柚绿脚下一个踉跄，却被人及时拽住手臂，扶稳身子。

"走路要看路。"易辞低沉的声音自身侧传来。

周围的人大笑起来。

其实江柚绿知道，真正笑话她的人可能很少，甚至看见她摔倒的都没几个，大多数人眼睛盯着易辞，连夸张的笑声都只是为了引起易辞的注意，可她还是感觉自己的脸部温度濒临爆表。

进了礼堂，朱玲玲还沉醉在刚才那一幕，甚至还醉心地一遍遍夸张模仿着："小绿，小心，走路记得看路。"

江柚绿："你够了。"

朱玲玲连忙坐在江柚绿身边道："我突然觉得你跟易辞更有 CP 感，就冲刚才他上一秒还在跟身边的人说话，下一秒就扶稳你，我就可以肯定他有在暗中注意你！你看我在你身边都没有他反应那么快！你确定不改一下目标，以后嫁给易辞吗？"

江柚绿脸上的热度还没有消散，听到朱玲玲这番话，她想到那天晚上她偷看易辞被他知晓的场景，又想到从小到大他的目光，总是出现在她跟易时玩得很开心的时候，只要她往周围一看，必定能看见他那冰冷的眼神。

他下意识地关注她，完全是因为从小养成的"捉她把柄"的习惯啊！

"你觉得我有病吗？"江柚绿问。

"没有啊，怎么了？"朱玲玲不知道话题怎么跑偏了。

"那我干什么要找罪受？"

朱玲玲："……"

"而且……"江柚绿神神秘秘道，"易辞有喜欢的人了。"

"我的天！是谁？"

想到自己保证过的话，江柚绿将到嘴边的人名又咽了回去，正襟危坐道："我这个人不八卦。"

朱玲玲："……"

易辞的出现无疑引起了轰动，很快关于他的消息就从一个班传到另外一个班，待动员会开始前一分钟，易辞的大名已经传遍高一和高二。

"不是吧？保送 M 大？他就是那个传说中的学霸啊？"

"我怀疑这里是小说世界，怎么会有人长得这么好看，成绩还这么优秀啊！"

"啊啊啊！我死了！他也太好看了吧！光是在那儿站着，就有种说不出的感觉。这么好的白菜以后会被哪头猪拱掉啊！我不能想象！"

"是啊！我原本以为我们年级的易时就很完美了，没想到高三年级还有一个这么优秀的学长，天啊，我要爬墙了！"

……

江柚绿听着耳边各种亢奋的声音，感叹果然是距离产生美，要是她们体会一下易辞的死亡凝视，估计就再也不会觉得他是上等白菜了。

就在江柚绿还在腹诽这群女生爬墙爬得太快时，坐在前排的班花突然扭头看向江柚绿，眼神期待道："江柚绿，给你补课的邻居不也是我们学校高三的吗？他是哪个班的啊？"

江柚绿心里"咯噔"一下，有种不好的预感，道："怎么了……"如果是想通过她要易辞的联系方式，那这比送信更加任务艰巨，她不要！

她用脚疯狂踢着朱玲玲帮她想办法。

朱玲玲立刻心领神会，现场飙戏，叹道："柚绿，你邻家哥哥交际圈也太小了吧，我想要个学长的联系方式他都不认识。"

江柚绿立马接过话："我邻家哥哥确实朋友不怎么多，你忘了，他晚自习都不上的吗？"

高三能不上晚自习的只有一种情况，成绩不好的，因为成绩不好无所谓上不上晚自习，而易辞是一中百年难遇到的特殊情况，很明显，班花的表情告诉江柚绿，她想的是差生。

"哦，对了，你接着说？"江柚绿故作与朱玲玲聊完天，"真诚"地看向班花。

班花讪笑着说："没了，没事了，我就是想说待会儿一起看书吧，你有问题可以问我们。"

"江柚绿，今天我约了。"朱玲玲钩住江柚绿的脖子，对班花微微一笑。

动员大会很快就开始了，像电影院一般，整个大厅灯光暗了下来，只留台上一束光。

朱玲玲小声吐槽："我听说动员大会一般都会很煽情，会聊到理想，还有老去的父母，我最讨厌强行煽情了。"

有人坐在了江柚绿身边，后排突然有些小骚动，她往旁边看了一眼，居然是蒋飞！

蒋飞对她挑了挑眉，指了指胸口的牌子，那是负责每块区域的纪律委员才戴的。

她压低声音对朱玲玲道："我也是，我怕到时候尴尬症都发作了，周围都在哭我却哭不出来。"

半个小时后……

"看看你们逐渐老去的爸爸妈妈吧！"伴随着台上这一句饱含深情的话，舞台适时响起催泪的背景音乐。

"哦——妈妈，烛光里的妈妈，您的腰身倦得不再挺拔……"

"哇！"朱玲玲眼泪喷出，哭得不能自己。

身侧的蒋飞"扑哧"笑出声，与周围的环境有些格格不入。用纸巾捂住自己哭红的鼻子的江柚绿一个凛冽的眼神扫过去。

蒋飞连忙举起手道："抱歉，你们继续哭，我只是想到了刚才有些人说的话。"

身后有人拍了拍蒋飞的肩膀，蒋飞立刻会意站起离席，好像有什么事情。

后排又是一阵骚动。

江柚绿眼睛猛地瞪向后排其他班的同学——这群人在这么感动的时候嗷嗷叫些什么？

动员大会结束后，老李看着班上一双双哭红的眼，好笑少年人包裹在不羁外表下柔软的心。他咳嗽一声道："虽然你们还有两年才参加高考，但是你们离高二只剩下一个月的时间了，在这两年里好好努力，高考就有可能翻身。你们还有大把的时间努力拼搏，抓紧时间学习，你们每个人都有可能成为黑马！"

大家士气高涨，来之前压根没想到自己在经历一场动员大会后，毫无抱怨地留下来学习看书。

东校区的两栋教学楼之间有一个很大的花园，花园的旁边有一条建筑风格很古色古香的长廊，长廊里设有书柜，很有学习天地的氛围。

在这里看了一下午书后，江柚绿收拾完东西正准备回家，却被人喊住了。

"江柚绿！"

"物理……课代表？"江柚绿看见朝她走来的戴眼镜的男生，有些疑惑不解。

"你怎么不跟我们一起学习了？"物理课代表走到江柚绿跟前问。

"我跟朱玲玲约了。"江柚绿如实道。

"上次问完老师问题后你也没加入我们，你是不是觉得不好意思啊？"

江柚绿确实一开始是有些不好意思，后来她发现学习小组的弊端就是学习效率太低，大家是会讨论问题，解答疑惑，但是人多了容易忍不住聊天。她这种独自学习的也不是什么另类，也有很多小组在安静写作业，如果遇到不会的题就直接问老师，小组内部也没有过多讨论。

见她没说话，物理课代表肯定自己心中所想，继续道："我刚才听你同桌说，给你补课的只是高三的一个普通学长，如果对方是理科生，或许能给你理科学习带来一定帮助，但如果你想真有所进步，应该去问老师，也可以我们相互解答。如果你害羞，我可以帮助……"

江柚绿的瞳孔一点点放大，这话听着这么像……

"江柚绿，还不回家吗？"一道清冽的男声打断了物理课代表的话，也打断了她升起的期待。

"易辞哥？"

易辞看了一眼江柚绿对面站着的男生，挪开视线道："我正好也放学了，一起走吧。"

易辞走了两步发现身后并无人跟上。

"你跟他……"物理课代表大脑一时转不过弯来，下午易辞的神颜以及传说已经印入了每个人心里，而大神好像跟江柚绿很熟的样子？

"江柚绿，你别忘了今晚任务很重。"易辞沉着一双眼。

江柚绿忙不迭地冲物理课代表解释："不好意思不用了，他就是给我补课的高三学长，还请你替我保守这个秘密，不要告诉任何人哈！谢谢了！"她可不想再有一群人来让她递信，或者让她找易辞要联系方式了。

江柚绿背着书包跑到易辞身边："易辞哥走吧，我今天的卷子还没有写完，晚上得花一些时间了。"

易辞回眸看着站在原地发呆的男生，又看了看身侧脚步轻快的江柚绿道："你挺高兴的？"

"啊？"江柚绿愣了愣，反应过来后"哦"了一声傻笑着否认道，

"没有啊。"

"你很快就要分班考了，要专心学习。"易辞不冷不热道。

"我当然会的，放心好了，哥。"江柚绿开心道。虽然物理课代表的话没有说完，但她已经知道他要说什么了。她开心的是，她好像也没有自己想象的那样糟糕，不引人注意。

能被人注视到，总是一件很值得开心的事情。

"他是你们班的？"易辞扫了一眼江柚绿的笑脸。

"啊？哦……你说刚才那个男生啊，我们班的物理课代表。"

"所以他想帮你补理综？"易辞冷呵一声。

江柚绿不知道易辞为何冷笑，又听易辞开口问："为什么让他保守我给你补课的秘密？"

"那是因为你都不知道你今天下午在我们高一年级引起了多大的轰动，我才不想再被人追着问你的事情了。"江柚绿吐槽。

"呵。"

与刚才的冷笑不同的是，这一声"呵"，是嘴角微扬、心情很好啊。

江柚绿对易辞前后情绪的变化感到莫名其妙。

回家的路上，易辞跟江柚绿一前一后地走着，刚开始江柚绿还抱怨易辞的大长腿走得太快，后来她什么时候跟上他的步伐也没意识到。

她叽叽喳喳说着话，易辞安静地听着，偶尔回应几句。

"刚才在长廊看书的时候，我听说今天动员大会的那个老师，去哪里讲的都是那一套，就这样两小时赚好几万，这钱也太好赚了吧？"

"你刚不也哭红了鼻子吗，还上台互动拥抱了你们班主任。"

易辞的话让江柚绿如遭雷劈。

"你看见了？你当时在哪儿？我怎么没看见你？"江柚绿像只小猫般乍毛惊悚。

易辞含笑不语。

他一直在她身后啊。

夕阳拉长了少男少女的身影，路边的音像店，悠扬的音乐伴着初夏夜晚的蝉声：

I remember what you wore on the first day

我还记得第一天你穿的是什么

You came into my life and I thought hey

你进入了我的生活

You know this could be something

你知道这代表一些东西

……

第三节 /"紫腚"能赢

整个六月都在各种考试中度过，从高考到中考，再到会考，成了低年级不断放假的狂欢。

分班考前一天，易时跟江柚绿在补完上午半天课后，这次的分班考大补习就彻底结束了。

"终于可以休息半天了！"江柚绿伸了一个懒腰，感叹地趴在桌上，脸对着电风扇，舒服地享受着凉风。

小镇六月的天已经很热了，江柚绿穿着吊带的白色长裙，扎了一个丸子头，脖子肩膀处露出来的雪白的皮肤，倒像是跟脸唱着反调一样。

敷了几个月的中药膏加内调，江柚绿脸上的痘痘没有以前那么严重了，但也没有完全大好，脸上还有些许痘印。听医生说，她的脸还得需要半年的时间修复。

"江柚绿，我咋突然觉得你变得有些好看了呢？"易时盯着江柚绿，有些怀疑自己是不是产生了错觉。

"真的吗？"江柚绿一个激灵直起身，双眼因期待变得亮晶晶的。

"哥，是我的错觉吧？"易时扭过头看向身侧的易辞，问得认真。他之前没这种感觉，就是刚才看着江柚绿在那儿趴着，突然觉得她很好看？

江柚绿期待的眼神落到易辞身上。

易辞看了一眼她的脸。她的刘海儿不知道什么时候已经长得很长，扎丸子头的时候，也将刘海扎了上去，露出饱满的额头，巴掌大的小脸还未褪去婴儿肥，此刻鼓起脸可爱得像个孩子。

说漂亮，她五官每个拆开都很普通，但拼凑在一起，就不是那么平凡了。

她今日的发型与穿着，将少女的青春散发得淋漓尽致。

易辞在万众瞩目中，开口道："披着头发好看。"

江柚绿："……"

易时："哥你也太直男了吧。"

江柚绿失望。

"亲爱的，我们回来了，快来帮我们拎一下。"顾媛站在玄关处边换鞋边喊。

江柚绿看见自家老母亲也拎着大包小包，起身道："妈，你们是买了多少东西啊？"

"今天商场打折，所以买的东西有些多……"

客厅的茶几上很快摆满了两个女人的"战利品"。

顾媛拿出一条紫色的东西，激动道："易时，明天穿上这个！"

"这是什么？"易时接了过来，发现是平角内裤后瞬间麻毛，"妈，你干什么当众拿出这种东西啊！还买这种颜色？"

"什么这种东西，你怎么比我还思想老旧？"顾媛不高兴道，"我可是逛了好久才找到的，'紫腚'能赢！"

"哈哈哈！"江柚绿反应过来"'紫腚'能赢"是"指定能赢"后一阵爆笑。

易时："……"

顾媛感慨道："之前高考好多家长都买这个，商场根本抢不到！你哥的保送让我没有高考家长的这种参与感，好在你分班考，明天穿上它考试，一定成功！"

易时崩溃："分班考还有好几天呢！我不能不换吧！"

闻言，顾媛得意地又扯出一条："放心好了，你妈我想得很周到，两条换着穿。"

"哈哈哈！"江柚绿笑得头快要掉了，她接收到易时射来的眼刀后，立刻捂上嘴。

"江柚绿，这是你的，也是两条。"吴怡丽晃了晃手中的内衣盒子。

江柚绿嘴角的笑容瞬间僵住了，她脸涨得通红，眼睛瞥向将头扭到一旁的易辞，慌张道："妈，你给我放下！"

"'紫腚能赢'嘛，求一个好兆头嘛。"吴怡丽笑眯眯道。

江柚绿："……"

"对了……这个，你自己拿去谢谢你易辞哥吧。"吴怡丽拿出一个纸盒递给江柚绿。

顾嫒在旁边不好意思道："说了不让你买。"

吴怡丽摆手道："这段时间麻烦易辞了，而且，这是柚绿要买的。"

"易辞哥，"江柚绿将手中的袋子递给易辞，"这个是送你的，谢谢你这段时间帮我补课。"

是一双运动鞋。小镇的运动鞋品牌店并不多，更新也不及时，这双最新款的鞋，还是江柚绿提前去订的。

易辞打开鞋盒，眼睛亮了亮。

江柚绿盯着他的表情小声询问道："喜欢吗？"

一旁等待的易时忙不迭开口："我喜欢，我喜欢！哥你要不喜欢可以给我，反正咱哥俩，感谢你也就是感谢我！没有我这个学渣弟弟要补课，江柚绿也不会在这儿。"

江柚绿踩了易时一脚，易时"嗷"了一嗓子。

易辞抬起脸看向面前的少女，开口道："我喜欢，祝你考试顺利。"

江柚绿嘴角慢慢弯起，欢喜地点头："嗯！"

分班考那天，江柚绿跟易时在各自母亲的威逼利诱下穿着"指定能赢"。

出门考试前，江柚绿还吃了一根火腿肠、两个鸡蛋。

"妈，语数外满分是 150 分，文理综满分是 300 分，你想让我只考 100 分吗？"江柚绿忍不住反驳。

"让你吃就吃，哪来那么多废话！"吴怡丽语气严厉。

江柚绿："行吧……"

不知道有多少人在重大考试前会被父母要求尝试各种奇奇怪怪"考好"的法子，但不论输赢，这些都将变成青春的记忆。会记得那年夏天，无数人一起拼搏的样子。

楼上，鬼鬼祟祟想偷穿易辞新鞋的易时被逮了个正着。

易时尴笑道："哥，醒这么早啊？"

易辞看着他跃跃欲试的脚，冷着声音道："你在干吗？"

"那个，今天不是分班考吗？我寻思着我穿上新鞋可以考出新成绩！"

"滚。"

"好嘞！"易时麻溜地关上卧室的门。

易辞起身，走到窗边，正好看见马路对面公交车站台上等待的少女。

少女戴着耳机，不知道在听什么音乐，心情很好地轻踮着脚。待公交车驶来，她上了车坐在最后一排靠窗的位置。她似乎格外偏爱这个位置，寒来暑往，他见到她都是在这个位置坐着。

汽车发动，马路两边郁郁葱葱的梧桐像连环画般在玻璃车窗上浮动。

易辞抬头看向蓝天，暑假快来了。

第四节 / 我这个人不八卦

分班考成绩在六月底就公布了，江柚绿跟朱玲玲看见彼此的成绩后开心地转起圈圈。她俩的分数都达到了实验班的要求，如果幸运的话，她俩说不定还可以分在一个班！

只是计划永远赶不上变化。

学校倒是分文理科了，但并没有像往年一样继续细分实验班、普通班。

"学校考虑到以往分班，很多学生不太适应其他老师的授课方式，造成成绩不稳，所以学校决定从今年起，不分什么实验班、普通班了，我们班女生多，学文科的人也多，所以这次选择文科的同学就依旧是班上的一分子！"老李满面笑容地说完这句话后，底下陷入一片死寂。

老李："怎么不鼓掌啊？大家难道不高兴熟悉的同学老师不用分开了吗？鼓掌啊！"

众人泪流满面地鼓掌，他们这段时间拼命补课是为了什么？

江柚绿："郁闷，我们这一届怎么搞这一出啊！就不能早点说吗？"

朱玲玲："郁闷加一。谁说不是呢，我妈要知道了得骂死学校。"

掌声回荡在一中西校区内。

似乎每个人的学生时代，都会觉得自己是最倒霉的一届，好像所有不好的事情都被他们遇上了。

八月底，易家正为易辞举办升学宴。

"你哥明天就走吗？怎么去这么早？"江柚绿吃着虾，目光追随着宴席间跟在顾阿姨易叔叔身后敬酒的易辞。

M大大一开学的时间是八月二十七号，但易辞二十三号就去M市了。

江柚绿一直以为大学的开学时间不说太迟，但总要在九月一号以后吧，看到易辞录取通知书上的日期，一瞬间她都感到窒息了，居然比中小学开学都早。

"对，我妈说趁着这次去送我哥上学，全家一起去M市玩几天。"

"你们一家都去啊？"江柚绿惊讶，说完，半是羡慕道，"我也想出去旅游，我也想去M市玩。"

若要街头采访问路人最喜欢哪些城市，M市一定榜上有名。它不仅是一线重点城市，自古以来也是重要的交通枢纽，文化底蕴深厚，旅游景点数量全国第一，是一座具有特色又不失现代化气息的城市。

"你可以考到M市嘛，那样大学四年想去哪儿玩就可以去哪儿玩了。"易时建议。

"考M市吗？"江柚绿陷入迷茫。她还没有想过考什么大学，以前成绩中下等的时候，只想着一定要考上二本，不能考三本，因为三本学费太贵。至于考哪里、考到哪个城市，她还没有想过。

M市虽然很好，就是离家有些远了，而且那地方的大学随便拎出来一个都是一本或"211""985"学校，对目前的她来说还需努力才能考到那边。

"你想考 M 市的大学吗？"江柚绿反问易时。

易时偏过脸看向她，喝了一口果汁道："我哥没跟你说吗？"

"说什么？"

"我学画画，准备考 C 大。"

"什么？"江柚绿知道易时从小在学画画，但是她没想到易时准备考 C 大！

"我哥没跟你说上次你送的那 QQ 号是那女生舅舅的号码吗？"易时好奇道，他以为哥哥会说。

"不是情书？"江柚绿震惊得差点把舌头咬掉。

"不是。你还记得上次让你送奶茶那女生吗？她画画很好，是她舅舅教的，她舅舅是 C 大艺术系教授。我之前有跟她探讨画画来着，别人不知道。"易时微微一笑，"我想考 C 大只是一个想法，因为我知道我爸肯定不同意我去念艺术的，但是我哥无意间知晓了我的想法，就一直想帮我。之前的补课就是，原本我哥是想等分班考结束，我成绩出来再跟我说找了教授给我补课一事，到时候我有成绩，补课老师也找好了，就可以去说服我爸，但没想到咱俩误会了，我哥就提前跟我说了。"

"那你爸同意了吗？"江柚绿问。

"前段时间终于松口了。"易时的语气掩饰不住地开心，谈及梦想，整个人好像都在发光，那是江柚绿从没有看见过的样子。

江柚绿突然心情有些低落，倒不是因为得知易时要考到西边去，而是觉得自己是一条没有目标的咸鱼。

"我哥他们来了。"易时说完这句话跟着一桌子人站起身。

江柚绿看见顾阿姨跟易叔叔笑容满面地走来。

"阿姨叔叔好！恭喜叔叔阿姨了。"蒋飞嘴甜地打着招呼。

顾媛喜笑颜开道："也恭喜你金榜题名，走向人生新的阶段。"

"声晚！"顾媛看向坐在蒋飞身旁的恬静少女，骄傲地开口，"我们声晚真的棒啊，今年一中第一名！你几号去M大报到啊？"

"阿姨，我只是政策加分才勉勉强强上了M大，论实力，易辞才是……"

他们这桌坐的都是年轻人，除了江柚绿、易时外，还有易辞的几个同学，高考成绩都很不错。

"你看到那个叫声晚的女生没有？"易时暗中指了指江柚绿的斜对面。

江柚绿点了点头，那个女生她见过，就是上次耳朵"发烧"让她忘记看脚下路的那个学姐。

"她叫叶声晚，喜欢我哥。"易时笑得见牙不见眼，仿佛得知了一个很了不起的秘密。

江柚绿无语道："你哥这么优秀，上次仅动员大会一个照面，就迷得很多女生要死要活的，你随便抓一个问，看看有谁不喜欢你哥？除非那人有眼疾！"

优秀又帅的人谁不喜欢，亏他像是跟窥探到秘密一样自豪。

"你啊！那个瞎了眼的人啊！"易时毫不犹豫道。

江柚绿一噎。

"你是不知道，"易时意味深长道，"那个女生初中是我哥同桌，高中原本跟我哥不是一个班的，她开学前申请了换班，又跟我哥成了同班同学，马上啊，还会在一个大学上学。"

"双学霸，强强联手，这个设定我喜欢！但你不觉得蒋飞跟你哥的关系更好吗？"江柚绿突然扬起一抹不纯洁的笑容。

易时："……"

"你这是什么表情？"江柚绿不爽道。

"下次背后说人的时候，请先看看四周。"一道熟悉的冰冷男声插入他们的对话。

江柚绿宛如遭到雷劈，转过身立马换上了狗腿的嘴脸："易辞哥，祝你即将到来的大学生活愉快啊！"她举着果汁，脸上堆满了假笑。

易辞深深地看了她一眼，抿了抿唇道："谢谢。"

"你喝酒？"江柚绿才发现他手里端的是葡萄酒。

"我哥今年成年啦，那时还吃了蛋糕，你难道忘记了吗？"易时在旁边无语地提醒。

江柚绿鼓起脸，成年真好，上大学真好，她羡慕！

易辞嘴角弯起一个漂亮的弧度，眉梢眼角带着几分罕见的少年顽劣，对眼神充满向往的江柚绿道："未成年人，记得好好学习。"

高脚杯轻轻碰在了她的果汁杯上，江柚绿心"怦"地一动，有些异样的感觉。

当晚，易家为第二天的出行收拾行李。

楼上动静不断，江柚绿坐在书桌前托着腮发呆。她在想，或许自己也应该有一个奋斗目标。

"嘭嘭！"

敲门声响起，江柚绿起身去开门，看到来人怔了怔。

"易辞哥？"

"这段时间我妈他们也不在家，冰箱里的水果没人吃会放坏，送给你家。"易辞将手中拎着的一大袋水果递给江柚绿，里面还有个没切的西瓜。

"噢噢，谢谢……"江柚绿蒙了一下接过。

"还有这个，里面是易时养的乌龟与鱼，这几天也把它们托付给你照顾，这是饲料。"

"噢噢，好。"江柚绿应接不暇。

"易时的英语成绩不差，所以这些英语笔记给你。"说着，易辞又朝她怀里塞着东西。

"等等等等！太重了我拿不下了。"江柚绿弯下腰，怀中的书本掉落，江柚绿看着躺在地上的那本《高考报考指南》愣住了，"哥，你怎么把《高考报考指南》给我了啊？"

"全国所有的大学都在上面，你可以给自己找一个目标奋斗，不要再像之前那样得过且过了。"易辞捡起书递给她。

江柚绿："……"她不求上进的印象已经这么深刻了吗？

"知道了，哥。"江柚绿道。

"你有想考的学校吗？"易辞没有走，而是问了她一句。

江柚绿老实地摇摇头："还没有，好的学校分数线都比较高。"

"那就努力，只有你优秀了，选择的范围才会大。"易辞目光微闪。

江柚绿看着他，突然怀疑地眯起眼："哥你是成年了还是老了？

居然给我灌鸡汤了？"按照他在她这里的人设，不应该是警告她，在没有他的日子里，离他弟远点吗？

易辞："……"

"你妈刚才跟我说了，如果你学业上有不会的会让你给我打电话。"易辞目光微闪。

她老母亲？江柚绿愣了愣，反应过来道："你的意思是让我自己多努力，没事少给你打电话吗？"

易辞挑了挑眉，不置可否。

江柚绿："你放心，我不会打扰你的美好大学生活的。"她就知道易辞的人设不会倒。

铁门关上发出熟悉的巨响，易辞慢慢上了楼，却在阳台看见好整以暇看着他的易时。

"哥，不是你主动跟吴阿姨说如果江柚绿有什么不会的，可以打电话问你吗？你刚才干吗那样说？"易时语调不疾不徐，眸光却闪烁着奇异的光芒。刚才他在四楼，可是将三楼的动静都看在眼里，他要看看哥哥怎么解释。

易辞点了点头道："那是你不懂，这是客套话。"

看着面色如常走进屋的易辞，易时脱口而出："啥玩意儿？"

第五章

祝你高考顺利

Quanni Chenzao Xihuan Wo

第一节 / 每周的电话求学之夜

兴许是大家都有奋斗的目标，受环境影响，江柚绿整个高二学年，都在好好学习，成绩与高一比有了明显的进步，连班主任老李也点名表扬过几次。

会考一结束，江柚绿的班级就从学校的西校区搬到了东校区，正式开启了高三副本。

高三每天晚自习要到十点，回到家后，江柚绿会继续看书做卷子到深夜一点，早上六点四十分到学校上早自习，每天下课的时间就成为江柚绿补觉的时候。

有时候上课铃响起，她醒来，发现自己已被各科试卷给埋了。这些试卷里，有崭新还飘着墨香的，有上午刚考下午待讲解的。

高三，就是在做不完的试卷里日复一日地过着。

偶尔江柚绿学习进入倦怠期，就会上 QQ，看易辞的空间又更新了他大学生活的照片，有时候是学校活动，有时候是 M 市景点打卡，跟她一对比，简直一个在天上，一个在地下。

　　她看着那些照片，愈发对大学生活向往，对繁华的 M 市向往，这让她又重新燃起学习的斗志。

　　M 大男生宿舍。

　　易辞刚洗完澡从浴室出来，就看见舍友何星一边打着电脑游戏一边说："易辞，刚才你电话响了。"

　　宿舍老大躺在床上感叹一声："我也想每个周六的晚上，都能接到可爱女生的电话。"

　　"可爱？"嗅到八卦的何星摘下耳机，"老大你见过？"

　　"嘿嘿。"老大意味深长地笑了笑，"没有，我猜的。不过你见过谁会对一个没啥血缘关系的人那么尽心尽力？远程辅导高三功课？就是高三的公式我现在都忘光了。"

　　"对哦！易辞！"两人起哄看向易辞。

　　易辞没理会这两人的调侃，将电话拨了过去。

　　电话响起时，江柚绿正抱着热水袋跺着脚。

　　"喂？易辞哥？"

　　易辞听到江柚绿的声音，轻轻"嗯"一声道："我刚才在洗澡没有听到手机响。"

　　"没事，反正我作业多，刚才抽空刷了一下题。"每周六晚上走读生不用上晚自习，这天晚上，就成了她的电话求学之夜。

易辞拉开椅子坐在书桌前，听到电话那边跺脚的动静道："家里很冷吗？"

江柚绿点了点头，看着外面的天道："对！很冷，我坐在这里抱着暖手袋都觉得冷，但天气预报说未来几天没有雪。"

"你可以坐在床上。"

"不行，那样我一会儿就会犯困。"江柚绿想到自己的定力，连忙否决。

易辞无声地勾了勾嘴角。

"对了，我记得你说北方室内有暖气，你们宿舍是不是很暖和？"江柚绿好奇。

"是很暖和。"易辞看了一眼自己身上穿的短袖，补充道，"室内大概有二十度。"

"我的天！"

电话那头传来少女的惊呼声，易辞脸上的笑容从未淡去。

江柚绿想都没想道："我一定要考到北方去，去体验一下冬天在开暖气的房间里吃冷饮的感觉！"

隔着电话，易辞都感受到她的期待。

"这次月考考了全校多少名？"

"一百七十一，虽然达到了学校划分的一本分数线，但前后跟分比较紧。"江柚绿回归现实有些担心。

"嗯，继续保持，着重复习数学跟英语这两门容易拉开分数的学科，还有半年时间，你的名次还可以再提升很大一截儿。"

"易辞哥，那你说，我在你的辅导下，能不能也考上 M 大啊？"

江柚绿满怀期待。小说里那些被超级学霸补习的女主，结局不都是能一鸣惊人的吗？

电话那边没了声。

江柚绿"喂"了两声后，才听到对方沉吟道："你是在开玩笑吗？"

江柚绿："……"她忘记了，她在易辞那儿拿的是"女炮灰"的剧本。

"只要不偏科，每科成绩达到 A 的水平，高考那天正常发挥就可以考上一本，但考 M 大，是 A＋的水平，天赋与领悟能力很重要。"

江柚绿听着易辞的话，陷入沉默——是她不配。

"讲题吧，易辞哥。"她怕再说下去，会让她怀疑自己出生在这个世界的价值。

北方温暖的宿舍内，易辞听见何星惊呼道："下雪了！"

老大正下床喝水差点"喷"出来："不就下个雪吗？前些日子不也在下吗？你们南方人能不能别次次看见雪就这么激动？我还以为看见蟑螂了。"

何星回怼："北方蟑螂那么小有什么好怕的？"

江柚绿正认真听着易辞讲题，突然听到电话里那声"下雪了"，站起身往窗外看，但什么也没看见。她失望地坐下："易辞哥，你们那儿又下雪了吗？"

易辞看向阳台外飘飘扬扬的雪点，"嗯"了一声后，想了想补充道："很大的雪。"

正斗嘴的何星跟老大怀疑地看了彼此一眼，是他们的眼神有问题，还是易辞的眼睛有放大功能，这小雪点哪里很大了？

江柚绿再次下定决心："我一定要考到北方去！考到M市去！"

易辞耳边回荡着江柚绿掷地有声的话，他敛去眼中的光，半晌道："我们接着来说下一题。"

"好。"冬夜里，少女蜷了蜷腿乖乖道。

雪花肆意在空中飞扬，每周六晚的一通电话，跨越了南北，穿越了千里，从夏末到冬雪，以某种心机维持着。

"吃冰棍吗？"老大打开阳台门弯腰在盒子里挑选着他们买的雪糕，北方得天独厚的气候造就了天然的室外"冰箱"。

"给我一根老冰棍。"何星举手。

老大在盒子里找着老冰棍，有一只手出现老大视野里，那手修长有力，让他这个不是手控的人看着都觉得赏心悦目。

易辞随意拿起一支雪糕。

何星讶异道："你怎么也对这个感兴趣了，之前请你吃你都不吃。"

易辞剥开雪糕的外衣，露出里面的巧克力部分，他低头咬了一口，试图尝出江柚绿语气里那种快乐。

在开暖气的房间里吃冷饮，貌似还不错。

第二节 / 夜盲症

刚过完元旦没多久，M大就放了寒假，因为这次超长的假期还上了一次微博热搜。

易辞到家的时候是晚上七点多。年底正是他爸妈工作最忙的时候，顾媛打电话告诉他，他们还在外地出差，得过些天才能回来，让他自己解决一下这几天的伙食。

　　倒还是他那个熟悉的家，易辞挂断电话，决定去冲洗一下这一路的风尘。

　　到了十点多，手机再次响了起来，看到来电提醒，易辞皱起眉。

　　"哥，你是不是已经到了家了啊？"电话那头乱哄哄的，应该是课间休息。

　　"你嗓子怎么了？"易辞听到那沙哑的声音皱起眉。

　　"这不重要。"易时咳嗽两声，拖着他那"老烟嗓"道，"你去接一下江柚绿啊，我们老班说要开会，可能会拖个十几二十分钟。"

　　"江柚绿怎么了？"易辞眉头越蹙越深。

　　"她没跟你说吗？她得夜盲症了，医生说很有可能是高三压力大，饮食不振造成的。吴阿姨最近在倒夜班，让我晚上跟她一起回来，你也知道，我们家那条巷子没个路灯，平时放学巷口又有一些乱七八糟的人在那里……"

　　"知道了。"易辞打断易时的话，看了一眼时间，抓起大衣。

　　江柚绿站在巷口，犹豫了好久终于决定走进漆黑的巷子。

　　说来也是倒霉，今天晚上没看见易时外，她还忘记带手电筒了。

　　江柚绿知道这个点儿巷口会有一些不良学生躲在暗处抽烟，她扶着墙，一点点往前挪动脚步。

　　"美女，你往哪儿摸呢？"嬉笑的声音响起。

江柚绿吓了一大跳，连忙缩回手来。如果是以前，这巷子虽黑，但她还可以依稀辨别出人影，但自从得了夜盲症后，她一进入光线稍微暗点儿的地方，眼睛就像是蒙上了布。

朱玲玲以前老说她眼瞎，她现在可真跟瞎子没什么区别了。

"对不起！"江柚绿努力辨别那个人的位置，缓慢地往旁边移动着，想绕开刚才那人。

"同学，你是不是故意的啊？"

江柚绿没想到这人旁边还有个人，她摸到那人的胳膊立马往后退了一步。那人低骂了一声，拿起手机就往江柚绿的脸上照去，指间有猩红的光亮着。

"哟！一中哪个班的？长得还挺……"

"喂！"江柚绿被喷了一脸烟瞬间火大，她狠狠一推靠近自己的人，没好脸色道，"你欠揍吗？"

真当她有礼貌跟他们说了一声对不起就以为她好欺负吗？

"哈？"被推的那人跟跄了一下，不可置信地笑了。

同伴打趣他："你怎么还被小女生给推倒了？"

"喂！"那男生刚开口，有一束光扫向他们，他们不适应地眯起眼，看不清来人。

待来者逐渐走近时，两个男生先是看到一个很颀长挺拔的轮廓，等看清那人清冷俊美的脸时，瞬间呆若木鸡。尤其当那人一双深邃的眼瞥向他们的时候，他们觉得自己的呼吸都停滞了。

江柚绿有些受不了那光，用手肘挡住双眼，却被人抓住手臂，带着走了。

良久，其中一个男生才回过神，盯着易辞的背影感叹道："好帅啊！"

"过年我也要整一套大衣穿上！"男生的同伴想着那惊鸿一瞥，真帅！

"不对。"男生反应过来，"你刚才也显得太弱了吧！怎么跟那些花痴女一样！"

"你不也是看见对方走来傻掉了？"

江柚绿被人带着走后愣了愣，闻到那人身上刚沐浴完的清香，确定是平日里易时用的那款沐浴液的味道后，她立马跳脚，一巴掌挥在那人腰臀间道："好啊，易时！你是不是忘记要跟我一起回家了？居然都洗过澡了！"

易辞脚步一顿，撇过头看向身侧的人，兴许是因为在黑夜里没有什么安全感，她一手攥紧了他左边的衣袖，此时她生气地仰起脸，但是双眼半眯着。

大半年没见，她原本的长发剪成了齐肩短发，更显脸小，从前脸上的痘痘也消失了大半，只残留些许痘痕，但美貌已可见一斑。

好像又长高了点儿，长开了点儿。

"喂！你怎么不说话，是不是心虚了？"江柚绿哼了一声后才想起来，"哦……忘记了，你这个傻子晚上睡觉踢被子把自己弄感冒了，嗓子哑了。算了……你还是不要说话了吧，你那老公鸭嗓还是多保护一下，别到最后连话都说不出来了。"

易辞握着手电筒，听着江柚绿毫不客气地损人。

他们慢慢走在这漆黑的巷子里。

“刚才你要是再晚点到，我可能就要活动筋骨了。如果明天我要上了社会新闻，你说顾阿姨会怎么揍你。”江柚绿说着自己哧哧笑起来。

“我们好像过小年那天才放假，然后正月初五就又上课了，上半年应该见你的次数比较少了，不过就剩半年了，我们都要加油。

“你都不知道鱼肝油有多难吃！你说你也挑食啊，怎么不会得夜盲症，这难道是天将降大任，高考前给我的考验？”江柚绿吐槽道。

“对了，你不是说易辞哥今天回来吗？真羡慕他们大学生，这么早放假好爽啊！”江柚绿想到什么说什么，一路上小嘴根本就没有停过。

“你说易辞哥上大学有没有谈恋爱呢？”江柚绿八卦道，“他那样的相貌，到了大学肯定也有很多女孩子喜欢，就是不知道他那种性格谈恋爱会是什么样？嘻嘻，你要是有你哥的八卦就告诉我，日常的学习已经够让人头大了，我需要八卦打打鸡血！”

江柚绿一个人说到激动处小脸都放着光。等到了楼下，她习惯性地跺了跺脚，楼道的感应灯亮起，她终于能看清周围的环境，只是……她努力地眯起眼想看清楚地上的人影，怎么感觉哪里怪怪的？

“不上楼吗？”身侧的男生平静地问她。

“啊！”江柚绿仿佛触电般松开自己抓着易辞衣袖的“爪子”，怪叫一声，惊起四层楼的感应灯全都亮起来。

易辞上了一级台阶回过头看着双手抱头的江柚绿，道：“怎么，怕我让你明天上社会新闻吗？”

江柚绿哆哆嗦嗦道：“哥、哥，你回来啦……”她连看他一眼的勇气都没有，她刚才是不是说了很多不该说的话？

“嗯。”

"我刚刚……还以为你是易时呢，易时呢？"江柚绿继续抱头。

"他们班下晚自习后在开班会。"

江柚绿懊恼，怪不得她没看见易时的影子！

"你准备站在这里到什么时候？"易辞开口。

江柚绿低着头，才发现易辞脚上穿的是拖鞋，而他大衣里面，是睡衣睡裤。

易辞察觉到她的目光，脸上闪过一丝不自然。

江柚绿想起他身上沐浴液的味道，大概他刚洗完澡就被易时通知来接她。

"哥你还没有穿袜子啊？快点走！走走走！"江柚绿一瞬间忘记了害怕，拉住易辞，倒像是易辞是那个需要照顾的人。

易辞看着江柚绿抓着自己的手，眼波微动。

"哥你不冷吗？赶紧回家泡会儿脚吧？别一回来就感冒了！易时买了感冒药，你要不回家喝一包预防？"

上三层楼也就几十级台阶，江柚绿像个妈粉般千叮咛万嘱咐，硬是没给易辞一句插话的可能。

等到了家门口，江柚绿挥手道："哥，那我就不送你回家了，你赶紧回去哈！"

易辞看着她的眼睛道："什么时候得夜盲症的？"

"啊？"江柚绿愣住，"哦哦，就前段时间。"

"为什么之前打电话时没有跟我说？"

"没事，又不是眼睛瞎了。"江柚绿说得毫不在意，谁知道易辞伸出手触碰上了她的眼睛。

她浑身僵住，呼吸一滞："哥你……"

"原本就笨，眼睛还不好了。"易辞叹息一声，收回手。

江柚绿："再见吧，易辞哥！"

易时听到厨房的动静，从浴室出来，边刷着牙边看着易辞道："哥，你在找什么？"

"明天把这个给江柚绿。"

易时一看，是鱼肝油。

第二天下了早自习，朱玲玲跑到江柚绿身边坐下。

"喂，你在想什么呢？"朱玲玲在江柚绿眼前挥了挥手。

"我在回想昨晚的尴尬经历，你是不知道我有多丢人……"江柚绿将昨晚认错人一事说给朱玲玲听。

朱玲玲张大嘴巴："你是说易辞回来了？他刚回来就去接你了？"

"嗯？不是姐妹，你这是没听清楚我的话吗？我是说他替易时……"

"真好啊……"朱玲玲双手合十，冒出星星眼道。

江柚绿："……"

"算了，说你来干什么吧！"江柚绿放弃解释。

"哦，对了！我跟你说，昨天晚上年级主任穿了我们高三的校服在操场上晃，成功抓住了三对儿。"

江柚绿吃惊："不是吧？老纪这么拼的，还穿校服？"

"谁说不是呢。当时老纪出现在一对男生女生跟前，那两人愣是

· 112 ·

没发现是老纪，还绕过老纪继续往前走！"朱玲玲绘声绘色道。

"然后呢？"

"今早被请家长了。"

朱玲玲刚说完这句话，老李匆匆忙忙进教室道："那个……数学课代表，还有……还有语文课代表去办公室拿试卷。"

班上同学看着两位课代表站起，集体暧昧地"哦"了一声，老李原本要走的步伐一下顿住，叉着腰道："你们哦什么哦？"

朱玲玲对江柚绿眨了眨眼，江柚绿自然懂大家是在"哦"什么。哪个班里不会有这么一对儿被老师前后点到名，让大家起哄的存在？

"我跟你们说，现在学校领导查得严，尤其严查高三，你们别给我惹事啊！"老李撂下警告后才离开。

朱玲玲继续道："我听说最近放学，如果校领导在路上看见有单独在一起的男女生，都会上前问话。你最近晚上都是跟易时一起回家，小心别被误会，学校领导可不相信会有什么纯洁的男女友谊，实在不行，你就让易辞来接你吧！"

朱玲玲再次眼冒星星。

江柚绿："……"

晚上九点五十分，××网吧内人声嘈杂。

蒋飞将键盘敲得"啪啪"作响："易辞，人在你后面……打得漂亮！"

易辞快速地操纵着，与蒋飞配合得天衣无缝。

估摸着这一局对方再也不会翻盘后，蒋飞惬意地拿起电脑桌边的饮料，刚吸一口就呛了出来。

"校……校长！"蒋飞看见那个在网吧内转悠的男人，吓得四处寻找可以藏身的地方。

"等等，我是大学生了，我在这里怕什么？"蒋飞自我质疑道，说完，有种劫后余生的庆幸感。

易辞："恭喜你，还记起自己毕业了。"

蒋飞："别以为我没看见你刚才也慌了。"

易辞："……"

"现在一中管得也太严了吧！校长都来网吧巡查了？"蒋飞想到他们那个时候，都是纪律委员跟着老师出去抓人。因为有学生在队伍里，大部分时候老师的行动都会被提前泄露。

"是挺严的。"易辞拿下耳机，起身拿起桌上的个人物品。

蒋飞怔了怔道："你干吗？难道不跟我通宵大战了吗？"

"到点儿了，我要去接人了。"

蒋飞一头问号："这大晚上的你接谁？喂！"

江柚绿在校门口四处寻找着易时的身影，这家伙下午跟她说学校查得严，校内不能走在一起，让她在学校外等着。结果她出来了，他还不见人影？

"不靠谱的人！算了！"江柚绿想着今天带了手电筒，就打算自己先走了。

路上虽有路灯，但马路两边的树遮去不少光线，对她来说还是昏暗了些。

她过马路时左右看了一下，车与行人落在视线里全变成一组组虚幻的叠影。

"嘀嘀！"车鸣声催促着人群快过马路。

江柚绿朝眼前这个昏暗的世界迈出脚步，下一秒，视野里陡然出现了一个高大挺拔的身影，握住她的手腕，牵着她走过马路。

"易……易辞哥？你怎么在这儿？"江柚绿凭感觉认出了易辞。

"我来接你下晚自习。"易辞抬眸，漆黑的眸子如寂静的夜。

"所以，易时说最近学校看见男女生走在一起会被怀疑，就让易辞哥你来接我，他自己先走了？他觉得易辞哥你来接我，我就不危险了？"河边，跟易辞并排走着的江柚绿听完原因后火大。

"你为什么会危险？"

"你之前骑自行车送我去学校，我们老李一直以为我暗……"江柚绿想起来什么，到嘴边的话一转，弯着眼拍马屁道，"易辞哥你年纪又不大，长得也好看，我如果跟你走在一起被学校领导看见，我说我不喜欢你，是个人都不会相信的！"她要努力弥补昨天晚上犯下的错。

"果然是早恋啊！"身后突然有一只手抓住江柚绿的书包，粗着声音在江柚绿耳边吼道，"叫什么名字，哪个班的！明天给我叫家长过来！"

"啊啊啊！老师，我没有！我胡说八道的！我谁也不喜欢！谁也不爱！别抓着我啊！"江柚绿被人拽着书包想跑跑不掉，惊恐万分地鬼哭狼嚎。

"哈哈哈！"身后那人看到江柚绿的应激反应笑得直不起腰来。

江柚绿一个激灵转过身，视野里模糊的脸让她嘴角一抽。

"你怎么在这儿？"易辞问。

蒋飞冲易辞眨了眨眼睛："我想看看是谁让你抛弃我这个挚友，原来是邻家小妹妹啊。"

蒋飞八卦的笑容让在场的两个人都很不适应，纷纷选择无视他转身继续走。

蒋飞："……"

"我错了！对不起！我道歉！"蒋飞在江柚绿与易辞身后来回道歉。

"八卦完你可以走了。"易辞的语气凉飕飕。

"别嘛，易小甜心！等你送完人，再跟我去开黑吧！"

易辞瞥了蒋飞一眼，但蒋飞像是没收到警告眼神一般，反而变本加厉朝江柚绿道："邻家小妹妹，你想不想知道易辞为什么叫'易小甜心'呢？"

"蒋飞！"易辞的脸有些黑。

难得听到易辞用这种急急的语气说话，江柚绿一颗好奇心被吊起，询问道："为什么啊？快告诉我！"

"等把人送到家，我去。"易辞开口。

得到满意答复的蒋飞笑吟吟地摸了摸江柚绿的脑袋："这个呀，只能下次告诉……"

蒋飞话说到一半，突然降低声音道："你们看左前方那个女生。"

他们走的是沿河的路，大半夜有个穿着校服披头散发的女生站在他们前面，面朝河水，着实很诡异。

"你说她该不会是想不开吧？"蒋飞盯着那微胖女生的背影，已经脑补出一部三十万字的青春疼痛小说。

江柚绿看不太清，只觉得有些恐怖，万一他们走到那女生身边，女生转过头没有脸呢？

三人的目光齐齐落在走在他们前面的一对男女学生身上，他们也注意到那个诡异少女的存在，气氛陡然寂静紧张起来。

江柚绿下意识地往易辞身边靠了靠，抓住他的手臂，易辞低头看着她。

待前方的男女学生逐渐走近那胖女生时，原本背对着他们的胖女生突然扭过脸，面目狰狞："你们哪个班的？"

接下来的场面一度很混乱。

江柚绿只听到前面的女生尖叫出声，吓得她一阵哆嗦，脑海里迅速闪过无数杀人案例，接着还没待她看清楚发生了什么，蒋飞嗷了一嗓子，慌不择路抓起她，而她抓着易辞，三个人以及另外两名学生一起，见鬼般转身疯狂逃跑。

江柚绿白着一张脸，一颗心似要冲破喉咙跳出来。

"给我站住！"身后有中年男人咆哮的声音。

江柚绿跟蒋飞已是惊弓之鸟，压根没多想怎么会有中年男人的声音。

"这边，这边！这条路我熟！"作为整支队伍的领头羊，蒋飞拉着江柚绿头也不回地钻进一条漆黑的巷子。

"等等，你们怎么也跟着来了？"看见身后跟着的那对学生，蒋飞头皮发麻道。

"我……我们……"

听这声音，江柚绿更加诧异，这不是他们班的语文课代表跟数学课代表吗？

"算了，你们跟我来！"蒋飞回过头看向易辞跟江柚绿，"你们进那个楼道里藏着，我带他们去另外的地方。"

在黑暗中，江柚绿有些无所适从，只能紧紧地抓住易辞，生怕他丢弃自己。

"易辞哥？"江柚绿小声喊了一句。

易辞听到身后穷追不舍的男声道："是你们的年级主任。"

江柚绿微睁大眼睛："老纪？怎么可能是他？"

"戴了假发。"易辞补充道。

江柚绿："……"

她想到早上朱玲玲的话，不得不佩服老纪的舍己为校，她还以为是一个微胖的女生。

"跟我来吧。"易辞带着她上了楼梯。

江柚绿小心翼翼地挪动脚步，现在就算他们走出去说两人没关系，老纪也不会相信了。

这是一个窄到无法想象的楼梯，一次只能通过一个人，但正是因为狭窄，所以在巷子里很容易忽视这种地方。

"这就……就到头了？就两层楼？"江柚绿不可置信地摸着面前的墙壁，他们右边是住户的门。

如果老纪真的发现这个楼梯，只要往上走几级台阶，拿手电筒一照就可以看见他们，江柚绿后背发凉。

"别说话了。"易辞低低说了一句，温热的气体拂在她的额头。

江柚绿身子一下绷紧，她听着渐近的脚步声，呼吸乱了起来。

人总是因为自己丰富的想象力而自己吓到自己，江柚绿想着老纪朝他们走来，他们又无处可逃的场景，不由得闭紧眼睛。

黑暗里，所有的感官都会变得敏锐起来。

江柚绿自己都不知道，因为害怕，她整个人贴近了易辞。

"都给我出来！都高三了，还分不清什么才是最重要的吗？"斥责声伴随着摇晃的手电筒光束，江柚绿捂住了耳朵。

听不见就没那么恐惧了。

江柚绿嘴里默念着各路神仙的名号保佑他们不被发现，额角若有似无地蹭着易辞的胸口。

易辞浑身僵硬，试图往后退一步，却无路可退。

从未觉得时间如此漫长难熬。

因为学校查得严，接送江柚绿的任务后来就从易时转交到易辞的手上。

以前江柚绿跟易时走在一起的时候，好像不会陷入没话题的境况，跟易辞走在一起后，江柚绿想尽办法找话题。

"你要是真的觉得不说话很难受的话，我可以抽背你单词。"漫漫长夜里，易辞对江柚绿说了这么一句话。

江柚绿："……"

易辞："那从 Abandon 开始吧。"

江柚绿："……"

"怎么，不喜欢？那背一下数学公式吧。"

江柚绿："Abandon, a-b-a-n······"

于是，她跟易辞成（并）功（不）地找到了话题。

第三节 / 下次见面要更好哦

高三的寒假终于在小年夜这天开始了，时间不长，正月初五就得上课，一直在外务工的江楚天也赶在小年夜回到了家。

"江柚绿，还不起床！"

每天早上，易辞听到的不再只是吴怡丽的声音，还有江楚天的声音。

"爸！你怎么进房间前不敲门，出去还不关门啊！"江柚绿抓狂的声音响起。

易辞都能想象，江柚绿躺在床上打滚的模样。

今年，易辞一家要去姥姥家过年，第一次过年不留在小镇上。

放假的日子江柚绿过得风生水起，夜盲症稍微见好后，她就在手机上下载了近百本言情小说，从古代邪王到现代霸总，从仙侠虐恋到快意江湖，她每天晚上都熬至通宵，然后白天死活起不来。

大年初一早上，江楚天在厨房与吴怡丽包着饺子。

"这孩子这么还没有醒？"吴怡丽说着就放下擀面杖。

江楚天连忙道："这才八点多，平时她最早也是十点半才醒，让她再睡一会儿吧。"

"今天跟往日能比吗？去，叫她起来，然后给楼上易辞一家打电话，去年叨扰人家那么久，大年初一总得给人家打个电话拜个年吧！”

"你说的是，那我去叫她。"

"我知道了，我这就打，你去忙你的吧……"江柚绿被江楚天念叨得有些头疼，从枕头下面掏出手机，勉勉强强眼睛睁开一条缝，拨着号。

"喂？"电话接通的瞬间，江柚绿再次闭上眼睛，裹紧了被子，哑着嗓子，像一个没有感情的拜年机器道，"顾阿姨易叔叔新年好，给你们拜年了……"逐渐陷入睡眠状态。

电话那头的易辞听江柚绿说完这句话后发出沉重的呼吸声，开口道："江柚绿，你拨错号码了。"

"嗯？"江柚绿惺忪地发出一个音，大脑还不是很清醒。

原本也躺在床上的易辞听到耳边这声询问的气音，心底猛地一动，仿佛江柚绿就睡在他的身边。

"你打错了。"易辞稳了稳心神重复道。

江柚绿仰起头看了一眼自己拨的手机号，慢了半拍才反应过来，之前打易辞的电话打得太过频繁了，下意识拨号就拨成他的了。

"哦……"江柚绿换了个姿势继续睡，"那就祝易辞哥新年快乐……呼呼……"声音逐渐低了下去。

"江柚绿。"电话那头的人喊着她的名字。

江柚绿尚存一丝清醒回应着，只是她连嘴巴也不太想张开，单用鼻子哼唧了一声以示回应。

"几号开学？"

“初五……”江柚绿嘟囔一声。

“对高考有信心吗？”厨房的动静有些大，江柚绿知道自己老父亲出门又没有给她带上门，她把头闷进被窝里，嗯哼了一声，心里却翻了个白眼想着高考又不是明天考，这个人怎么这么奇怪。

易辞沉默了很久，江柚绿也没有挂，半梦半醒间，她听见有人对她说：“下次见面的时候，希望你已经考取了一个很好的分数，祝高考顺利……”

下次见面？跟谁下次见面？

不过大学……江柚绿美滋滋地想，还有半年就自由了，为了她的美丽人生，她一定会努力的！

手机从掌心滑落，江柚绿睡得很香。

易辞听着手机里平稳的呼吸声，起身走到窗边。

冬日里，窗户上结了一层水雾，易辞伸出手在上面写着什么，半晌后，他盯着窗户上的字道：“新年快乐。”

第四节 / 填报高考志愿

高三下学期的日子过得飞快，四次月考后，江柚绿就迎来了高考。

没有超常发挥，也没有发挥失误，高考的成绩比她预估的分高出了 12 分，比一本分数线高了 33 分。

看到这成绩的时候，江柚绿有些失望，果然考重点大学需要天赋跟运气，但这成绩，已经让江柚绿爸妈很高兴了，只是关于填报志愿，家里陷入了分歧。

"就在本市上个大学，为什么非要去北边那么远？平时过个节回来路上都要花很多时间，不行！"吴怡丽态度很坚决，"你就报咱们市的师范学院，毕业后当个老师多好？"

江柚绿不高兴地打电话给老爸，江楚天虽没说北边不好，但话里的意思也是偏向吴怡丽，女孩子家家读个师范很安稳。

可江柚绿难过，她努力那么久，就是想去北边的城市看看，如果让她按照父母的规划走，她会觉得自己的付出没有意义。

沟通不顺的后果就是大吵一架，江柚绿气哭跑出家门。

可离开家她才发现，自己也没地方可去，她看见家门口的网吧，鼓起脸。

这是江柚绿人生第一次踏入网吧，因为杵在电脑跟前太久，让一旁的社会小哥实在是看不下去了，帮她开了机。

江柚绿很是尴尬地道了一声谢。

花了十块钱，大概可以在网吧待上四五个小时，江柚绿打开网页，点开了一部韩剧。

然后在旁边社会小哥的瞩目下，江柚绿掏出一包餐巾纸，将每张餐巾纸一层层剥开，再重新叠好，放在电脑桌上，然后韩剧从第一集开始播放，男女主还没相遇，江柚绿就拿着纸巾痛哭。

社会小哥："……"

也不知道过了多久，江柚绿右手边的社会小哥已经走了，位置上又换了一个人，而左边的位置也空了，江柚绿终于哭累了，她摘下耳机，靠在椅背上，视线无意间落在了她左边位置那双握着鼠标的手上。

那手仿佛是一件艺术品，干净且修长，明明只是轻轻拿捏着鼠标，莫名就让人有种极其撩拨的感觉。

江柚绿咽了一口唾沫，单从手看就是一个极品的帅哥啊！她顺势往上看去，对方正好摘下耳机，起身准备要走。

四目相对，江柚绿眨了眨哭肿的眼睛，更想哭了。

是大帅哥，是放暑假回来的易辞。

江柚绿低着头跟在易辞身后龟速挪动步伐，她现在还不想回家，如果回家了，她家那位老母亲估计要骂她还学会离家出走了。

"你这个速度，是打算不回家了？"易辞转过身看着身后耷拉着脑袋的江柚绿。

江柚绿沉默。

"明天就要去填报志愿了，你这样下去，是打算不上大学了吗？"

易辞的话瞬间让江柚绿再次红了眼眶，她生气，为什么别人的父母都会支持尊重自己孩子的选择，只有她，要被干涉控制！

"反正就算他们不同意我也要报外省的学校。"江柚绿负气道。

"那你想好上哪所大学了吗？"

江柚绿语塞，她开始选了一所 985 学校做目标，但自己这个分数与它是无缘了，这几天又一直跟家里人吵，压根没想好要去哪所大学。

"随便哪所都可以，离家越远越好！"

易辞故作了解地"哦"了一声，然后伸出手戳在了江柚绿鼓起的脸颊上。

江柚绿一下泄了气，瞪大眼睛看着面前这个眼带笑意的男生。

他在干吗？

"有出息了，还学会当游子了。"易辞语气愉悦。

江柚绿一动不动，看着他，仿佛看见了鬼。

"走吧，逃避是解决不了问题的。"易辞握住江柚绿的手腕。

"喂！易辞哥，你放开我！"

江柚绿战战兢兢地回到家，客厅里，吴怡丽看了她一眼，淡淡道："回来了？吃饭吧。"

江柚绿愣了愣，没骂她跑出去大半天？

上了饭桌，吴怡丽开口："我允许你去北边上学。"

"啊？"江柚绿怀疑自己是不是进错家门了。

吴怡丽看着她道："但你要答应我几个条件。"

江柚绿依旧处在蒙圈状态，妈妈怎么就突然松口了呢？

"第一，你要给我考取教师资格证；第二，大学期间好好读书，不准谈恋爱。"

"妈……你为什么突然就答应了啊？"江柚绿不知道发生了什么。

吴怡丽拿起筷子秒变脸在江柚绿头上狠狠一敲："长大了翅膀硬了，都学会夺门而出还消失大半天！"

江柚绿吃痛捂住脑袋，龇牙咧嘴道："对……对不起！"

吴怡丽没好气道："下午我到处找你，你顾阿姨跟易辞了解情况后过来安慰我。我想开了，你是长大了有自己的想法了，你要去北边念书就去北边吧。"

"啊？还有易辞哥？他不是……""不是下午在网吧里吗"这几个大字被江柚绿咽了回去，要是被吴怡丽知道她还跑去网吧，不得把她骂死。

"你刚才是不是跟易辞回来的？"吴怡丽哼了一声。

江柚绿小鸡啄米般点头。

吴怡丽再次感叹："这孩子真是优秀，不仅样貌好学习好，品行还好，是他让他妈陪着我在家聊聊天，他去找的你。"

"啊？"江柚绿再次陷入震惊。她跟易辞不是在网吧巧遇的？他是看到她了，所以在她旁边坐下来的？

"这是易辞帮你选好的几所学校，你第一志愿一定得给我填M大附属学院！"

江柚绿接过吴怡丽递过来的《高考报考指南》，有几页已经被折起，上面用笔圈了学校。

M大附属学院？江柚绿盯着这几个字眼前一亮，她怎么没注意到还有这个学校！

三小时前——

"你说她一个女孩子跑到外省去读书，要是以后找个外省的男孩子谈恋爱，就算以后受了欺负，回个娘家都麻烦，上师范当老师不好吗？"吴怡丽向顾嫒哭诉，家里就江柚绿这么一个女儿，难免想太多。

顾嫒安慰她："年轻人嘛，总想去外面的世界看一看。你瞧易时，还不是铁了心想上C大。"

一旁一直沉默的易辞开口道："阿姨如果想让江柚绿以后回来当老师，不一定非要上师范类学校，现在考取教师资格证没有学校限制。"

顾媛跟吴怡丽看向易辞。

易辞继续道："我们市内没有重点大学，江柚绿这个分，若是只上本市学校，有些太亏了。现在就业单位重点看毕业大学，如果江柚绿以后想当老师，重点大学毕业的跟普通师范类出来的，阿姨你说招聘单位会选择哪一个？"

吴怡丽陷入考量。

"是啊，既然江柚绿想去北边读书，你不妨就让她去。北边知名大学很多，可以让她在学校多考证。"顾媛想了一个折中的法子。

"可北边知名大学很多，她的分又不够那些名牌大学的分数线。"吴怡丽道。

"阿姨知道 M 大有一个附属学院吗，是一本大学，虽然是 2002 年建校，但上课的地方就在 M 大校园内，老师也是 M 大的老师，学习氛围很好，而且在大学城内，遇到同乡的概率很大。我在学生会，对这几年附院的分数线有所了解，我刚才看了一下江柚绿全省的排名，填第一志愿的话能上的可能性很大。"

M 大附属学院？吴怡丽心下微动，M 大可是金字招牌啊，就算不念书的人都知道全国这所顶尖大学。

顾媛眼睛一亮，道："对啊，怡丽，你还记得几年前住在我们家对面的那家人的儿子吗？上的就是 M 大附属学院，研究生考上的是 M 大，现在可有出息啦。"

吴怡丽有所动摇，她打了个电话询问江楚天的意思。江楚天听到

M大附属学院后，愣了愣道："我们家江柚绿能上这个学校吗？"江楚天打工租的房子的房东女儿考的就是这个学校，以前听房东吹嘘，四舍五入就像是上了M大。

吴怡丽看了一眼易辞，易辞点了点头。

良久，江楚天道："如果柚绿能上这个学校，就上吧。"

一通电话结束，吴怡丽突然抬头看向跟前的少年道："易辞，你在M大，如果我家柚绿能考上你们学校的附属学院，记得帮我督促她学习。要是有小男生追她，记得告诉阿姨啊！"

闻言，顾媛扑哧一笑："你还想管女儿谈恋爱吗？"

"谈恋爱其实可以，我不就怕江柚绿上当受骗嘛。我家有个亲戚的女儿就是上大学认识的她现在的老公，远嫁，日子现在过得很不……"吴怡丽注意力一下子转移到了八卦上。

易辞垂下眼睑，敛去眼中的情绪。

某火锅店内。

易时的好哥们儿正为易时庆祝高考成功。

有人突然问："易时，我记得你哥可是学神易辞，他有没有女朋友啊？我那个双胞胎妹妹自从高一那年见到你哥后就对他念念不忘，这次高考结束后就一直缠着我问。"

"别想了。"易时夹着菜道。

"有女朋友了？"另一个人叹道，"我高一那次去你家，你哥那气场差点把我冻死。他除了脸好看以外，看着真不像是能跟女朋友腻腻歪歪的人。"

"那你能想象我哥这么一个人会频繁发说说，只是为了吸引一个人注意吗？"易时好笑道。

"啊？"

易时摇了摇头："如果说到追女孩子，你们没有人能比过我哥。"

"啊？"众人呆住。

易时继续吃着菜想，他哥放那么多年长线，谁能比得过？有人做着上大学的美梦，殊不知马上要成为盘中餐了。

"嗝——"

第六章
迈入理想的大学

第一节 / 竹马的哥哥

以前江柚绿上高中的时候，所有人都告诉他们，只要努力好好学习考上大学，上大学他们就自由了。所以他们无比向往大学，希望那是一个没有堆成山的试卷、时间自由、吃了睡睡了吃、偶尔翘翘课的理想天堂，可是真正上了大学后，江柚绿感觉自己受到了欺骗！

老师："现在我们来点名……"

舍友："明天一天的课……"

社团："收到请回复！"

学生会："收到请回复！"

江柚绿收到学生会面试通知的时候，正在食堂里抢饭，绿压压的军训大军如过境之蝗，不给学长学姐一点剩菜剩饭的可能。

"中午十二点二十分面试！"坐在江柚绿对面的朱玲玲尖叫一声，"现在都十二点了，我还得回去换套衣服，再赶到第四教学楼不得晚了？不吃了，不吃了。"

江柚绿咽着饭艰难道："去校学生会面试的那么多，去晚点儿也没事，我要喝水！"

"就是因为去校学生会面试的人贼多，所以第一道刷人的门槛就是迟到的人！"朱玲玲拽起喝水喝到一半的江柚绿就往宿舍跑。

说来吴怡丽一直担心江柚绿从未出过远门，第一次去外地上学难免会害怕，但幸运的是，朱玲玲跟江柚绿上了同一所大学，只不过专业不同。

等她们踩着点儿赶到第四教学楼时，面试的人已经坐满了一个大阶梯教室，这还只是今天第一批面试的人。

江柚绿被惊着了，虽然她听说过想进校学生会的人很多，但亲眼见到，还是有些震撼。

在江柚绿身后的三个小姑娘就没有那么幸运了，因为迟到了三秒，与本届学生会彻底无缘。

"还好我们跑得快。"朱玲玲拍了拍胸口庆幸道，拉着江柚绿去登记。

江柚绿无意参加校学生会，来学校之前她就加了新生群，听学长学姐说，学生会的成员就是一块砖，哪里需要就往哪里搬，有时候周六周日都没有自由。院里的学生会尚且事情很多，更何况是校级学生会，申请加入都得写八百字小作文。

江柚绿觉得自己去参加两个社团就够了，当砖？还是算了吧！

"接下来我念到名字的跟我去二楼面试，一次十个人。"有学姐拿起登记表，按登记表顺序，首尾交叉念着。

江柚绿跟朱玲玲一脸问号，她们以为自己肯定是最后才面试，没想到第一批就得去？

朱玲玲的腿开始抖起来："江柚绿，我有些紧张。"

江柚绿好笑地看了朱玲玲一眼，朱玲玲看着干什么事情都是风风火火的，但内心比她还尿，参加学生会都是朱玲玲死活拉着她一起来的，还自告奋勇揽下了她那份申请的小作文。

面试在二楼的会议厅，一进去就可以看见十个正襟危坐的学长学姐，有八个是校学生会的各部部长，还有两个是主席。

江柚绿一眼扫过去，看到最后那个人时呆若木鸡。

"江柚绿？"朱玲玲小声唤了她一句。

江柚绿立马转过身比画着手势："我们是不是进错门了，这不是M大的学生会吗？"

"没错呀？"朱玲玲在空中画了个叉，"你不知道吗？我们学院跟M大共一个学生会，虽然名义上说我们学院是独立一本大学，但跟M大在一个校园，很多活动都一起办，所以学生会不分家。怎么易辞也在这儿啊？"

她当然不知道啊！知道了打死她也不会来啊！江柚绿甩着胳膊做快走状："易辞就是M大学生会主席啊！现在走还来得及吗？"

"那边那两个，你们在干什么？"清脆的女声响起。

江柚绿跟朱玲玲纷纷扭头，才发现跟她们一起进来面试的同学已经坐好，会议厅里所有人都在看她俩在激烈比画。

朱玲玲："……"

江柚绿："……"

会议厅里只剩下易辞和他身边的副主席跟前是无人面试的，江柚绿快朱玲玲一步，走到了副主席跟前坐下，将简历递给对方。

"江柚绿是吗？"副主席是个看起来很温柔漂亮的女生，一开口就让人感觉很舒服。

江柚绿狂点着头，警告自己不要往旁边看。

"你不要紧张，我看你是城南一中毕业的，很巧，我是你同校学姐。"

"啊？"江柚绿的目光落到学姐跟前的牌子上，"叶声晚"三个字勾起了她的回忆。

"你是上两届我们学校高考第一名的叶学姐！"江柚绿震惊，无法将眼前自信优雅的学姐同学校门口贴在"喜报"上的人像联系在一起。

"你认识我？"叶声晚微微一笑。

"学姐的证件照可是贴在高三校区门口一年啊。"

"那张黑历史照片吗？"叶声晚头疼着，"我现在回家都不想从东校区门口路过。"

江柚绿一下笑了，瞬间对叶声晚好感度增加不少，她还以为学生会主席都是那种刻板严谨的人。

"我看你写的是想加入秘书部，我所在的部门就是秘书部，你……"

"在秘书部能变得像学姐这样漂亮吗？"江柚绿突然双眼放光。她说的是实话，之前东校区门口那个"喜报"照片上的女生，戴着黑框眼镜，中规中矩，哪有现在这么好看。

叶声晚怔住，脸红了起来。

江柚绿没想到叶声晚这样可爱，如果不是她不想参加学生会，那她一定可以跟叶声晚成为很好的上下级关系。

叶声晚咳嗽一声："我想说的是，我们学生会有个不成文的规矩，就是本部部长不面试想申请本部学生会的学生。"

"啊？"江柚绿蒙了一下，"那我……"

"主席，麻烦你了。"叶声晚朝右边看去，江柚绿眉心一跳。

看着面前气质冷绝的男人，再次坐下的江柚绿嘴角有些僵。

易辞看了看手中的申请简历表，冷淡道："你不是说不想参加学生会吗？"

江柚绿尴尬地笑了一声，在进校报到的时候易辞就问她有没有要进学生会的打算。她知道易辞在 M 大的学生会，如果她要参加，她妈知道后少不了要让她向易辞学习，所以立刻拒绝了。

"我突然发现，进学生会锻炼一下自己也是很好的！"江柚绿如福至心灵般瞪大眼睛，表现出自己的真诚。

"但——"她话锋一转继续道，"我刚才看到来面试的人很多，其中不乏我校佼佼者，如果我进了学生会，肯定会给学生会拖后腿的，所以我打算还是专注社团吧！"

她眼神充满期待，等着易辞给她"撂牌子"。

易辞凝视着她："能力是锻炼出来的，你如果想进学生会，我通过。"

江柚绿一颗满怀期待的心被雷劈成两半，她试图力挽狂澜这个结局道："这……这样不好吧！你这是等于给我开后门啊？"

"如果你良心上过意不去，可以想办法补偿我。"易辞将江柚绿的申请表留下，抬眸看了一眼她。

什么？江柚绿瞬间怀疑自己的耳朵出现了问题，强制让她走后门，还让她补偿他？

"哥！你……我……"

"下一批面试的可以进来了。"易辞打断江柚绿的话。

江柚绿这才发现其余人已经面试完走了，就剩下她一个在这里。

她不甘心地咬着唇站起身，活像受了委屈的小媳妇。

待所有面试结束，有部门部长感叹道："这一届学妹有几个长得真是好看。"

"怎么，心动了？"有人打趣。

"心动的可不止我一人哦。"开口说话的人看向易辞，像发现新大陆般道，"咱们主席刚才可是盯着第一批进来的、坐在他跟前的那个小学妹看了许久。"

众人齐刷刷地看向易辞，他们刚才可都看到了。

易辞起身淡淡道："受人父母之托，看管好对方而已。"

"嗯？是老乡吗？"有人嗅到八卦的苗头。

易辞道："邻居。"

"青梅竹马？"有人一语中的。

"那主席你这算不算以权谋私？自己面试自己的熟人？"

易辞淡笑不语。

看到易辞的笑容，大家怔住了，他们不由得瞥向叶声晚。从前他们开易辞跟叶声晚的玩笑，易辞都会让他们别闹，是什么关系他们一目了然，但刚才他们只是开玩笑，易辞这个反应就耐人寻味了！

"这下好了，我原本美好的大学校园生活又要在'易后妈'的监控下好好学习了。"下午军训的休息时间，江柚绿盘腿坐在地上愁云惨淡。

"普天之下只有你拥有这么一个优秀的竹马会唉声叹气。"朱玲玲恨铁不成钢道。

"我竹马是易时好吗，你不要搞错对象。"江柚绿强调。

"好，是竹马的哥哥。"朱玲玲喜滋滋道，"那你有了好看的竹马哥哥，大学期间还要不要其他养眼的小哥哥？"

"什么意思？"

"你看啊！"朱玲玲努了努下巴。

有个同样穿着军训服的白净男生正在同伴的催促下一步步朝江柚绿走来。

"你……你好，我可以留你的联系方式吗？"

江柚绿下意识戒备道："你们是不是在玩真心话大冒险？"

江柚绿眯起眼睛，这个男生她有些眼熟，就是她对面五六米开完的土木学院方阵站在最外边的男生，因为个子高挑模样干净迅速成为女生群体讨论的人物。

"啊？"那个男生怔住。

江柚绿更加笃定了，以前也遇见过男生找她要联系方式，那时涉世未深的她还特别娇羞地以为别人终于发现她这块璞玉了，结果对方要到手后转身就朝同伴炫耀，还把她的联系方式给扔了。隐约间她听见什么"没意思的大冒险"以及"那么丑的痘痘女"等字眼，给她幼小的心灵造成很深的打击。

"抱歉，我现在没时间跟你们玩这种游戏。"江柚绿说着，一个眼神扫射到男生后面看好戏的伙伴们身上。

"不……不是的，我喜欢你。"男生有些局促着急道。

"喜欢我什么？"江柚绿叉腰道，"我们从来没说过话吧？你应该都不知道我叫什么吧？"

江柚绿的夺命三连问让男生弄了个大红脸，她摆摆手道："好了，我不戳穿你了，你赶紧走吧！"

男生郁闷地离开，一旁的朱玲玲目瞪口呆看着她："人家找你要联系方式肯定是看中你的花容月貌了啊！你是不是傻？"

江柚绿反指自己好笑道："我的花容月貌？"

朱玲玲小鸡啄米般点头："你不知道你现在比高中那会儿好看多了吗？我们都说这里你跟崔晨最好看了。"

崔晨也是他们这届的新生，因为开学报到时被校园记者采访，以一张出众的素颜女神脸迅速在学内论坛上火了。

把她跟崔晨比？江柚绿陷入困惑中。进入青春期后，她听到议论她最多的除了"痘痘女"，就是"丑女"，虽然现在她的痘痘好了，样子确实比以前好看，但说她很漂亮？

"那要不……我再让他过来？"江柚绿问得小心翼翼。

朱玲玲："……"

"你们有才艺要挑战对面男生方阵吗？"教官的话打断江柚绿跟朱玲玲的聊天。

"崔晨跳舞！崔晨！"女生队伍里有三五个人叫着崔晨的名字。

一个女生红着脸被推出来，气质出众，清纯可人，正是崔晨。

对面的男生看见出来一个这么漂亮的女生，立刻起哄让一个会跳舞的男生出列。

远处，穿着拖鞋抱着西瓜的何星停住脚步看向这边，感叹道："年轻真好啊。"

"说得好像你已经七老八十了似的。"霍珩不屑地说。

"那个好像是这届大一的什么素颜女神吧！"何星盯着正在跳舞的崔晨。

"不知道，没关注。"霍珩表现得很冷淡。

何星白了他一眼："你就对易辞的事情关注是吧？那你知道学生会内部今天都在问易辞的青梅竹马吗？"

霍珩眉毛竖起："你说青什么梅竹什么马？"

第二节 / 试胆大会

一个星期后，大一新生为期半个月的军训也结束了。当晚，学生会开启了新成员第一次交流活动。

集合地点在 M 大历史最悠久的那栋老教学楼顶楼，江柚绿抵达的时候，人已经到得差不多了。为了促进新生们的感情交流，以及展现学生会活泼可爱的一面，这次交流活动在各部长的讨论后定为试胆大会。

江柚绿在人群里踮着脚四处张望着，但她没看见易辞的身影。她想了想，也是，这种活动他怎么会参加？

"好了同学们，我们开始组队了，大家可以自由组队，一组四到七人，每组我们会给两部对讲机，你们要在里面找到三样指定的东西，最终成功走出这栋教学楼的，我们有终极大奖哦！"有学姐拿着"小蜜蜂"说话。

"美女们，我们一起组队吧？"有两位男生突然出现在江柚绿和朱玲玲跟前，其中一个，正是上次要江柚绿联系方式未果的白净男生。

一楼的监控室内。

何星问："你们的对讲机全程都开着呢？"

易辞点点头："以防出现危险，我们可以第一时间出现。"

"啧啧，那撩妹过程我们不也全听见了？"何星指着声源处。

"同学，你哪个专业的啊？结束后加个联系方式吧？"

"别怕，我保护你们。"

"我刚才看见了那个素颜女神，真好看啊！"

"啊！有鬼！"

"你们这真的是促进交流的活动啊！"何星忍着笑，"对了，我记得你那位邻家小妹妹也在学生会吧，她在哪儿？让我看看，我都没见过她长什么样呢。"

易辞朝监控画面的某一方格看去。

楼里并没有开灯，空旷的楼道里回荡着似有若无的脚步声，时不时有呜咽的风声穿过。

江柚绿手腕上挂着一个塑料袋，时不时从里面拿出一颗圣女果塞进嘴中。

朱玲玲看着她的动作愣了愣道："你不是说水果是送给易辞的吗？"

"嘻，他不喜欢吃圣女果。"江柚绿递给朱玲玲几颗，继续道，"他说番茄有种奇怪的味道。"

"这你都知道？"朱玲玲暧昧一笑。

"你又在乱想什么，是小时候我去他家吃饭时发现的。"江柚绿白了朱玲玲一眼，"要不是我妈得知我进了学生会，非让我买水果给易辞，我才不会买。"正好他不是让她补偿他吗？

"那你真不打算进学生会了？"朱玲玲问。

"当然！"江柚绿肯定道。这个点儿她应该躺在舒适的床上刷剧看小说了，哪还用大晚上参加什么交流会？

"今晚我会在交流活动进行到一半的时候开溜，我听说这种不请假的迟到早退学生会最讨厌了，超过三次会被开除。"江柚绿压着声音信心满满地对朱玲玲说。

"你这就走了？身后那兄弟可是为你而来啊！"朱玲玲朝后看了看。

朱玲玲手中的对讲机上红点闪烁。

"对不起，那天是我太唐突了，我向你道歉，你能不能给我一个机会，跟你做朋友？"进了一个大教室后，白净男生握紧手中的对讲机，鼓起勇气开口。

何星抬起头，打趣地看向易辞。

易辞盯着监控，开口道："让三号房间的人做好准备。"

何星挑挑眉，发了消息。

江柚绿看着打着手电筒、佯装认真搜查另外两个人，有些尴尬地靠在一个东西上说："上次的事我了解情况后知道是我误会了，不好意思，但你不是我喜欢的类型。"

白净男生愣了愣，他的模样虽不说极其出挑，但放在人群里也是惹眼的存在，喜欢他的女生也很多，她不喜欢他这种类型？

"那你喜欢什么样的呢？"白净男生有些赌气地问。

她喜欢什么样的？

江柚绿的脑海里突然冒出一个人影，怎么着也不能比易辞差吧。

"你说啊？"

"啊？"江柚绿回过神，被自己刚才的想法吓住。

还没待江柚绿开口说话，她靠着的东西动了动，扭过脑袋，露出一张鬼脸，催促道："快说啊，我也好奇……"

"啊！"

"啊！"

一时间尖叫声响彻云霄，屋里的人逃命般往外狂奔着。

三号房间，扮鬼的学长看着地上掉落的东西，捡起来用手机光照了照。

监控室内，有人推门进来道："扮鬼还收获了一小袋圣女果，欸？易辞呢？"

何星指了指监控画面道："喏，在这儿呢。"

"他去图书室干吗？那里不是在维修吗？有人误入了吗？门口不是放了'维修禁入'的牌子吗？"

江柚绿一个人躲着，刚才大家大叫着跑出去后就散了，等她缓过神肯定是学长们扮的鬼时，已不知道自己跑到哪层楼了。

"还好我没答应与他做朋友，跑得比我还快！"江柚绿拍了拍身旁的书架吐槽着，目光在一层层的医学著作上游走。没想到老教学楼里还有一层小图书室？不过，这么大的地方怎么没人进来？

正想着，清脆的脚步声响起，江柚绿透过书架的缝隙看见一抹白色的身影。

他也来了？江柚绿眯起眼，刚才夺门而出的时候对方可是丝毫没有让她的意思，她差点还被挤摔了一跤，果然不到危急时刻，你都不知道说喜欢你的人是个怎样的人。

江柚绿朝四周看去，看见垂地的窗帘时眼前一亮。

图书馆为了保护书籍，都设有遮光的窗帘，只是新式图书馆内不再是这种复古厚重的长窗帘。

江柚绿猫着身子藏了进去，听着渐近的脚步声。

监控室内，何星忍不住凑近监控画面，道："没有对讲机吗？我怎么什么声音都听不见？"

旁边的男同学扒开他道：“你听不到声音还会影响视力吗？别挡着我看。”

待人走到江柚绿跟前的时候，江柚绿抓住时机拉着窗帘跳了出去：“哒！啊——”

手中拽着的窗帘突然不牢固了，江柚绿惊恐地睁大眼睛看着面前的人，身子向一侧急剧歪去。随后她听到“嘭”的一声，有什么东西随着窗帘一起掉了下来，她的脑袋结结实实挨了一棍，把她打跪在地上，最后，窗帘像电影里宣告死亡的慢镜头，盖在了她的头上。

世界陷入死一样的寂静，她仿佛一个小丑突然跳出来又突然摔倒被砸。

易辞看着地上一动不动的“鼓包”，蹲下身拉开罩在江柚绿头上的窗帘。

江柚绿闭眼捂着脑袋，抓心挠肝地“哇”地一嗓子哭了出来。

易辞：“……”

为什么“女炮灰”的命就这么苦，如果是女主，这个时候肯定会被男主搂住腰转圈圈，她太倒霉了！

“江柚绿，”易辞叹息一声，“你在干什么？”

“头……头好痛！”江柚绿爆哭，“眼睛还……还进灰了！哇！睁不开了呜呜呜！”

也不知道这窗帘有几百年没洗过，盖下来那瞬间，江柚绿眼睛就进了许多灰，稍微想睁开都难受，让她控制不住地流眼泪。还有她的脑袋，不知道为什么挂窗帘的那东西那么松，稍微一用力就被她扯下来了。

　　"别揉眼睛！"易辞抓住江柚绿下意识揉眼睛的手，她的指腹上有很明显的脏痕。

　　监控室里的两人看到这一幕，突然屏住呼吸。

　　"是我想的那个样子吗？"有人咽着口水道。

　　"我……我眼睛……好难受……"江柚绿的眼泪越流越多，却丝毫没有缓和的感觉。

　　"江柚绿，眼睛睁开。"易辞的指尖触碰到她的眼皮，可怎么撑她的眼皮，她都死命闭着，易辞有些无奈。

　　江柚绿依言努力克服眼睛的不适感睁开，手不安地攀上易辞的腰，也不知为何，她感受到了他身体的僵硬，可没来得及多想，下一秒眼睛就被人吹了风。江柚绿猛地一闭上眼，再睁开的时候，大颗眼泪落下，左眼的视线逐渐清明。

　　"我我……我看见了！"她激动道，"哥，右边眼睛！右边！"

　　她猛然凑近了脸，一只眼紧闭，另一只眼还带着泪花看着他。

　　易辞耳尖微微发红，咬牙切齿道："别在我腰上乱摸！"

　　江柚绿低下头，看着自己兴奋的小手，脸突然爆红："对，对不起！"

　　监控室里，何星跟身边的男同学死死盯着屏幕，脸色逐渐变红。

　　"这……这也太劲爆了吧？还要亲吗！这回小青梅主动？"男同

学忍不住拿了一颗圣女果塞进嘴里压惊。

"我的认知塌了！我还以为易辞是个禁欲系呢，这么热情的吗？啊啊啊！"何星尖叫，他看着屏幕上的二人，从他们的角度看，看到的是易辞的背影，刚才的一幕，是摔倒的小青梅哭泣，大竹马握住小青梅的手，安慰地亲了亲对方。

接下来再吹气，气氛就变得有些微妙起来，原本江柚绿两只眼睛都闭上的时候她并没有觉得有什么，可如今她一只眼睛睁开看着陡然放大的俊脸时，她有些不知道该看哪里了，脸越来越热……

"好了，头上的包我带你去医务室看一看。"易辞摸了一下江柚绿的脑袋。

江柚绿立刻疼得嗷嗷叫，怒目圆睁道："易辞哥！疼啊！"

她像只炸毛的小猫，易辞一下笑了："吓我的时候怎么没想到后果？"

监控室里的两人也跟着尖叫起来，仿佛看见韩剧男女主角的甜蜜时刻，没有对讲机，他们听不到江柚绿跟易辞的对话，只能靠猜测。

"这句话我知道！"何星兴奋道，"易辞说的是——小野猫下次不许这么闹腾了！"

"我还以为你是……"江柚绿声音越来越低，她看着脚边的窗帘，有些委屈巴巴地凝视着易辞，"我不是故意的，这些我要赔吗？"

"你进来的时候没看见门口放置的牌子吗？"易辞看了她一眼，"这里在维修，不然你怎么能轻松拽下窗帘？"

"啊？"江柚绿愣住。她慌慌张张跑进来，哪儿注意到有什么维修的牌子。

"对了，易辞哥你怎么会出现在这儿？"

易辞抬起头，看着角落上的监控摄像头道："为了防止你们出意外，监控都开着，图书室因为正在维修，里面有一些安全隐患，我就过来了。"

"你们都看到了？"江柚绿吃惊道。

易辞偏过脸看向她道："你是说你吃了原本要送给我的我不喜欢水果的事，还是说不想参加学生会，或是你喜欢的男生类型？"

江柚绿倒吸一口凉气："你……你们还听得到？"

易辞道："忘记告诉你了，校学生会确实不高兴不打招呼的迟到早退，但是想以这种方式退会，你还得经历一个流程。"

江柚绿哑着声音道："什么……"

"写一份一千字的道歉书，通过审核后，在开大会的时候念出并道歉扰乱了学生会秩序。"

江柚绿心肝狂颤，在大会上道歉？她这是进了贼窝啊！

"不过这一次我可以当作没听见你的那些话。"易辞突然道。

"嗯？"

"前提是，你得告诉我为什么拒绝那个男生。"易辞神色认真。

江柚绿心一下狂跳起来："自己喜不喜欢一个人还不清楚吗？"她打着马虎眼，不敢再看易辞。她想到刚才被问及喜欢什么类型时，她脑海里浮现出了易辞的样子。

从什么时候起，易辞是她喜欢的类型了，不应该是易时吗？

· 146 ·

监控室内，何星快被易辞发的糖甜死了。他瘫在椅子上大口吸氧，再三稳定住自己激动的心情后，他开口道："刚才易辞指了指监控，是在告诫我们不要讲刚才看到的，你记住了吗？"

旁边的男同学对天发誓道："易主席如此相信我们，在我们面前展露他的私生活，我一定不会泄露易主席的爱情的！"

第三节 / 社团活动

关于易辞与他青梅竹马的八卦，悄无声息地在学校传开，毫不知情的江柚绿正快乐地参加着社团的活动。意外的是，在社团里江柚绿发现了一抹熟悉的身影——素颜女神。

"社团下午招新她俩不来？搞什么鬼？是知道大二马上可以退团了就可以不来了吗？好！学分她们也别要了！"社团团长气急败坏地挂断电话。

一旁的江柚绿有些诧异，这暴脾气，还是她面试时见到的笑眯眯的人吗？

一般大学 Cosplay 社团都比较火爆，但他们这个社团从面试起就一直没见到几个人，如今社团招新也没有其他社团招收的人多，所以社团团长决定下午再招招人。

"学长，怎么了？"软糯的女声响起，江柚绿看向身侧发话的崔晨。

原本还怒火滔天的社团团长在看到崔晨后，情绪稍微缓和道："没事，就你们学姐说好的下午来招新，结果临时说不来了。"

"学姐应该真的有急事吧。"

"有个鬼的……"社团团长压下脏话，"大二没当上社团团长的都会退团，这些人就是发现无利可图，就不做事了！"

"那我们可以帮上什么忙呢？社团卫生我们也打扫好了，如果还有其他地方需要我们帮忙，社长你可以说。"

崔晨说完这句话后，社团团长叉着腰来回踱步，最终他的目光放在面前的这批新成员中，眼睛一亮。

"崔晨、江柚绿，你俩形象气质好，下午跟着我们去招生。"社团团长大手一挥。

"啊？"江柚绿诧异。

走在教学楼里的江柚绿极其不适应地拉着身上的短裙，她想不明白，社团里COS服那么多，为什么一定要她跟崔晨穿这么短的水手服，短到动作稍微大点，就会走光。

而且最可耻的是，社长还让她扎了两条高高的辫子。她自从小学三年级后，就再也没有扎过两个辫子了。

"你穿这身真可爱，"崔晨看着江柚绿的样子夸赞道，"元气少女。"

江柚绿羞耻道："谢……谢……"

"呀，我们社团今年也不知道走了什么好运，招了这么漂亮的两个学妹。"副社长走在江柚绿跟崔晨的身后，眼光在那又直又白的两双腿上来回游荡。

"可不是，一个青春如百合花，一个漂亮似蔷薇，今年咱们社团应该不愁没有人了。"团长摸着下巴，"也不知道有没有男朋友？"

此时正值下午上学，教学楼里到处是人，江柚绿跟崔晨的出现引起很多人的注意。

江柚绿看见一行人出现在视野里，立马躲到崔晨身后，脸面向墙壁。

"怎么了？"崔晨刚说完这话，目光就停留在向她们走来的一个人身上，一见钟情。

"老天保佑，看不见我，看不见我！"江柚绿恨不得整个人都消失在空气里。这要是被易辞看见她这个样子，她不得尴尬死了！

直到这一行人走过，江柚绿才松了一口气。

"柚绿，你知道那个人是谁吗？"崔晨认真地问。

这熟悉的语气以及表情江柚绿从小到大见过太多了，她感叹，又是一个拜倒在易辞盛世美颜下的姑娘。

"易辞，你刚才看到了吗？"宿舍老大像是发现新大陆般拍着身边人的肩膀，"他们Cosplay社居然今年还能招到人？就那个变态社长，居然还能招收到女生？刚才那个就是这届有名的素颜女神吧？"

"大概是不知道内情吧，不然怎么会穿那种衣服，你都没看见那变态社长恨不得眼睛都黏在上面。"何星指着眼睛比画着，"还别说，身材真好，旁边扎辫子的女生虽然没看见正脸，但感觉应该很可爱。"

易辞回过头，视线落在那个扎着两条辫子、遮着脸看起来鬼鬼祟祟的女生身上，他微微皱起眉，掏出手机。

"你在哪儿？"

江柚绿收到易辞信息的时候心尖颤了颤，他不会看到她了吧？

犹豫着，江柚绿回复道："下午有课，我准备上课了，怎么了哥？"

"没事。"易辞眼神暗了暗，打断舍友之间的对话，"何星，帮我在新生群里要一份大一文传院的课表，要到后发我一下。"

"江柚绿！"社团团长示意江柚绿赶快跟着崔晨一起进教室宣传。

江柚绿关掉手机，连忙拿起报名表。

在男生比例偏多的专业学院里，江柚绿跟崔晨的出现引起了不小的轰动。

江柚绿不知道，她们的照片被人拍了下来，由一个院的群里传向另外一个院的群里。

"哇！这是什么社团，我这个猛男一定要加入！"

"这是素颜女神吗？我的天！身材也太好了！"

"跪求旁边扎两条辫子的女生的全部资料，太可爱了，一笑我心都化了！"

"她们现在在哪里，我下课要去围观美女！"

......

"易辞你看！"宿舍老大将手机递给易辞，群里的消息已经"99+"了。

易辞看到那一张张不同角度的照片，下颌线紧绷起来。

有人从前面转过身，拿着手机问易辞道："易辞，这个女生不是上次在学生会面试，你的那个小青梅吗？"

"什么？这就是那个邻家小妹妹？"宿舍老大震惊之余回过神来喃喃道，"果然很可爱。"

"你们真是我们社团的功臣！"社长拿着厚厚一沓报名表，喜不自胜道，"今天就先到这里，明天我们再继续！"

明天还继续？正准备下楼梯的江柚绿差点脚下踩空。

"啊！"崔晨惊呼一声捂住裙子，楼道风大，对穿短裙下楼梯的她们来说很不方便。

"是我的疏忽！"社长一拍脑门，连忙将身上的外套脱下来，殷切地系在崔晨的腰间，临了还忍不住夸一句，"学妹不愧是学跳舞的，腰真细。"

江柚绿突然有些反感社长的举动。

"那柚绿你……"崔晨迟疑地开口，社长的外套给了她，副社长只穿了一件短袖。

"没事没事，我捏着裙角就……"

江柚绿的话还没说完，副社长手摸上江柚绿的肩膀道："我先到下面给你清场，这样就算你走光了也不用担心。"说完，噔噔就下了楼。

"好了，你们下来吧。"副社长抻长脖子喊。

社长跟崔晨下了楼。

江柚绿攥紧了裙角，迟迟不肯迈开步子，下面是没多少人了，但副社长不算人吗？

"江柚绿？"副社长锲而不舍地喊着她。

"这就是你说的上课吗？"身后，传来一道清冷又熟悉的男声。

江柚绿身子一僵。

易辞瞥了一眼站在下方的副社长，冷着脸将江柚绿拉到一边。

"易辞哥？"江柚绿慌了。

"现在知道害怕了？"易辞眼底有愠色，他脱掉身上淡蓝色的衬衫外套，这动作像极了脱掉鞋来抽她的老母亲，她吓得闭上眼睛。

腰间骤然一紧，江柚绿猛地睁开眼低下头，看见那件淡蓝色衬衫干净利落地系在她的腰间，并打了一个死结。

她愣住。除了嗑糖欢快的何星格格不入以外，周围的其他人也傻住了。

她看向易辞，一种熟悉的安全感从心底生出，就像有他在的那些看不见的夜晚。

"跟我来。"易辞抓住她的手腕下了楼。

"柚绿啊，你们……"他们路过社长的时候，社长忍不住好奇开口，只是易辞没有要与他说话的意思，于是社长话说到一半时，选择闭嘴。

"你们社团在哪儿？"易辞问。

江柚绿老实报了地址。

等到了社团，易辞松开她道："去把衣服换回来。"

江柚绿小心地看了他一眼。

从换衣间出来时，她已经换好了原来的衣服。

"这是第几次？"易辞深吸一口气道。

"第一次！"江柚绿连忙解释，"下午原本招生的学姐没有来，社长就让我跟崔晨帮忙……"

"你进社团之前没向其他学长学姐咨询一下吗？"

"咨询什么？"江柚绿缩了缩脖子，"不是根据自己爱好来吗？"

易辞一时语塞。

"易辞哥……你这衣服？"

"我洗！"易辞一肚子火没地儿发。

江柚绿："……"她又哪里招惹到他了？

晚上，女生宿舍的阳台上，江柚绿打着电话吐槽道："你给我分析一下，我哪里又做错了？"

易时在电话那头笑了半天，江柚绿气愤道："你在笑什么？看我被易辞折磨，你挺开心的是吗？"

"不不不。"易时连忙否认，在电话里喘了好久才平复下来，语气含笑，"江柚绿，我哥当年说你说得一点也没错，你是真的笨！要很努力很努力才能开窍！"

"你在说什么？"江柚绿有些丈二和尚摸不着头脑。

"我问你一个问题吧。"易时换了一种方式，"如果你走在路上看见一只非常非常可爱的小猫咪，你为了拐它回家，经年累月对它好，但它就是反应迟钝，以为你是闲得发慌，你会作何感想？"

江柚绿道："直接抱回家宠爱就完事了，干吗还要经年累月那么费事！"

"如果是因为这只小猫一开始很怕你呢？"

"那你说这小猫好不好看？"江柚绿问。

易时想了想道："中间有一段时间长残过，现在好看点。"

江柚绿道："又丑又尻，反应迟钝还不喜欢我？我是有毛病要拐它回家吗？"

易时："虽然我觉得你说得对，但你还是烦恼去吧，我帮不了你这个不开窍的，挂了，浪费我电话费。"

江柚绿："绝交吧！"

第七章
对他动了心

第一节 / 举铁的霍珩

尝到前一天招新的甜头后，江柚绿他们社长宣布第二天社团依旧招新，虽然这次江柚绿跟崔晨拒绝了社长穿水手服的要求，但在宣传的路上遇见易辞时，明显感受到他生气了。

这几天就算她在学生会与易辞打照面，他也只是冷淡地对她点点头，满脸写着请离他远点，搞得她心情也低落起来。

江柚绿想着，如果说是因为她家老母亲的拜托，他要在学校看管她，但她毕竟不是他的亲人，她有些想不明白，他为什么会生那么大的气，还生那么久？

中午吃饭，叶声晚在得知江柚绿还在参加社团活动时微微讶异道："你不知道吗？你们那个社团团长在大一的时候就因为对女同学不尊重被人打过。"

"什么？"江柚绿讶异。

"你们社团今年是不是人很少？"叶声晚问。

江柚绿点头。

"原本 Cosplay 社在我们学校是很火爆的一个社团，但是现在的社长来了后，他喜欢让女生穿过分暴露的 COS 服，很多女生就退团了。在这期间，他还骚扰过个别女生，后来被一个女生的男朋友打过，本以为他会老实许多，没想到今年招新他又这么干。"叶声晚看着江柚绿，"其实我也想说，现在的 COS 社不比以前，你可以考虑退出这个社团。"

江柚绿没想到还有这样的事情，怪不得易辞知道她后来还在这个社团里待着那么生气了！

"嘭！"

餐桌因被人撞上剧烈地抖动了一下。

有人慌慌张张道着歉，眼睛却死死盯着江柚绿。

江柚绿往四周看去，有很多人偷瞄着她，甚至有几个端着饭菜的女生已经从她身边第五次路过了。

江柚绿："……"

这种感觉太熟悉了，像极了小时候刚入校时，大家发现易时跟她走得很近，不少人佯装"漫不经心"与"不小心"，只为看她是何方神圣。

"我这是……又怎么了？"江柚绿思索着，最近她做了什么出格的事情吗？

"你是江柚绿吗？"有人走到她这桌，不耐烦地敲了敲桌面。

江柚绿跟叶声晚齐齐抬头。

叶声晚看到来人时愣了愣："霍珩？"

霍珩？江柚绿看向面前这个突然出现的人，眼皮一跳。对方的名字很好听，戴着一副平光眼镜显得很斯文的样子，但令人瞩目的是，他有一身发达的肌肉。

她莫名觉得有些熟悉，好像在哪儿见过这个人。

"我是，请问你是……"

"你是就好！"霍珩打断江柚绿的话，接着发问，"你跟易辞是男女朋友关系吗？"

江柚绿越发迷惑了，摇摇头："不是啊……"

"那就行！"对方一屁股坐在她旁边的空位置上，朝她伸出手，"我叫霍珩，计算机系大三学生。为了以绝后患，从今天起，我就是你男友了。"

江柚绿："？？？？"

她男友？他是哪个大山里走出来的人？是她在做梦，还是这个世界变玄幻了？

"霍珩，你这是在做什么？"叶声晚横眉冷对。

霍珩冷哼一声："关你什么事，死对家！"说完，他拿起江柚绿放在餐桌上的手机。

"你干什么啊？"江柚绿起身准备抢回自己的手机。

霍珩快速地用她手机拨通了一个号码："这是我的联系方式。"他将手机丢还给她，"或许我们确定关系太过匆忙，但是该补的追求的过程我都会补你。今天我下课后，一起吃饭吧！现在我去上课了，到时候联系！"

他来也匆匆，去也匆匆，留下江柚绿始终处在蒙圈状态。

"你别理他，他这个人就是这样。"叶声晚安慰江柚绿。

"他……他？"江柚绿看着通话记录上的陌生号码，有些哭笑不得。她开学以来也是被人告白过的，不过还是头一次看见这种简单粗暴的追求方式。

"你上高中的时候不知道霍珩吗？"叶声晚问。

"他也在一中上学？"江柚绿吃惊。

叶声晚摇摇头道："他不是在一中上学，而是在校风不好的二中。他在他们那个学校也被称为天才少年，是二中培养的重点对象，他上高中知道易辞后，就一直想跟易辞比一比谁更厉害。当时这件事在我们那届是热议的事情，后来M大的保送名额落在了易辞身上，他心服口服，成为易辞的死忠粉。高考他考上了M大，我们市第一就是他，他跟易辞选了一个专业，但是不在一个班。他这个人行事有些特立独行，对其他事情漠不关心，唯独对易辞的事情格外上心，也不知道是不是当年受了刺激。"

叶声晚想到一些事情，有些啼笑皆非："他一直觉得我觊觎学生会主席的位置，时时刻刻想挤掉易辞当主席，一直把我当对家看待。"

江柚绿目瞪口呆："这哪是死忠粉，这是毒唯粉啊……"

"我估计他找上你，是因为最近的八卦在传你跟易辞的关系。"

江柚绿愣了一下反应过来："难道是那天楼道里的事情？"所以这几天易辞生气，或许不是因为她还在参加社团活动，而是因为他的清誉被她给毁了？江柚绿恍然大悟。

"易辞哥，晚上一起吃饭吧？我在翰林食堂三楼等你，你到的时候告诉我一声。"社团内，江柚绿心情忐忑地将这条信息发送出去。

另一边，易辞盯着短信内容出神。

"看什么呢，都听不见我说话了？"何星猛地凑到易辞跟前，看到易辞手机上的信息，眼睛立刻亮了，"小青梅约你吃饭？那答应她啊！"

易辞正准备关掉手机，信息提示音再次响起。

"哥！你要看见不回我，我就哭！！！"

这句话仿佛有画面感一般，易辞眼底的阴郁之色渐渐散去。

何星看着易辞这个反应"啧啧"摇头："这世间还真是卤水点豆腐，一物降一物。"这几天他们都察觉到易辞的低气压，但没人敢上前询问，小青梅不愧是小青梅，知道傲娇要顺毛，这不，易辞明显心情变好了。

"知道了。"

江柚绿收到了易辞的回信，心情瞬间飞了起来。

"江柚绿，你跟学生会主席是什么关系啊？"身侧，崔晨按捺不住好奇问道。

那天楼道里发生的事情已经传开，除却江柚绿这几天陷入自己的情绪里还不知道，所有人都在猜测江柚绿跟易辞的关系。

"哦，我们家是一个地方的，互相认识。"江柚绿心不在焉道。

"我还以为你们是男女朋友关系呢。"

"啊？哦，不是。"江柚绿看着快到上课时间了，将手中的东西递给崔晨，"崔晨，你待会儿看见社团团长，能不能帮我把这封退团信交给他？"

"你要退社团？"崔晨眼中闪着光，"可你不才加入几天吗？"

江柚绿点点头说："校学生会太忙了，我有些忙不过来了！"

周五傍晚，翰林食堂三楼。

以往这个点儿食堂都是人满为患，但到了周五，有很多人选择去校外吃，食堂倒是空旷了不少。

江柚绿点了两份盖浇饭，她认真地夹了些易辞喜爱的香菜放在盖浇饭上，又倒了点醋在易辞的那份红烧牛肉盖浇饭里，然后就百无聊赖地玩手机等待了。

她坐在三楼入口的位置，谁从外进来，都会被这个穿着复古连衣裙的少女所吸引。

易辞上来的时候就看到穿着淡黄色连衣裙的江柚绿，少女小腿白皙，骨架纤细，一身束腰的连衣裙展现出少女身材曲线的美好。

似乎有心灵感应，少女扭过头朝入口看来，露出一张因军训晒黑的脸。

"易辞哥！在这儿！"江柚绿挥舞着同样因军训晒黑的"爪子"。

易辞默不作声地收回视线。

易辞坐下后，江柚绿立刻殷勤地将饭推到他跟前："哥，我已经点好了，按照你的喜好，我在红烧牛肉盖浇饭里淋了些醋，如果还不够，喏，醋我也给你拿来了！"

"你把整瓶醋都拿来了，其他人怎么办？"易辞瞥了一眼醋瓶。

"哦，这是我为了变白敷脸用的醋，不是食堂的，没关系的！"

易辞拆一次性筷子的手顿住。

江柚绿没想到易辞真的信了，瞬间笑起来："骗你的啊，是食堂的。"

易辞幽幽看了她一眼："你心情很好？"

"易辞哥你答应跟我吃饭我很开心啊。"江柚绿拍着马屁，"我了解情况后已经退出 Cosplay 社团了，今天这顿饭是感谢易辞哥你上次的解围。"

易辞拌着饭道："你让我来就是说这个的？"

易辞的反应让江柚绿更加坚信了这段时间他生气是因为他的名声被她毁了。

"当然，还有一件重要的事情……"江柚绿正要张口，手机突然响起，易辞见她看了一眼手机，表情古怪地给挂断了。

但对方像是跟她杠上一般，她一挂断对方立刻就又打了过来，最后她放下筷子面目狰狞地将对方拉入黑名单。

世界终于安静下来，江柚绿痛快地舒了一口气，对上易辞的眼光时，她吓了一跳，立刻假笑让自己看起来安静甜美。

"怎么回事？"易辞看向江柚绿。

"没事，推销的。"江柚绿打着马虎眼，心里突然犯了难，这要是让易辞知道她跟他的绯闻已经传到连他的毒唯粉都信以为真了，那易辞不得气死？

"那你继续说刚才未说完的话吧。"

"呃……"江柚绿大脑飞速运转，"这件重要的事情就是，马上不是国庆长假了吗？我们宿舍的人都回家了，朱玲玲也准备去旅游，我一个人在学校很无聊，所以想出去玩……"

江柚绿临时决定，先哄好易辞再为自己跟他闹绯闻一事道歉。

易辞放下手中的水杯道："忘记跟你说了，易时还有蒋飞十一的时候会来 M 市玩。"

"真的吗？我要看看易时那家伙晒没晒黑！"

看着她瞬间兴奋的脸，易辞眼神一暗。

江柚绿心里一哆嗦，这家伙怎么突然情绪又低沉了下去？他亲人跟朋友来他不开心吗？

吃完饭，江柚绿要补一些生活用品就顺便逛了食堂边的商业街。

"易辞哥，你看这两个哪个可……"话未说完，江柚绿倒吸一口凉气，连忙拿着手中的毛巾遮住脸。

玻璃墙外，霍珩背着书包进入了对面的健身房。

"怎么？"易辞偏过脸。

"哦哦，没事。"江柚绿指着霍珩的背影，佯装不认识，"那个人看着好眼熟，好像之前在哪儿见过？"

"你认识霍珩吗？"易辞问。

"霍珩吗？"江柚绿眼神迷离，"我好像高中时听说过这个名字？他是二中的？"

"没错。"

"他看着有些……嗯……"江柚绿一时找不出形容词，怎么会有一个男生长了一张文质彬彬的脸，但练出了一身肌肉。

"他以前不是这个样子。"易辞知道江柚绿想说什么，"听他说是在上高中的时候，有个一中低年级的女生嘲笑他弱不禁风，他就开始举铁了。"

健身房内，霍珩做着热身运动。

敢拉黑他？果然长得跟那个女生像的都是他讨厌的！

霍珩看着镜子中的自己，又想到当年那个变相说自己瘦弱的姓易的痘痘丑女。他拍了拍自己的肱二头肌，如果那个女生出现在自己跟前，看她还会这样说话吗？说不定还会痴迷他这发达漂亮的肌肉呢！

"噗……"江柚绿抱歉地看着易辞，原谅她不厚道地笑出了声。

第二节 / 所谓直男战队

江柚绿想的国庆假期，是跟易辞、易时他们踏遍M市的各风景区，打卡M市的网红美食，抽空看一下国庆节上映的爱情电影，为此她还买了好几条漂亮的裙子。

结果连续两天半！连续六十个小时！这三个男人带着她，通宵在网吧打她看不懂的游戏！饭点儿撸串！在电影院连看两场长得比鬼还丑的科幻片！

明明是四个人的旅行，她却没有存在感。

这三个男人假期过得越来越容光焕发，而她过得恍恍惚惚、日渐憔悴。

"哈哈哈！"朱玲玲听完江柚绿的吐槽后笑到癫狂。

江柚绿躺在床上，翻着白眼道："白浪费了我这么多天的时间，在宿舍睡觉它不香吗？"

"你活该，你难道不知道直男们在一起就是这个样子吗？"朱玲玲吃着薯片，"那你还跟他们一起吗？"

"不去了！"江柚绿握拳道，"这三个臭男人约好明天去看乐高展览，今晚估计又是组团在网吧打游戏，我再也不想浪费我的青春在消消乐上面了！"天知道这几天她无聊得玩消消乐都过了一百多关。

"那……"朱玲玲突然想到什么挑眉，凑近江柚绿，"要不要捡回青春，去找找乐子？"

高中时，朱玲玲只要做坏事，都会露出这副奸诈的嘴脸。江柚绿会意爬起，嘿嘿笑道："说来听听？"

"江柚绿，晚上要一起吃饭吗？"易时打着电话。

蒋飞拍了拍易辞的肩道："我都失恋了，你就不能陪我一起暂时忘掉悲伤，寻找快乐吗？"

"暗恋也算失恋吗？"易辞白了他一眼。

"你不要瞧不起暗恋好吗！"蒋飞跳脚道，"那可是我第一次喜欢一个人，还以对方脱单而无疾而终。"

易辞："……"

"你不来了啊？哦哦。想在宿舍休息一下是吧？"易时看着面前的易辞跟蒋飞，眨了眨眼。

蒋飞原本还想说什么的，立刻噤声，竖起耳朵听。

"嗐，那你休息吧，我们今天晚上还是通宵打游戏，你想玩消消乐其实在宿舍就可以玩。"易时微笑道，真是天助他们。

挂断电话后，江柚绿咒骂，玩消消乐还不是因为她不会打游戏，他们又不带她玩！以为她真爱玩啊！

江柚绿："朱玲玲，晚上去哪儿你安排，我跟你混！"

"得嘞！"

女生宿舍内，衣服鞋子翻得到处都是，空气里飘散着化妆品的香味。

街头巷尾传的都是我们的八卦绯闻，

她们都在讨论我们，

就让我们制造些绯闻吧。

……

酒吧内有人在台上唱歌。

"哇哦！"一进酒吧，江柚绿就被气氛感染了。

"怎么样，是不是感觉还不错？"朱玲玲得意道。

"是啊，跟我想象里的酒吧完全是两种样子。"江柚绿被台上唱跳的人所吸引。

"你想的是不是地痞流氓扎堆？"朱玲玲道，"我一开始也以为是那样，后来在网上发现这个青创酒吧是个网红打卡地，在 M 市还挺有名。"

朱玲玲指着台上的组合道："那是西医大的学生，成团已经三年了，听说最近有经纪公司找上他们，想签约。"

"学医的组团要出道？"江柚绿吃惊道。

"学医的怎么就不可以组团唱跳了？"朱玲玲好笑道，"来这里的有很多是大学城的学生，是文艺青年的聚集地，当然……主要是年轻男女认识的好地方。"

朱玲玲激动道："快帮我看看有没有帅哥！我要帅哥！"

江柚绿："……"

另一边。

蒋飞跟易时看着过道经过的大长腿，长吁短叹。

"易辞，你们这儿的青创酒吧也太好了吧！"蒋飞颤抖着手拍着易辞，语气里透着兴奋。

"你刚才不是说你失恋难过吗？"易辞无语道。

"人不可能为一个笑话笑一遍又一遍，我怎么能因为一次小小的失恋而再三难过呢！这个漂亮！啊！她过来了！"蒋飞扭过头，满面红光。

易辞："……"

"你好，我们可以认识一下吗？"美女径直走到易辞跟前。

蒋飞的表情龟裂了。

"不好意思，我有女朋友了。"易辞淡淡道。

美女尴尬了一下，不好意思地走了。

"哥，你这招儿杀伤力太强了！"易时感叹道。

"不行。"蒋飞拿起桌上的面具递给易辞，"明明是来帮我治愈失恋的伤痛的，再这样下去，我会因为你的存在，心灵更受打击。是兄弟就给我戴上！遮住你的盛世美颜！”

易辞无可奈何地戴上面具后，蒋飞盯着他再次陷入沉默。

“我们都戴上吧。”易时提议，“我哥的清冷气质再加上这样犹抱琵琶半遮面的，看起来更像是深藏功与名的富贵人家的公子，神秘且吸引人。”

“好主意！”

“江柚绿过来，来这里！”身后，一道女声吸引了易辞，他扭过头往后看。

酒吧内灯红酒绿，人声嘈杂，刚才听到的人名就像是幻觉一般，易辞慢慢收回视线。

“我来了，我来了，这高跟鞋真难穿。”江柚绿一屁股坐在沙发上，刚才走路她差点儿崴了脚。

“这个面具戴上！”朱玲玲递给她一个羽毛面具。

“这是干吗的？”江柚绿不懂就问。

“都说了是文艺青年的酒吧，当然大家是以文交友不看脸的。”说完这句话后，朱玲玲压低声音快速道，“其实就是怕你害羞，先这样聊天，如果彼此觉得可以继续，就可以摘下面具。”

江柚绿：“……”

“待会儿有个聊天茶话会，你陪我一起去吧？”

“什……什么样的茶话会？”江柚绿有些不知所措。

青创酒吧里有一处很特别的地方，这地方从外形来看，很像办公室里的格子间，但这并不是用来办公的，而是交友的。

男女分成两排而坐，中间有一块隔板，隔板抽走的时候交谈正式开始，时长三分钟，如果中途聊不下去可以选择拉下隔板，如果三分钟后觉得可以继续聊，就离开去酒水区坐着，如果想吃饭，这酒吧也有包厢。

"这酒吧真是妙啊，集相亲、饭店、KTV 于一体，真会赚钱。"易时听完酒保介绍后由衷感叹道。

酒保微微一笑："参加茶话会成功的话，本店会送一张七折的酒水券，没成功的话，茶话会上也有酒水提供。"

"嘁，这话说得，我是那种为免费酒水就去参加的人吗？"蒋飞不屑地站起来，"我只是想交个朋友，走走走！是兄弟就一起去！"

众人："……"

隔板抽开，江柚绿看着对面戴着面具的男人，颇为尴尬道："你好。"

"同学，大一的吧？"对方开口。

江柚绿愣了愣："你怎么知道？"

"你脸上的粉擦得很好，但下次记得给手臂也擦点。"

江柚绿额角青筋欢快跳动："……"

"哈哈哈！"排队等待的易时指着茶话会最边上的女生突然笑了。

"怎么了？"蒋飞好奇地问。

"你看那个戴羽毛面具的女生，我看她好一会儿了，她面前已经换了四五个男生，你看她的拳头，逐渐握紧哈哈哈！"

"行，反正下一批就是我们了，这个位置是轮流坐的，你要感兴趣可以去会一会她。"蒋飞看向远处的易辞道，"你哥真不来？"

"不来，他对这东西不感兴趣。"易时道。

女生组换了一批又一批，江柚绿道："我们这场也下去吧？"一个个奇葩问得她头都大了。

"最后一轮，如果这一轮再找不到好的我就下去！"朱玲玲发誓道。

隔板再次落下，打开。

这次对面男生拗了一个思考者的动作，江柚绿嘴角一抽。

男生道："同学，看过腾格尔的《飞鸟集》吗？"

"那是泰戈尔，同学。"江柚绿头上的省略号可绕地球三圈，这都是从哪里来的妖魔鬼怪！

"哦哦，口误！口误！"男生慌慌张张。

可在下一秒，男生跟江柚绿同时眉心一皱，脱口而出——

"江柚绿？"

"易时？"

易时拍桌："你不是说你在宿舍睡觉吗？"

江柚绿咆哮："你不是说你们在网吧打游戏吗？"

易时跟江柚绿同时吼："你居然敢跑来酒吧？信不信我告诉你妈！"

两个人愣了三秒后一起捂住脸，狂按下隔板降落的按钮。

江柚绿拽过旁边的朱玲玲："大事不好了，我得先走了！"

"怎么了？"朱玲玲难得遇上一个说话风趣的，这会儿被江柚绿拉住有些蒙。

朱玲玲对面的风趣幽默男听完同伴的话诧异道："你说江柚绿在

这里？"

"对！"那同伴狂点着头，正是易时。

"那你怕什么，你俩半斤八两，还真怕她告状啊。"蒋飞道。

"对哦！"易时反应过来后，瞬间理直气壮直起腰，"江柚绿，人呢？"

"易时在这儿说不定易辞也在，我可不能被这哥俩抓住！可不能！"江柚绿边偷跑边碎碎念着。

"江柚绿！"

身后一声仿佛喊抓贼般的音量让不少人都朝着江柚绿的方向看去，江柚绿一哆嗦，因穿着高跟鞋重心没掌握稳，在下台阶时一下朝前扑了过去。

"啊啊啊！"完蛋了！江柚绿心想，她不仅要撞上人，还有可能会摔倒，裙子要走光了！

她扑进面前戴着面具的男人怀中，面具下，她看着对方深邃的眼睛，咒骂电视剧的虚假。

怎么可能戴上面具就认不出来了？易辞！她一眼就认出抱着她的是易辞！

"哥！"江柚绿双手抵在易辞胸前。

易辞反应极快，一只手环住她的腰，另一只手压着她的裙角。

可毕竟江柚绿一百斤的肉不是白长的，易辞抱住她往后踉跄了好几步，背抵在了墙上，她听到他呼吸乱了几分。

她慌忙抬起头："你……"

"你没事吧？"易辞低下头看着怀中的江柚绿。

江柚绿怔住，有什么东西突然乱了她的心绪。

她看着眼前的易辞，面具遮住了他大半张脸，只露出他漂亮的唇与线条分明的下颌，但依旧挡不住那身优越的气质。

"没……没事……谢谢易辞哥。"江柚绿低下头，说着就要从易辞怀里挣脱出来。

"你不是说在宿舍休息吗？"易辞没有松开她。

江柚绿："……"是福不是祸，是祸躲不过。

"那易辞哥你呢？"江柚绿反问，"你们不是说今晚要打游戏吗？好啊，我在你们就一本正经，我一不在，你们就来酒吧！"

"打游戏那是易时说的。"易辞盯着江柚绿伶俐的小嘴，"我在这儿是为了看管易时跟蒋飞。"

江柚绿："他们又不是小孩！"男人的嘴都可以这么信口开河吗，脸都不红一下？

"他们可比小孩要难管。"易辞看着她脸上的羽毛面具，"你刚才在茶话会上面？"

江柚绿："呃……我说我是陪朋友来的你信不信？"

"朱玲玲吗？"

江柚绿愣了愣，没想到易辞会记住她好朋友的名字。

"我记得她也是学生会的吧？"

易辞一开口，江柚绿就有种不祥的预感。果然，她看见易辞右边嘴角弯起一抹微小的弧度，那是易辞生气假笑专用脸。

"虽然放假，但学生会也是可以找事做的。"

江柚绿急急道："你这是只许州官放火，不许百姓点灯！"

"那你又能如何？"

"……"江柚绿委屈。

"你哥……那句他有女朋友该不会是真的吧？"蒋飞看着远处两人结巴道。

易时耸耸肩："算吧，只是早晚的事情。"

第三节 / 易辞小甜心

易时跟蒋飞是七号上午八点的高铁，前一天晚上，蒋飞说要请易辞和江柚绿吃饭，答谢他们这几天的陪伴。

包厢内，蒋飞微醺地歪过头在江柚绿耳边说："你还记得我以前跟你说下次见面告诉你易辞为什么叫易小甜心吗？"

江柚绿耳朵有些痒，笑了笑道："什么意思？"

"易辞啊，别看他外表很冷，一副漠不关心很难接触的样子，其实他是很暖的一个人。"蒋飞眯着眼睛看着坐在他们对面的易辞，"非常细心体贴，接触下来后，大家觉得他很好，与他外表简直反差太大，大家就给他起了一个外号叫小甜心。"

江柚绿哈哈大笑起来，推着蒋飞："你不要这样说话，太痒了！"

蒋飞低声飞快地在江柚绿耳边说了一句，江柚绿讶异道："真的假的？"

易辞看着凑得很近的他们，眼神有些不悦。

蒋飞突然声音大起来，瞄着易辞道："当然是真的。我们学校理工科，男生那么多，光帅哥我就认识很多，长得都可以出道，我给你看看照片。"说着就掏出手机。

江柚绿凑过去看。

易辞与易时眼中，蒋飞手指滑动仿佛在找东西，但江柚绿看到的，蒋飞打了一串字给她看——"配合我，给你看看易小可爱。"

江柚绿"哇"了一声，其实刚才她说"真的假的"那句话，是蒋飞跟她说易辞不能喝红酒与啤酒混在一起的酒，一杯就会倒，而且一倒就会非常可爱，要多可爱就有多可爱那种，还乖巧听话，名副其实的易小可爱，她不太相信。

易时："……"这家伙真敢在危险的边缘疯狂试探。

蒋飞一喝酒就变成了话痨，虽然不喝酒的时候他话也不少，但是喝酒前还是少年，喝完酒后就是中年大叔，说不尽的回忆，叙不完的家常，吐不完的情殇。

"来喝！"已经喝迷糊的蒋飞开始给人乱倒酒，"不喝不是兄弟！"

江柚绿看着自己跟前这杯混合酒，有些犯难地看向易辞，在这之前，她已经喝了三杯果汁了。

"别理他。"易辞开口。

"别理我？"听到这三个字，蒋飞像是被戳中某痛点，心疼地抱住自己，蜷缩着，"好，你们都不理我……想过离开，以这种方式存在，是因为那些旁白，那些姿态，那些伤害……"

众人："……"

"是不是喝完这杯我们就可以走了？"易时也加入助攻大队。

"当然！"蒋飞打着酒嗝。

"好，我来喝。"

"你别喝。"易辞拦住易时，"你带他回酒店吧，这杯我喝。"

易辞举起酒杯时，在场三人的眼睛都期待地亮了亮。

"走吧！"易辞起身。

"不行，我要上厕所！"蒋飞不满地嗷嗷叫起来。

易时瞅准时机连忙道："我扶他去洗手间吧，不然我真怕他醉倒在那里。"

一出包厢，蒋飞脚步也不虚浮了，头也不晕了。

易时朝他竖起大拇指："演得真像！"

"客气。"蒋飞抱拳。

"那我们等五分钟再回去？"

"回去干什么？直接回酒店啊！"蒋飞白了他一眼，"待会儿你给江柚绿发条短信，就说我吐了，你把我送回酒店了，让他们自己回学校。"

易时心服口服，真是高手！

过了一会儿，江柚绿发现易辞的脸渐渐红了。

她稀奇，单喝一种酒没事，喝混合的就不行？

她盯着他正看得津津有味，他突然扭头看向她，黑宝石般的眼睛萦绕着薄薄水汽。她一个激灵开口道："我给他们打电话，问问他们怎么还不回来？"

"啪啪！"易辞突然伸出手轻轻拍了拍自己发热的脸，像刚认识世界的幼儿园的小朋友，动作充满了好奇。

江柚绿呆住，大脑陷入短路："易……易辞哥？"这是喝醉了吗？

"嗯？"易辞捧住脸乖巧地歪了歪脑袋看着她。

江柚绿心尖狂颤，是这样软的吗？

"哥，你醉了吗？"江柚绿咽了一口唾沫。

易辞没说话，而是靠在沙发上闭上了眼睛。

江柚绿愣住："易辞哥？易辞？"她起身走了过去，他可不能就这样睡了啊！

"易……"

"吵。"易辞吐出一个字，声音动作像极了清醒状态，他睁开眼睛，抬眸看着走到自己身边的江柚绿，"江柚绿，太吵了。"

江柚绿："……"他到底有没有醉？

此时江柚绿口袋里的手机响了一下，她掏出手机看了一眼短信，瞬间无语。如果她送易辞回男生宿舍，那她跟易辞的绯闻就会传得满城风雨，明天易辞醒来说不定会把她皮给扒了！

她一个电话拨了过去，对方一接通她就开始咆哮："易时你——"

江柚绿还没有反应过来发生什么，就被人拉下身子，下一秒，她坐在了易辞的腿上，被他圈在了怀里。

"关掉手机。"他盯着她，语气凛然，态度坚决。

"哥你……你没醉？"

"关掉。"易辞再次开口。

江柚绿立马老实挂断，易辞有些不相信地看着她手里的手机："不准再打。"

"不打不打。"江柚绿头摇成拨浪鼓，将手机塞回口袋，举起双手以示自己的真诚。

易辞嘴角突然一弯，连眉梢眼尾都带着满足的笑意。

那笑容如雪后初霁，晃得江柚绿心神轻颤。

她以前一直觉得易时的笑容充满了阳光美好，但易辞这一笑，她居然感觉甜到了她心坎里？

她忽然就明白了为什么蒋飞要叫易辞小甜心了！

"啊！"她轻呼一声，被人压倒在沙发上。

"又出神。"

江柚绿听到易辞的小声抱怨，她这下可以肯定易辞是真的醉了。

"易辞哥？"她唤了他一声。

他"嗯"了一声，语调微微上扬，声音沙哑性感。

江柚绿脸热了起来，支起胳膊道："我们也该走了，你起来。"

易辞没说话，只是盯着她看。他的目光专注在人身上时，似情念深。他轻轻吐出三个字："江柚绿。"

江柚绿应了一声，他该让开了吧？

"江柚绿。"他又喊了她一声。

江柚绿"嗯"了一下，他要表达什么？

"不能忍。"他低叹一声，垂下头，吻落了下来。

被亲到额头的江柚绿瞬间瞪大了眼睛，手肘再也撑不住了。

易辞眼神迷茫，疑惑地看着突然倒在沙发上的江柚绿，目光从她的眼睛流连往下，落在她殷红的唇上。

"江……"他眼神一暗，慢慢低下了头。

"哥！哥！哥！"意识到易辞想干什么后，江柚绿大叫，"你给我冷静点！"

易辞满眼是她，已听不见她的话。

"既然你执意如此，就不要怪我使用非常手段了！啊！"

"咔嚓"一声，江柚绿的脖子响了，她疼到瘫在沙发上龇牙咧嘴，而压在她身上的男人一动不动。

这都是什么事啊！江柚绿哀号。

"江柚绿……"随着易辞的轻唤，温热的气体拂在江柚绿的脖子处，那呼吸像跳动的火苗，灼红了雪白的肌肤。

"哪里软萌了？就是一个大色鬼！"江柚绿想着刚才那个吻红了脸，她费劲地从口袋里掏出手机，由于另一只手被易辞压着，单手操作手机的她不小心点到了摄像头，她看着手机显示的画面，一时没了动作。

易辞侧着脸很乖地在她脖颈间睡着，安静得像只沉睡的小狮子。江柚绿不知道为什么一个人可以在清醒时让人觉得高冷，睡着时却又乖巧可爱。

"看起来真的很软萌，不知道手感如何？"江柚绿盯着手机里的易辞的脸嘀咕了一句，没忍住，伸手戳了戳。

"哇哦！"得逞后的江柚绿也不知道自己为什么会这么兴奋，或许这样任人摆布的易辞她从来没遇见过吧。

"别闹。"易辞嗯哼一声，抓住她的手，放在胸前。

江柚绿的脸瞬间爆红："臭色狼！"

第八章
确认喜欢
Q u a n n i   C h e n z a o   X i h u a n   W o

第一节 / 离她远点

"我昨天……"食堂内，易辞犹豫着开口。

江柚绿心一下子狂跳起来。

"我昨天喝醉后，有做什么事吗？"在他的记忆里，他好像听到江柚绿打电话给易时后，脑子一热抓住了她，后来只零零散散地记得是何星他们来接他回的宿舍。

"你昨天喝醉后没多久就睡了过去，然后我用你手机打电话给你舍友，让他们接你回去。"江柚绿梗着脖子道。

"哦。"易辞点点头，看向她，"你脖子怎么了？"

"还不是因为你……"江柚绿想到昨晚的画面——当时她以为易辞又要对她做什么不理智的举动，千钧一发之际，她一仰脑袋，想狠狠地展示自己的铁头功，结果在关键时刻他歪到一侧，让她脑袋扑了个空，而脖子因为用力过猛瞬间扭到了。

江柚绿话锋一转："还不是因为要搀扶醉酒的你，不小心扭到了。"

"抱歉。"易辞有些愧疚。

两人各怀心事地吃着饭，一沉默下来，周围窃窃私语声就顿显大了起来。

江柚绿咬着筷子好奇地往周围看去，瞬间对上无数双八卦的眼睛。

江柚绿："……"他们身边明明空着的位置，什么时候坐满了八卦人群了？

"完了完了。"江柚绿慌忙伸出手遮住易辞的脸。

"怎么了？"易辞还在状况外。

"易辞哥，你赶快走吧！"江柚绿催促。

"为什么？"易辞不明白。

"你看周围的人啊！他们都在议论我们！你前段时间生气不就是因为他们传我俩的八卦吗？你放心，你走了我会替你解释的，你赶快走吧！"

易辞看着惊慌失措的江柚绿，沉吟道："你……"

江柚绿不知道看到什么眼睛突然睁大了，立刻捂住脸，可对方眼尖还是一眼就看见了她，端着餐具激动道："好啊！我就说你怎么会拉黑我，敢情是红杏出墙，那正好？咱们分手吧，你也别去纠缠易辞，跟这小子好好过日子……易辞！"霍珩在看到回头的易辞时瞬间拔高了声音。

他颤抖着声音问："你们……你们真的在一起了？"

江柚绿连忙站起："事情不是你想的那个样子，我只是……等等，我为什么要说这种话，我又不是真的出轨了？"

易辞半眯起眼，看着眼前两人："你们两个最好说清楚你们是怎么回事？"

江柚绿跟霍珩心虚地互看一眼，彼此在对方的眼中看见了"屎"字。

三分钟后……

"你是说你那天请我吃饭，是让我不要生气别人误会我跟你一事？"易辞冷着声音道。

江柚绿突然不敢肯定了，这感觉不对劲儿啊！

一旁的霍珩忍不住吐槽："你是谁啊？别人想跟我们家易辞有关系都还巴结不上呢？跟你有关系？你也不看看自己跟易辞配不配？"

这语气，这态度，简直跟微博上某些明星的毒唯粉如出一辙。

江柚绿握拳："想打架吗？"

"来呀，黄毛丫头！"

"我！"

"江柚绿，你是怕别人误会我，还是你怕别人误会你？"易辞打断眼前两人的掐架，看向江柚绿问道。

江柚绿被盯得惶恐不安，抠着桌角，面上挤出一抹微笑："这不一样吗？"她有些不明白，误会他不就是误会她？她被误会了，他不也就被误会了？

易辞凝视她的脸良久，起身淡淡道："我知道了。"说完，转身离开。

江柚绿跟霍珩一下子愣住了。

易辞生气了？

最先反应过来的霍珩指着江柚绿，撂下狠话："我警告你，我才不管你是青梅还是'天降'，让易辞在学业上分心的家伙在我这里都不是什么好东西。下次不准再跟他吃饭了，知道了吗？"

江柚绿有些莫名其妙，她又说错了什么？

"易辞！"霍珩在易辞身后喊着。

进了宿舍，霍珩难以理解道："你怎么回事，生那么大气？"

正在宿舍吃面的其余人听到动静，纷纷看向他俩。

"你该不会真的如传言那般，喜欢江柚绿吧？"霍珩质问。

"这是我的事。"易辞坐下，眸色深沉。

"你没否认？你真的喜欢她？你瞎了吗？"霍珩爆出一句惊天动地的脏话。

何星差点被面噎着，霍珩狠起来，真的连他粉的正主都敢骂。

"以后离江柚绿远点。"易辞面无表情道。

第二节 / 叶声晚的青春

江柚绿感觉，自从上次在食堂吃过饭后，她跟易辞的关系就回到了从前。从前她是什么，就是他世界里他多看一眼都会让观众觉得抢戏的"女炮灰"。

虽然学生会最近很忙，江柚绿每天不是在上课，就是在学生会里东奔西走，但只要一闲下来，想到易辞，她的心情就会烦躁起来。

这几天她也想不明白为什么自己的心情这样低落。

从什么时候开始，易辞不理她，她会这么在乎这么不舒服了？明明小时候她最希望的就是易辞与她没有什么交集啊。

"你最近是怎么了，天天顶着一张怨妇脸？"周三，学生会里大扫除，差不多各部门的人都在忙活，朱玲玲收拾着东西，瞥了一眼四周忙碌的人，偷偷凑到江柚绿跟前询问道。

江柚绿的视线黏在远处交流的两人身上，有气无力道："我有吗？"

"你听听你的声音！还是那个活力四射的江柚绿吗？"

江柚绿叹了一口气，视线依旧看向远方道："你说，我们副主席跟易辞般配吗？"

"什么？"朱玲玲顺着江柚绿的视线看过去，恍然大悟。

最近学校又要开展一些活动，叶声晚整日与易辞出双入对，有不少人私下议论叶声晚跟易辞是不是一对儿了。

朱玲玲"啧"了一声，故意道："都是学霸，又在学生会身兼要职，叶副主席又那么温柔，我觉得很配。"

"对吧，你也觉得她温柔又优秀吧。"

"你瞧瞧你！"朱玲玲恨铁不成钢地戳着江柚绿的脑袋。

江柚绿"哎哟"一声："你干吗？"

"你忘了我是你跟易辞坚定不移的 CP 党吗？"

"说他们干吗又扯上我？"江柚绿揉着脑袋。

朱玲玲瞪大眼睛："你还没有开窍啊姐妹儿？"

"什么？"

"你说什么？"朱玲玲双手环胸，一副要今天把这事儿捋清楚的架势，"你没发现你现在是个什么样子吗？张口闭口'易辞易辞'的，因为易辞，整天还一副死气沉沉的样子？"

"我以前没有吗？"江柚绿狐疑。

"有！"朱玲玲无语道，"你提起易辞的频率已经远远超过提起易时，我问你，你难道自己都没察觉吗？你对你竹马的哥哥非常上心了。"

"我对他非常上心……"江柚绿喃喃一声。放在从前，她一定跳起来说不可能，但现在……她好像找到了扰乱她心绪的原因。

"你千万别跟我说不可能，不要因为你从小不喜欢易辞就觉得不可能。我问你，你现在有没有因为他不理你而抓心挠肝？因为看见叶副主席跟他说话心里羡慕又难过？甚至想过去讨好他？江柚绿，你没想过自己可能是喜欢上易辞了呢？"

朱玲玲每一句话都扎在江柚绿心上。

"那会不会是因为我有些讨好型人格，而是喜欢呢？"江柚绿问得有些小心翼翼。

"姐妹儿，讨好型人格是为了避免社交上的麻烦而迎合对方，骨子里其实对这个人是冷漠的。如果有一天这个人可以远离你的生活，你只会巴不得他离你越远越好，而不是像你现在这般六神无主。"朱玲玲看向走廊上的两人，"你要还不相信自己喜欢上易辞，我们做一个测试吧。"

"你干吗？你放手啊！"

朱玲玲拉着江柚绿往易辞跟叶声晚所在的方向走，她如临大敌，立即低下头。

而朱玲玲什么也没有做，只是拉着她，从叶声晚跟易辞的身边走过。她瞥见了易辞的身影，抿了抿唇。

"是不是以为我要跟易辞他们说话很紧张？但我什么都没有做，你从紧张到如释重负，最后心里却涌现出失望？"朱玲玲像宣判罪名一般道，"江柚绿，你已经在你不知道的时候，在乎易辞了，甚至，比你以为的还要在乎。"

江柚绿陷入沉默，她果真是喜欢上易辞了吗？

"你跟江柚绿怎么了？"叶声晚看着半垂着眼睑的易辞，刚才江柚绿路过，她就察觉到他有些走神。

"无事。"易辞合起文件夹。

"易辞，"叶声晚喊住他，"这段时间我跟江柚绿接触，我感觉她是一个很可爱活泼的女孩子，但对待感情她可能有些迟钝，有时候喜欢这件事你需要主动去说。我们学生会里这届新生，不乏喜欢她向她示好的。"

易辞没有说话。

叶声晚看着他，笑道："原来大家口中说的行动力强者，也有害怕坏结果的时候。"

"对她，我只要好结果。"易辞开口道。

下午下课。

何星瞥了一眼走在前面的易辞，捂着嘴惊呼道："你说小青梅不喜欢易辞？"

霍珩一扫前几天的丧气，春风得意："对，她还说怕跟易辞传绯闻呢！"

"真的假的？"

说到这里，霍珩又忍不住咒骂道："也不知道她是不是眼瞎，连易辞都不喜欢？"他正主居然是单箭头？不能忍！

何星："……"这霍珩到底是想江柚绿喜欢易辞呢，还是不喜欢呢？

"易辞学长。"一个女生突然出现在易辞跟前。

何星跟霍珩忍不住看过去。

崔晨握紧怀中的书道："我在准备VB考试，学长你是计算机系的……"

何星羡慕道："你说素颜女神这都是第几次来找易辞了？我……"在看到霍珩攥起的拳头后，他闭上嘴——干吗要跟一个毒唯粉说这些？

"有问题找老师，我不开辅导班。"易辞语气冷淡，绕过崔晨。

楼道里人来人往，看到这出戏结束后又各忙各的。角落里，叶声晚轻笑一声对身侧的人道："不拖泥带水，绝不暧昧，跟当时对待我……一模一样。"

江柚绿撇过脸道："学姐你……"

"我以前暗恋过易辞，高中毕业后也向他表白过。"叶声晚看着她，说得光明磊落。

江柚绿愣住，她没想到叶声晚就这么直接在她跟前说出来了。

"你别吃惊，我能说出来是因为我认清对易辞的喜欢只是追星般的喜欢。"叶声晚回忆起她的青春，"我上初中的时候被分到与易辞做同桌……"

成绩优秀又相貌出众的男孩子，总是会成为青春期普通女孩子的焦点，那个时候，易辞虽盛名在外，但有传言说他极其不好接触。

她小心翼翼地与他做同桌。说是同桌，连坐在最后一排的同学跟她说的话都比易辞多，她以为自己本身就属于话比较少的，没想到易辞的话比她更少，仿佛他自己有一个独立于外界的世界。别的女生羡慕她与易辞做了同桌，而她却因为跟这么优秀完美的人做同桌感到自卑。

青春期，当别的女生开始懂得打扮自己的时候，她穿着姐姐的旧衣服，戴着厚厚的眼镜，冬天因为长冻疮，手变得又肿又丑，戴着半新不旧的手套。

在易辞跟前，她写字的时候永远戴着手套，只是为了不在他面前露出那双让她自卑的手。有时候她也挺开心易辞话不多，因为坐在她前排的女同学总是故意开口问她为什么不摘手套，写字不难受吗？

她小时候会抱怨老天的不公，让人不是在同一起跑线，前排女同学家境很好，买了一副很漂亮的手套，时常在她跟前炫耀。说是向她炫耀，其实她也知道，只是为了吸引易辞的注意。

"我偷了前排女同学的手套。"

叶声晚说的这句话，让江柚绿大吃一惊。

"但我最终又因为害怕，将手套放了回去。"叶声晚淡淡笑了笑，只是在她放回去的时候，看见了站在窗边的易辞。

虽然易辞什么也没有说，但那之后的几天里她惴惴不安，看见易辞就觉得很是羞愧——仿佛看见他，她就要被提醒一次，自己是贼。

很快到了圣诞节，她记得易辞的抽屉被大家送的礼物塞得满满当当，她那天向班主任申请换座位后也偷偷塞了一个苹果。晚上回家的路上她哭了，哭自己像是活在阴沟里的老鼠，平平凡凡也就算了，最不好的一面还被易辞看见了。

没想到第二天，易辞送了一副手套给她。

"你不是送给我苹果了吗？"这是他那时对她说的话，她到现在都清楚地记得。

外界关于易辞的那些传闻在她心里不攻自破，易辞有一颗温暖细腻的心，只是他从来不像那些只是嘴上说得天花乱坠的人，他总是沉默地观察着一切。

她那颗自卑又自尊的心，被他一句话挽救回来。后来，她将他视为生活里的光，努力学习，努力变优秀。

高考结束后，她参加他的升学宴，向他告白。他听完她的话后，沉吟着开口："你可能喜欢的不是我，而是你以为的我。"

她不明白。

"你将最美好的人设赋予在我身上，可那只是你以为的，我没你想的那么好，我那时候送你手套，是因为我在你身上看到了一个人的影子。"他说这话的时候看向远方，她顺着他的视线看去，看见一个少女，一个正在跟他弟弟嬉笑的少女。

"如果我有你想的那么好，就会顾念你的感受一点，不会将真相说出来，可是我不是。"

她错愕。

叶声晚从回忆里退出来："易辞说得对，后来我发现我的确不了解他，我之所以喜欢上他，也如他所说，是喜欢上我以为的他。而我以为的那个他，正是我年少时自卑向往能成为的人，一个优秀受到瞩目的存在。我很能理解一些追星的人，或许追星，就是追那个人身上自己想拥有的影子吧。我现在依然很感谢易辞，因为那些年为了他的努力，我才能变成现在的自己。"

叶声晚感慨后对江柚绿颇有深意道："有人说易辞拒绝女孩子过于冷漠，但我不觉得，比起玩暧昧的男生，这样的拒绝对女生来说何尝不是一种及时止损？我喜欢的我会给她我情绪的全部，不喜欢的表明态度。"

江柚绿陷入沉默。

回到宿舍，江柚绿想着过去。

小时候她认为易辞冷冰冰的，是因为他总是一副很难接近的模样，与他说话他总是能一眼识破对方话里的最终目的。而且他每次看见她跟易时在一起疯，就会用那种很恐怖的眼神看着她，初三补课的死亡凝视更是给她留下了阴影，所以她不喜欢易辞是因为她总会莫名自卑，让她感觉自己在他跟前做什么事都显得有些笨手笨脚。

可自从高一频繁接触后，她觉得易辞好像不是她以为的那个样子，他的确很聪明，但是丝毫没有歧视她的笨。他耐心辅导她功课，还能在上大学的时候愿意每周跟她通电话。他说在他跟前她不用拐弯抹角说话，让从小养成讨好人格的她有些如释重负。他细心温柔，得夜盲症那会儿，她有时都能感受到易时的心不在焉，虽然在她身边，却常常拿着手机跟别人聊天。她知道毕竟是麻烦易时了，也没说什么，可易辞总会记得，她看不见。

她回忆起过往的时候陡然发现，从小到大，她几乎每次出事，都是易辞陪在她身边。她以为她与他的交集没有多大，而细想起来，他在她的生活里润物细无声。

失眠了几晚后，江柚绿终于承认自己喜欢上易辞的事实，可又陷入了易辞为什么会生气的难题里。

会不会易辞也喜欢她呢？

脑海里这个念头一闪而过，江柚绿忍不住想到那天晚上被亲的画面。她立马摇头狂拍着脸让自己清醒些，易辞怎么可能喜欢她？但……叶声晚那天对她说的话又让她生出一丝希冀。

对待不喜欢的人，易辞总是冷淡处理，而这些天关于她跟他的八卦又满天飞，他到底是觉得她是邻家小妹妹，这点他清楚所以无所谓流言，还是对她也有一点喜欢呢？

这样在宿舍精神折磨了自己好几天没有结果后，江柚绿打开了学校贴吧，寻求广大网友的帮助。

标题：恋爱小白，求解。

楼主：我有一个朋友，她最近陷入了感情问题。因为我没有过感情史，所以对她的感情问题也无法解决，特来请教广大恋爱大神，最好是男生，因为我需要男生站在男性的角度来分析问题。

· 188 ·

202 男生宿舍。

宿舍老大一回宿舍就看见霍珩拿着笔记本电脑在他座位上坐着。

"他干吗呢？怎么跑我们宿舍来了？"宿舍老大问。

何星嗑着瓜子道："他们宿舍网断了，来我们宿舍蹭网。现在他正在发疯，想在我们学校贴吧物色一个品学兼优的学妹或者学姐配给易辞，好让易辞走出情殇。"

宿舍老大一头问号："毒唯粉现在这么拼的吗？"

"反正正主迟早要谈恋爱，那不如就找一个合乎自己眼缘的喽。"何星见怪不怪。

"可他一个都没谈过恋爱的人，怎么帮别人找对象谈恋爱？"宿舍老大吐槽。

"谁说没谈过恋爱就不能帮人找对象谈恋爱了？"霍珩黑着脸看向宿舍老大，指着电脑界面道，"我经常在贴吧上安慰受情伤的同学，时不时还抽空解答爱情难题好吗？"

何星："你是认真的？"

"不相信你来看，正好有一个新帖子求解答。"霍珩冷哼一声。

宿舍老大跟何星凑过去看，看到霍珩的 ID，嘴角一抽。

北极星没有眼泪？这是什么非主流时期的中二网名？

"你看啊，这种说我有一个朋友的，一般都是说自己，只是难以启齿，就说是自己朋友。"霍珩一副我都看透这种招数的表情。

何星无语地摇摇头，他们学风严谨的 M 大，怎么会有霍珩这种爱在网上当居委会大妈的奇葩。

"你就不怕你安慰的这个女生，喜欢的人正好是易辞？那你这个毒唯粉岂不是安慰了女友粉？"宿舍老大半开着玩笑道。

霍珩白了他一眼："我有这么倒霉吗？"

"那有什么不可能？我们学校喜欢易辞的女生那么多！"

霍珩没理何星，认真地敲着键盘。

北极星没有眼泪：楼主展开说说？

江柚绿没想到有人秒回了，她犹豫地打着字。

楼主：就是我这个朋友有一个从小学到大学的同班同学，她一开始不喜欢他，但她现在发现这个男生一直对她很好，虽然这个男生的脾气臭了点儿话不怎么多没事还喜欢眼神警告她，但他长得不错学习成绩好是老师同学口中的三好学生。当然这个女生也不错，长相甜美性格温柔成绩……（以下省略自夸两百字）

霍珩强忍着想冲破屏幕打人的欲望。

北极星没有眼泪：说重点！

谁想听她自恋地夸自己！

楼主：哦哦，就是我这个同学她发现自己喜欢上对方了，但她不知道这个男生喜不喜欢她。从小到大看我这个朋友在这个男生身边受到的待遇，这个男生不像是喜欢她的，但是如果不喜欢，那最近这个男生生她气她实在是想不到是因为什么。

江柚绿把这次易辞生气一事换了一个说法讲述给对方听。

北极星没有眼泪：……

这剧情怎么莫名有些眼熟呢？

· 190 ·

楼主：人呢，怎么不说话了？

北极星没有眼泪：我的建议是，如果你……哦，不，你朋友不清楚对方喜不喜欢自己，那就去测试！男人嘛，对待自己喜欢的人总是占有欲很强的，就算他再生气，看见自己喜欢的人围着别的男人转，一定会吃醋更生气的！

楼主：可是我上哪里去找一个让他吃醋的对象呢？

北极星没有眼泪：学妹也是在 M 大读书的吧？

楼主：算是。

北极星没有眼泪：私信加我 QQ，本人戏好演技足，价格实惠，M大大三学生，你值得拥有！

电脑跟前的江柚绿眼皮一跳，敢情她这是跟一个想做兼职的戏精聊了半天？

第三节 / 你多哄着我

"学长，辛苦了！学长，喝水吗？"操场边，江柚绿提着零食饮料，殷勤地问候着刚从篮球场上下来的何星跟宿舍老大。

宿舍老大也不客气，接过水热泪盈眶道："刚才学妹那一声加油可谓是注入灵魂，我已经好久没有在篮球场上听见有人为我喊加油了！学妹，你还缺哥哥吗？有你这种贴心的妹妹我做梦都能笑醒。"

"去去去。"何星嫌弃地看了老大一眼，对江柚绿道，"我说学妹，你这几天又送水又打饭的，啥意图也不说，搞得我们很慌啊！"

说完，何星努了努下巴，看向离他们五米远的易辞，一个让他们产生慌张感的主要存在。

这几天，因为江柚绿的"关爱学长行动"，让他们越发觉得易辞冷冰冰了。如果因为这事让易辞更加生气，这种学妹的关爱，大可不必……

另一边，霍珩递上水道："你刚才怎么回事，分心得那么厉害？就因为那丫头喊了一句何星学长加油吗？"

易辞沉着眸色，看着他，喝完水后将矿泉水瓶扔给他，不置一词。

操场边的女生们看着易辞的动作，激动得哇哇大叫。霍珩叉着腰吼道："叫什么，叫什么？没看过人喝水啊？吵得头都大了。"

"喊！"女生们对着霍珩发出鄙夷的声音。

江柚绿听着身后的动静，没有回头，笑靥如花道："其实我有个不情之请，我想跟两位学长换一下今晚的选修课，因为我选课的时候教务系统太拥挤了；等我进去的时候就剩下计算与程序这门课了。而这门课我这个文科生根本听不懂，这周选修课都要考试，我听说学长选的是古代商业文化发展，我正好是文科……"

江柚绿的意思不言而喻，何星跟宿舍老大正愁晚上的文科考试头大呢！

何星道："可以是可以，但你一个人，为什么要跟我们两个人换？"

江柚绿一下扭捏起来，做戏做全套："我还有一个朋友……"

打球结束后。

何星跟宿舍老大摆了摆手道："你们去吃吧，我跟老大今晚有人请了，在北辰食堂。"

霍珩眉头一皱，想到这些天频频围绕在何星跟宿舍老大身边的身影："江柚绿？"

"对！"宿舍老大"嘿嘿"一笑，盯着收拾东西的易辞道，"今晚选修课考试，江柚绿跟她一个朋友想跟我们换选修课，瞧她刚才害羞的样子，应该是她喜欢的男生吧！"

何星搭腔道："我就说，这小姑娘长得也不赖，追求者应该不少，怎么上次在试胆大会会拒绝别的男生，原来是心里有喜欢的人了，所以容不下……"

"走吧。"易辞清冷的声音响起，打断何星的话。

霍珩回过头看着易辞，抓起自己的东西跟上，惊奇道："你听见了吗？那丫头有喜欢的人了，她是真的瞎吗？还有谁能比得上你，我……"

易辞止步。

霍珩视线触及易辞的眼神，打了一个哆嗦。

"今晚让咱们系女老大帮易辞撑撑场子吧。"何星看着易辞的背影道。

"撑什么场子？"宿舍老大有些茫然。

"当然是为了我们易辞的面子啊！你忘了易辞晚上是跟我们一起上课的吗？如果易辞看见小青梅跟她喜欢的人在一起，那我们易辞岂不是更伤心难过了？"

"那你干吗还要答应她换课？"宿舍老大不解。

何星语重心长道："我这叫以毒攻毒，有些情殇必然是要经历的，

193

早点经历早点断比较好。唉……初恋都是这样，我懂。"

宿舍老大："你展开详细说说。"

晚上六点半，第八教学楼 405 号阶梯教室。

一进教室，江柚绿就在找绿色青蛙保温杯。

没错，她最终还是加了北极星没有眼泪，以一小时二十块钱的价格，包下他今天晚上的两小时的演出，而绿色保温杯，就是他们碰头的信号。

为了测试易辞是不是喜欢她，按照北极星没有眼泪的吩咐，她要有一个能带"假暧昧对象"见易辞的机会，所以她这几天讨好何星跟宿舍老大两人，只为了换今晚这么一个绝佳的场合。

"绿色青蛙保温杯。"江柚绿还在喃喃寻找绿色保温杯，突然被人撞了一下。

对方不仅不道歉，还骂她道："有毛病啊站在过道里不走？"

江柚绿看清撞她的人，眉毛竖起："是你？"

霍珩也没想到是她，挑了挑眉道："果然只有讨厌的人才能做出讨厌的事！"

江柚绿一下炸毛，但看到他手里拿着的东西时，呆住。

绿色青蛙保温杯？

霍珩见江柚绿没说话，还以为她理亏一时找不到理由反驳自己，于是得意地拿着保温杯，找了一个位置坐下。

江柚绿看着他没有把绿色青蛙保温杯放在自己桌前，而是他旁边的空位，一种不祥的预感从心底升起。

"易辞，这里！"霍珩看见门口的人，立马欢快地招手。

江柚绿僵住身体，看见易辞："易……"

剩下的话在看到易辞身边的女生时被消音，江柚绿愣愣地看着那个女生，立刻就被对方自信优雅的外表所吸引。

好有气质啊……

"霍珩对你也太好了吧？我记得他今晚是没有选修课的，没课都帮你来占位？"那女生笑着对易辞说完这句话就朝霍珩走去。

江柚绿看着易辞，他没有说话，只是跟在那女生身后。

"今天晚上考试，来的人很多，辛苦你帮我们占位置了。"气质学姐笑着坐在了霍珩前排的位置上，往里挪了一位，示意易辞坐在她旁边。

霍珩眼珠都快瞪出来了："学姐！这位置不是给你的，我是帮何星他们占的！"

"何星没跟你说吗，他今晚不来了。"气质学姐故作讶异道。

江柚绿看着易辞真的坐在了气质学姐的边上，立刻拿出手机，给北极星没有眼泪发消息。

江家小花："你人来了没来？"

正在跟气质学姐掐架的霍珩听到手机响立马休战："算了，你要坐就坐吧，今天我赚钱心情好。"

北极星没有眼泪："早来了，你人呢？马上上课了怎么还没看见你？"

江柚绿再三确定全场只有一个绿色青蛙保温杯后，颤抖着打着字道："你该不是霍珩吧？"

霍珩收到这条 QQ 消息时一愣，抬头环顾了一下教室，发现除了江柚绿这个傻子还站在那里外，其他人都坐了下来。

他低下头回着短信："你认识我……"

敲字的手在敲到一半时顿住，霍珩盯着对方网名，目光死死盯在那个"江"字上面，那天何星嘲讽的话响在耳边，他脑海里有道天雷劈下。

"你是有病才在贴吧发那种帖子！"

"你才有病做兼职做到这种程度了！"

"我真的是倒了八辈子血霉才会遇上这种事。"

"你倒霉？大哥，我还花钱了好不好啊！你还我四十块钱！呸！"

江柚绿跟霍珩拿着书本挡着脸，压低声音，在桌面上开始疯狂怼人模式。

气质学姐朝身后瞥了一眼，又看了看神色不怎么好的易辞，轻笑出声。

"我一开始还不相信何星的话，现在眼见为实了。"她摇摇头，语气揶揄。

"何星说了什么？"易辞道。

"说你为情所恼。"

气质学姐跟易辞一聊天，江柚绿就跟霍珩非常默契地休战，他们盯着前面两人的脑袋。

"喂，那人是谁？"江柚绿盯着前方的气质学姐。

霍珩同样眯起眼，神情警惕道："我们系大三的，一个可能觊觎易辞的女人。"说到这里，他忍不住丢了个白眼给江柚绿，"要不是因为你，我怎么会让她跟易辞坐在一起？"

"说得好像我想跟你坐在一起一样？"江柚绿一言不合就开炮，"万一易辞要是误会我跟你有什么？看我不跟你拼了！"

"易辞误会？哈！做你的春秋大梦去吧，他根本不喜欢你！早知贴吧提问的人是你，我就直说了！"

"你！"

前方的易辞回过头就看见江柚绿跟霍珩的脑袋挨在一起，他眼神一凛，压着怒火开口："安静点！"

正在用头较劲的两人听到这句话吓了一跳，迅速抬起头，对上易辞冷若冰霜的眼神，立刻乖得跟幼儿园小朋友一样，纷纷坐好。

"人都到齐了吧……"选修课老师匆匆忙忙进入教室，打开多媒体。

江柚绿盯着易辞脑袋上那个可爱的小发旋，有些郁闷。

正式上课后，江柚绿跟霍珩画了一条三八线互不干扰。课是听不进去了，江柚绿一边托腮想着下一个新的作战方案，一边在桌下掏出手机，滑动着小说界面。

只是还没有等她想出法子，前排气质学姐拿着草稿本突然靠近易辞。

"辞，我这一步写错了吗？"

辞？江柚绿手一抖，手机直接砸向地面，在空中蹦跶了两下后掉落在前方，清脆的声音整间教室可闻。

她冷汗直冒，不敢看老师。

"好，我们接着来说宋朝的商业发展。"老师正聚精会神地讲课，仿佛什么也没有听见。

江柚绿谢天谢地，连忙弯下腰去检查，手机落在易辞的脚边，她用脚尖去够，却怎么也够不着。

腿到用时方恨短！

"喂，你捡手机就捡手机，手可不可以不要摸到我的腿！"霍珩疯狂拍打着江柚绿的"咸猪手"。

"我只是不小心碰到了好吗！说得我好像是变态一样！"

身后两人动静不小，易辞看着脚边的手机，心情越发烦躁。

江柚绿正郁闷今天晚上频频出师不利时，前方的易辞动了动，捡起了她的手机。她眼睛骤然一亮，可随后，她看见自己亮起的手机屏幕时，石化了。

她刚才点开的那本小说，好像是一本口味极重的成人小说……

江柚绿的脸瞬间红成了番茄色。

"哥！易辞哥哥！"她小声唤着，祈祷着易辞很快就把手机还给她，没注意到她手机上面的内容。

可易辞还是无意一扫，看到了上面的内容——第三十九章，大叔再爱我一次。

江柚绿明显察觉到易辞的身子僵了僵。她如坐针毡，最后千言万语只能化作一句："哥你可千万别删啊！我可是花了钱的啊！"

易辞听到江柚绿这话后嘴角一抽，随后关了手机，但他也没把手机还给江柚绿，而是放在了桌上。

江柚绿眼睛立刻红了。手机不还她？那让她如何度过这漫长的选修课？

江柚绿死死盯着易辞。

只见他拿过草稿，气质学姐立刻一撩长发，将头发拢到耳后，对他露出一抹笑容。

易辞低声道："你这里……"

女人总是对女人的一些小心思天生敏感，比如刚才看似一个漫不经心的撩头发动作，充分展现了对方手指的修长好看，也让人的注意力不经意间集中在对方脸上，并且将头发撩在肩后，更能展现出对方小巧精致的下巴。

"心机女。"霍珩盯着气质学姐吐出三个字，"居然在选修课上写专业课作业，有没有搞错？"

江柚绿在一旁认同地点着头，开始盯着这位气质学姐的一举一动以及易辞的表情。

"哦！"气质学姐恍然大悟，随后绽放出一抹灿烂的笑容，夸赞道，"辞，你也太聪明了吧！"

江柚绿哼哼唧唧，气质学姐想拍马屁获得易辞好感？这招她小时候就用了，没用！

"谢谢。"

江柚绿听到这两个字时差点从椅子上摔下去，她不可置信地看着易辞，他嘴角还挂着淡淡的笑意？

难道高手之间的赞美才能让他开心，她这个笨蛋的赞美他就不屑了？

江柚绿备受打击，开始怀疑易辞那天生气可能是因为她不听话外加她不知道自己几斤几两，居然会觉得她能玷污他的名声？不是她不能，而是她不配。

江柚绿看着易辞，心底开始冒着酸泡泡。

"待会儿下课我提出换位置，你跟学姐坐，我跟易辞坐，咱们拆散他们！"霍珩磨着牙道。

第一节课一下课，霍珩说到做到。

"易辞，你跟江柚绿换个位置吧？"

气质学姐好奇道："易辞坐得好好的，干吗要换位置？"

"因为她。"霍珩指着一旁看戏的江柚绿，"她近视眼还没戴眼镜，坐在这里看不见！"

江柚绿："……"这都是什么破理由？

气质学姐看了看江柚绿，又看了看易辞，站起身。

霍珩愣了愣："你站起来干吗？"

"你不是说她近视吗？我跟她换啊！我眼睛好啊！"说话这会儿工夫，气质学姐已经走到江柚绿身边，不由分说将东西放在江柚绿的桌子上。

霍珩："……"

江柚绿小心局促地坐在了易辞的身边。

"什么时候你跟霍珩关系这么好了？"

屁股刚挨上椅子，江柚绿就听见这么一句话，该来的终究会来的。

"我……"

"你最好想到合适的理由再开口，否则后果自负。"易辞看着手中的书，面无表情道。

"……"

上课铃响起。

江柚绿在草稿本上写了一行字递过去。

易辞瞥见上面的字，不动声色。

"说来很复杂，反正我跟霍珩没什么关系！哥，请你相信我！"

易辞没有任何反应，江柚绿犯了难，难道真要她详细说明？

她伏案开始想着措辞，身后有纸团抛向她的后脑勺，她一个眼神朝后扫了过去。

霍珩做着抹脖子的动作，警告她道："你也给我离易辞远点！不要打扰他上课！"

江柚绿做了个鬼脸，没理他。

霍珩火大，伸出手扯了扯江柚绿的头发。

"喂！"江柚绿忍无可忍咆哮一声。

全场学生看向她，而罪魁祸首却正襟危坐，一副好好学习的样子。

她头皮发麻，老师已经走到她身边。

"从上节课开始我就看你小动作不断，看你是女生没说你什么。"老师拿起江柚绿的草稿纸，扫了上面的内容一眼，"我让你们准备写课堂作业，你写的是什么？你念给大家听。"

江柚绿尴尬到脸通红。

老师看了她一眼道："不念是吧？叫什么名字，哪个专业的？"

江柚绿如临大敌，她可是顶了别人的名义来上课的！

"对不起老师，我念！"江柚绿看着自己写的话，颤抖着声音，念道，"我想哄你开心，别生气了，易辞……"

最后一个"哥"字被霍珩打岔她没写完，这么念出来，倒有些暧昧不清了。

"易辞是你吗？"老师看向江柚绿身边的俊秀男生。

易辞站起来。

完了完了，这回把易辞都拖下水了。江柚绿闭上眼睛，在心里惨叫，这么丢人的情况，他这个好学生恐怕是第一次遇见！

"你们再不和好，我都无法上课了。"老师突然一笑，原本鸦雀无声的课堂在三秒后沸腾起来。

江柚绿羞得手足无措，身后气质学姐眉开眼笑，霍珩懊丧地捶桌子。

易辞红着耳尖，握紧拳头，艰难地"嗯"了一声。

江柚绿更加悲伤了，易辞都被逼到说"嗯"了，这回别说原谅了，可能他这辈子都不想理她了。

第九章

女神选拔大赛

Quanni Chenzao Xihuan Wo

第一节 / 江柚绿你是不是喜欢我

江柚绿在选修课上一"念"成名，之前有关她跟易辞的传闻就这样被她亲自在课堂上证实，当晚消息就传开了。

"我的天，江柚绿，你火了啊！"去学生会开会的路上，朱玲玲拿着手机吼了这么一句后，她旁边的"黑衣人"立刻跳起来，捂住她的嘴巴。

"嘘！不要叫我的名字，太丢人了！"

朱玲玲无语地看着跟前的"黑衣人"："你打扮成这样更加引人注意好吗？有谁在学校里又戴帽子又戴口罩的，明星逛校园吗？"

江柚绿拉下口罩："很奇怪吗？"

朱玲玲认真地点了点头。

"那我还是摘了吧。"江柚绿认命道。

人怕出名猪怕壮，昨晚她在选修课上的事情，连她宿舍其他舍友都知道了，她能不慌吗？

"我怎么了？"江柚绿摘下帽子口罩后问道。

"你跟易辞的事在贴吧都被顶成热帖了，里面各种细扒，吵得不可开交。"

"什么？"江柚绿拿过手机一看，瞬间头大。

标题：令人发指！我上个选修课还被塞了一嘴狗粮（有图）。

楼主：话不多说，我上图上视频，事情经过在下方说明，PS：男生太帅了！想问问有人认识吗？

二楼：是我出现幻觉了吗？这是学生会主席易辞啊！我的男神啊！

三楼：啊啊啊啊啊！假的吧，假的吧！我不相信！那女生是谁啊？

……

不到三十楼，江柚绿姓甚名谁、哪个专业的、学号是多少都被扒了个干干净净。

江柚绿头皮发麻地往下翻着，一夜之间，跟帖数就已经超过了七八页。

三十一楼：不行了，我要上呼吸机了，吃瓜吃到自己家男神头上，我抑郁了。

三十二楼：说实话，她长得也就那样啊，易辞喜欢这种类型的？

三十三楼：我觉得楼主发的照片不太清楚，有人有高清图片吗？

很快，江柚绿的证件照被放了上去。那照片是她上大学前专门拍的证件照，大多是用来贴在社团或学生会的申请表格上。

江柚绿看到自己的照片后更是心惊胆战，这些人也太恐怖了吧！

四十四楼：瞧着也就那样啊，看着真不配易辞。

四十五楼：吃瓜路人飘过，表示这样的证件照很可以了，谁不知道证件照都照得跟鬼一样？

四十六楼：本人见过这女生真人，笑起来是真的好甜，不说顶级漂亮，但绝对是个美人。

四十七楼：这种女生在现实生活一抓一大把好吧？根本不算漂亮。

四十八楼：又找到一波当事人的图，谁还记得上次 Cosplay 社团的招新？江柚绿就是扎两条辫子的那个女生！【图图图】

四十九楼：元气少女！太可爱了吧！

五十楼：哪里可爱了？跟旁边的素颜女神一比，根本不好看好吗？

……

楼里就江柚绿是否好看吵了起来。

江柚绿越往下翻，发现攻击她的人越多。

"别看了。"朱玲玲看江柚绿表情凝住，一把夺过手机。

她刚才看得不多，但也能猜到后面会说什么，怕江柚绿想太多，她安慰道："网上键盘侠多，见不得别人好，你不要太在意他们说的话，其实这些人在现实里都丑得要死，我们先去开会吧？"

朱玲玲发现江柚绿没挪动脚步，更加后悔给她看手机了。

"江柚……"

"我现在真的好看到争议那么大了吗？"江柚绿看向朱玲玲，摸向自己的脸，陷入惊喜中。

朱玲玲："？？？"

另一边，体育课休息空隙——

"你也真是，居然会相信江柚绿跟易辞没关系的话？"同伴看着崔晨，打抱不平道，"这下好了，你之前还去找过易辞几次，被人当笑话看了吧，我都听见有人在背后说你不如江柚绿了。"

崔晨僵了僵，笑道："可能他们之前没确定关系吧，是我误会了。"

"你就是人太好了，才会被欺负！贴吧里都扒出他俩是青梅竹马了。"同伴指着手机上的界面给崔晨看。

八十九楼：披个马甲上来爆料，其实我已经都不激动了，早在易辞大一的时候，我就知道他有喜欢的人，每周他都会给这个女生打电话，关系简直不要太好。

九十楼：楼上你就扯犊子吧，关于易辞的八卦满天飞，真真假假谁知道，我每周还跟 10086 打电话呢！

九十一楼：哎，那啥！我同学在校学生会里，听说当天学生会面试就是易辞面试的江柚绿！

九十二楼：八十一楼加一，我刚才打听过了，消息很可靠，江柚绿是易辞的青梅。

九十三楼：青梅竹马，这是什么言情剧本，我羡慕了。

崔晨垂下眼睑，敛去眼中的光。

同伴说："好了，不想那些糟心的事情了，马上要选校园文化节女神了，崔晨，我觉得你形象这么好可以去试一试！"

"这次校园文化节定于月底……"学生会内，叶声晚正在开着内部会议。

待会议结束后，叶声晚留下江柚绿道："你去报名试一试校园文化节女神选拔。"

"我？"江柚绿立马摇头，"不行不行，我离女神还差十万八千里，部长，你别开我玩笑了。"

叶声晚被江柚绿的反应逗笑，她道："这不是我个人的决定，是我们部长们内部讨论后的结果，我们每一个部门都挑选出了一两个女生去报名，你是我们部门定下来的人。"

见江柚绿还在愣神，叶声晚拍了拍她的肩膀道："你可能不知道，每年的校园文化节女神选拔，是学生会跟社团暗自较劲的时候。学生会组成人员百分之八十都是 M 大的学生，而社团会大多是附院的学生，虽说附院跟 M 大都在一个校园，但学生会还是有不少学生不开心社团经常占用他们的活动场地，而社团也看不惯学生会的高高在上，一到这种学生会跟社团共同举办的活动，两方就相互比拼。奈何年年女神都是社团的人，所以学生会一直有些不太甘心。你既然是大家选出来的，就是我们看好的种子选手，要相信自己，不必理会网上的说法。"

网上的说法？江柚绿反应过来后脸红道："你也看到帖子了？"

叶声晚打趣道："这件事应该全校都知道了吧？连我们高中同学都过来问易辞是不是脱单了。"

"可事情不是你们以为的那个样子……"江柚绿解释着。她知道现在很多人都误以为她跟易辞谈恋爱了，可她也想是真的啊，但那确实是假的。

"怎么声晚你也相信这些八卦了？"门口传来一道清脆的女声。

江柚绿回过头，看见了昨晚的气质学姐，正双手环胸，看着她们。

"你？"叶声晚愣了愣。

"刚好下课路过听到你们说话。"气质学姐走了进来，看了一眼江柚绿后对叶声晚道，"易辞说昨晚只不过是邻家小妹妹惹他生气了，不在网上解释也是因为没有必要，他不喜欢这位学妹，想必学妹也对他没有这种感觉，八卦当事人都对八卦无感，所以没必要在意这种假消息。"

"啊？"叶声晚下意识地看向江柚绿，发现她脸色有些白。

"还有……"气质学姐突然一脸幸福地笑了，"我刚才跟易辞告白了，易辞答应了，马上这些假传闻就会不攻自破，学妹也不必烦恼到处跟人解释了。"

"啊？"叶声晚蒙了，"你不是……"

气质学姐朝叶声晚眨了眨眼。

叶声晚突然明白了些什么。

气质学姐笑眯眯地看向江柚绿，江柚绿此刻大脑一片空白，连呼吸都像是被人抽走了一般。

没必要？果然……是她自作多情了，易辞对她那样只是因为照顾。

"哦，好。"江柚绿挤出一抹干瘪的笑容点点头，机械地回应着气质学姐。

"如此说来你还应该叫我嫂子。"气质学姐笑了笑，伸手亲昵地挽住江柚绿，对叶声晚道，"你们说完话了吗？说完了，我跟小学妹一起走，我要请她吃饭，毕竟是易辞这么多年的邻家小妹妹。"

"不用不用。"江柚绿心绪很乱，"我中午有人约了。"

"有人约了？"气质学姐想了想笑道，"那就一起走吧。"

一出学生会，江柚绿就看见易辞的身影出现在楼道的尽头，他旁边还有其他同学，看样子也是刚下课。

"亲爱的！"气质学姐脸上绽放出笑容。

易辞朝这边看来，江柚绿有些不舒服道："学姐，你既然有人约了，那我就先走了。"

气质学姐"欸"了一声，江柚绿立刻低着头朝前走去。

"易辞！"气质学姐大声喊了易辞的名字后就指着江柚绿的背影，朝易辞做着夸张表情。

江柚绿听到这声"易辞"，鼻头一酸。

易辞皱了皱眉，看着低头只顾往前走的江柚绿。待她走到他身边也没有抬起头要打招呼的意思，他一把抓住她的手臂。

"亲爱的，咱们一起去食堂吃饭吧！"气质学姐飞奔来的声音就响在身后。

江柚绿甩了甩胳膊，发现易辞根本没有松开她的打算后抬起头，有些恼火："哥！"

"我还以为你没看见我呢？"易辞沉着声音，看着她泛红的眼眶，"怎么了？"

"亲爱的，你怎么不说话啊？"气质学姐走到江柚绿身边。

江柚绿连忙对易辞道："没什么，易辞哥，你松开我去吃饭吧。"

易辞看向气质学姐，气质学姐指着江柚绿对易辞做着口型——吃醋啦。

"江柚绿，你跟我过来。"易辞眸光一暗，拉着江柚绿就朝外走去。

原本站在易辞身边的男生好奇地问气质学姐："老婆，这是怎么回事？"

气质学姐道："何星和老大他们说易辞为情所困，我就助人为乐去了。"

"啥？"男生蒙了。

"喂，你！"江柚绿看易辞拉着她不管气质学姐，着急地回头一看，结果发现气质学姐挽着别人的胳膊走了，瞬间江柚绿头上冒出无数问号。

"没什么话想对我说吗？"到无人处的时候，易辞松开江柚绿。

"哥你好像被人绿了。"

易辞："？？？"

"学姐挽着别人你没看见吗？"江柚绿急到跳脚，他该不会是第一次谈恋爱没经验被人脚踏两只船吧！

"她挽着她男朋友不是很正常吗？"易辞盯着江柚绿。

"不正常啊！她……等等，她男朋友？"江柚绿大脑一时转不过弯了，茫然不解道，"那是她男朋友？可……可学姐刚才说她向你告白了，你是她男朋友啊？"

易辞了然于心，反问道："她说我是她男朋友，所以你刚才看见我就当没看见吗？江柚绿，为什么眼睛红了？"

江柚绿怔住，看着易辞的眼睛，忽然慌乱地低下头："我……我……"

她支支吾吾，说了半天也找不到一个合适的理由，而易辞就在她跟前，等待着她的答复。她眼睛一眨，突然有些委屈难过地落下了泪。

直到这个时候，她才发现自己有多喜欢易辞，喜欢到怕一说出口，他若不喜欢自己，他们连最原始的关系都回不去了。

"我不是……"她慌忙擦着眼泪，听到易辞叹息一声，她身子猛地僵住。

"江柚绿，你是不是喜欢我？"

她失神地盯着易辞的鞋尖，鞋的主人朝她靠近一步，慢慢捧起她的脸，她眼中映出那张清俊的脸。

"其实昨天晚上回去后，我问了霍珩。"易辞看着江柚绿眼底的慌乱，心情复杂。是他的错，因为他那古怪的性格，让她喜欢上自己后都困扰于他的心思。

"你知道传闻为什么一直涉及我跟你，而我从来没澄清过吗？"易辞眼神温柔，"因为我在等……传闻变真。"

江柚绿瞳孔一缩。

第二节 / 不需要伪装

"易辞他喜欢我！易辞他喜欢我！朱玲玲，你敢相信吗？易辞他居然喜欢我！"江柚绿激动得在宿舍床上打滚。

朱玲玲这几天听江柚绿这句话都快听出茧子了，她好气又好笑道："知道啦，知道啦！果然是人逢喜事精神爽，你看看你，这都第几天了，还跟打了鸡血一样！"

江柚绿裹着被子坐在床上笑嘻嘻，她也没想到，有一天自己会因为易辞那么开心，还是因为跟他在一起了。

"对了，你那什么校园文化节女神怎么样了？"朱玲玲问。

"报名通过了初选，复选的投票通道会在下周开通。"

初选只是通过报名表初步筛选，虽然江柚绿那张证件照没有本人看起来漂亮，但朱玲玲还是比较有信心江柚绿能进复选的。

"我知道以往复选大家都会交一些好看的照片，你准备递什么照片上去？"

"随便吧……"江柚绿说得漫不经心。

"怎么能随便？你都不知道贴吧上……"意识到自己说了不该说的话，朱玲玲连忙改口道，"这才初选我就看见素颜女神呼声挺高的，你又不比她差，应该努力试一试。"

"他们还在贴吧上说我跟易辞啊？"

朱玲玲见江柚绿神色无异，点点头道："有人不相信贴吧里的内容，专门跑去向易辞求证。易辞亲口承认了你跟他的关系，结果就是你跟易辞的那个帖子炸了。"

"易辞亲口说啦？"江柚绿关注点跑偏，一脸幸福地冒泡泡。

朱玲玲额角青筋突起，算了，她干吗要替江柚绿杞人忧天？

"嗡嗡……"

手机突然响起，连带床板都在振动。

江柚绿一看来电显示，立马接通："易辞哥？"

朱玲玲捏着嗓子朝她做了一个恶心人的表情，谈恋爱果然恐怖，让江柚绿这么一个猛女说话都嗲嗲的了。

江柚绿握起拳头朝朱玲玲比画了一下。

"你在宿舍楼下吗？现在吗？"江柚绿怔了怔，"好，我现在马上下去。"

江柚绿挂断电话，朱玲玲还没来得及问怎么了，江柚绿就像一阵风似的从床上蹿到地面，火速将睡衣换掉，用时两分钟，化了一个淡妆出门了。

朱玲玲看得目瞪口呆，叹为观止。如果她没记错，江柚绿跟易辞是十几年的邻居，江柚绿穿睡衣不修边幅逛街她都遇见过，易辞没看过？

"易辞哥！"江柚绿一出女生宿舍就看见了易辞，他站在路灯下，错落的树影落在他的身上，美好得像是一个梦。

"穿这么少出来不冷吗？"易辞看着她身上的卫衣。

"那你赶快说找我干什么，说完我好上去。"江柚绿跺着脚。她不是开玩笑，在床上躺着是真没感觉到冷，出来后瞬间就感受到温度的恶意。这才十一月初，天气冷得像小镇的冬天了，她纵是有一腔浓情蜜意，现在也被北风刮回肚子里去了。

易辞愣了愣，随后无奈一笑，将手里的东西递给她："从西门进来时看见了这个，就买了两个给你。"

江柚绿一看，眼睛亮了起来："烤红薯？"

易辞轻轻"嗯"一声。

"可是易辞哥你的宿舍楼在南边，怎么大晚上跑到西门来了？"江柚绿想到什么，眼睛变得亮晶晶。

易辞低着头看她，这会儿她倒是变得聪明起来。他们宿舍老大喜欢吃，刚才买了红薯回来分，他看到红薯就想起大一时他发的说说，她在下面馋。

"你说呢？"他反问。

"嘿嘿——"江柚绿看着他，嘴角逐渐扬起，心口被满足填满，她狡黠道，"我可没带钱付你啊！"

易辞轻笑起来，那笑容瞬间就融化了江柚绿的心，她不自觉地跟着他一起乐起来。

"那这个给你吧。"在口袋里摸到一根扎头发的皮筋时，她灵光一现，掏出套在易辞的手腕上，"晚上做梦我会想你的。"

说完，江柚绿才反应过来自己说了一句多么肉麻的话，她红了脸立马道："还有其他的事吗，如果没事的话，那我先走了。"

江柚绿试探地往后退了一步，没注意到身后有自行车经过。

"喂喂喂！"骑车的人大叫一声。

江柚绿吓了一跳，自己都没反应过来，整个人就被易辞拉过，半揽入他怀里。

胸腔里的一颗心狂跳着，江柚绿还没感受到易辞怀抱的温暖，就听见骑车的人骂骂咧咧了一句"世风日下"就蹬车走了。

"什么？"江柚绿愣住，待她看向四周时，才发现周围有不少搂搂抱抱的情侣，她跟易辞倒与这些相拥的情侣一样了。

没想到从前她吐槽这些在宿舍楼下缠绵不休的男女，如今也有一天会被别人骂。

果然出来混，是要还的。

"怎么这么大人了还是冒冒失失的，说完就跑吗？"易辞收回视线，眼带笑意看着怀中的江柚绿。

江柚绿老脸一红。

"还有话要跟你说。"易辞看着她，神色认真道，"贴吧上的事情你不要管，也不要去看，我会处理的。"

江柚绿想到朱玲玲的话，低下头。

"我天天看小说呢，哪有什么时间看贴吧。"江柚绿知道易辞不放心，安慰他道。

"那种小说吗？"易辞"哦"了一声，"果然是长大了呢。"

江柚绿没想到易辞会提起这件事，尴尬地摸鼻："这不……平淡的生活总是需要一点激情的嘛！"

"那就看吧。"

"啊？"江柚绿诧异，她以为易辞知道她看这些小说会教育她呢。

易辞看她傻乎乎的模样，忍不住伸出手捏了捏她的脸道："不要在意网上说的话，我也没事。"

江柚绿怔了怔，看着易辞，眸光闪烁。

虽然朱玲玲这几天跟她说不要上贴吧看，但她还是没忍住上去看了一眼。她发现，不仅是自己被人抹黑得厉害，连帮她说话的朱玲玲也被人怼，还有一部分人在骂易辞。

她又生气又难过，只想赶快过了这段时间，连什么女神比赛也不想参加了，只想赶快被刷下来，不想再引人注意，连累自己在意的人也被人说。

可她怎么忘了，她可以在朱玲玲面前装作若无其事，但易辞啊，总是能看穿她的内心啊！

回到宿舍，江柚绿看见朱玲玲在认真地帮她挑选复试照片，她凑过去道："就这张吧，这张还是你给我拍的，我觉得好看。"

朱玲玲看了她一眼，表示不认识她的样子："江柚绿，你怎么出去一趟态度一百八十度的大转弯？该不会易辞让你认真比赛，你回来就认真了？你这样我可跟你绝交哦！"

江柚绿扑哧一笑："我想了想，为了证明你在贴吧上说那些黑子瞎是事实，我觉得我要认真对待这次比赛了，最起码要进终选气死他们！"

朱玲玲这反应过来，咆哮道："所以我让你不要上网看，你还是看了？"

回宿舍的路上，易辞打了个电话，他沉着声音对电话那头"嗯"了一声道："没错，删除帖子，我会把有严重攻击人身的 ID 发你，贴吧公示处理，这些 ID 里如有学生会的成员，一并退会。"

电话那头的人不知道说了什么，易辞看了一眼手腕上的黑色头绳，眼神清冷："他们敢说，我就敢做。"

第三节 / 圈粉的招数

活跃在贴吧里的人发现有关江柚绿跟易辞的那个热帖没了，取而代之的是吧主的"处理声明"。

声明表示，因为某帖已经发展成语言暴力帖，被删除处理了，而为了净化贴吧环境，如再有人身攻击他人者，以后一律按照今天的处理方式，挂闹事者的 ID 号。

与此同时，学生会今早也退会了一名成员，有人细扒，此人正是贴吧公示 ID 里的其中一人。大家都在私底下热议这些事，是易辞为了江柚绿做的。

原本很是热闹的贴吧，最近几天格外安静，一直到女神复选的投票通道在贴吧内开通，大家意外发现，居然有江柚绿。

男生宿舍楼，霍珩踹开 202 的宿舍门，凶狠道："你们给江柚绿投票了吗？"

何星怔住："你前段时间知道易辞谈恋爱，不还在宿舍骂江柚绿狐狸精吗？"

霍珩义愤填膺道："一码归一码，她是狐狸精没错，但是她票数少，就说明大家觉得易辞的眼光不行！易辞怎么能不行呢！"

宿舍老大竖起大拇指："我真的特别佩服你！"

"快去给江柚绿投票！"霍珩拿起大喇叭喊，"一个 ID 只能投一票，你们如果投过了就发动自己的熟人啊！有多余的手机号码就注册新的号啊！"

"真是气死我了！"

奶茶店里，江柚绿看了一眼暴跳如雷的朱玲玲，条件反射道："怎么了，不是说帖子被举报删除了吗？"

"你跟易辞的那个帖子是没了，但这群人现在在投票的帖子下面非议你。"朱玲玲呷了一口奶茶,继续火大,"估计还是有不少人心里不怎么舒坦,但碍于最近的吧规没敢出来蹦跶,现在这些人在下面阴阳怪气笑你票数少,说什么删帖也不能改变你人缘差,长得不好看!呸,一群只会躲在电脑后的垃圾!"

"那我是不是掉了很多票?"

"没有,四十二了。"朱玲玲无语道。

"还涨了啊?"江柚绿诧异,原本她都怀疑没几个人投票的复选,结果在投票通道一打开后,也得了三十三票。虽然距离第一名素颜女神还差一两百票,但她觉得这个结果,比她悲观想的只有几个人要高出太多,竟然还有些小开心。

"有极少数人觉得你跟易辞青梅竹马很甜,应该是那些人投的吧。"朱玲玲说完这句话脑中电光石火了一下,"对啊!他们可以随意骂,我们凭什么不能努力洗?"

"你什么意思?"

当天晚上,贴吧内横空出现一个名叫"有没有人觉得江柚绿跟易辞这对很好嗑的吗"的新帖。楼主以一个 CP 粉的身份,阐述了这段时间由路人吃瓜易辞跟江柚绿,最后多方嗑到糖成 CP 粉的心路历程。

此帖一出,众人的反应都是——有毛病吧!

可没过几天,帖子里原本攻击江柚绿的风向来了个大转弯。

江柚绿去填报女神比赛项目的时候,登记表格的大三学姐双眼冒泡地看着她道:"我最近在贴吧追你跟易辞的那个帖子,太甜了呜呜!这次比赛,我绝对支持你!"

江柚绿"哈哈"一笑，有些尴尬道："配音秀……"

"配音啊？"学姐讶异道，"这几年我还是头一次听到女神比赛表演配音的。项目很新颖，应该很有趣！我很期待哟！会配什么，方便透露一下吗？是给什么大片特效配音吗？"

"模仿水壶水烧开。"

学姐："？"

学姐："哈哈哈！学妹真会开玩笑！好啦好啦，我知道要保密，我懂！哈哈哈！"

"哈……哈……"江柚绿附和着笑，如果不是学姐的表情太过真挚，她都怀疑是在嘲笑自己。

配音秀……没错，江柚绿入围了最终女神评比终选，此环节需要才艺表演，而她回顾自己这十八年人生，却发现自己真的平淡无奇，连一个特长也没有。绞尽脑汁想了许久，她才想起小时候模仿水壶水烧开太过逼真被妈妈揍过，而一些影视剧里人物的声音，她也会模仿，这算是一个比较奇怪的特长吧！

回过头，江柚绿才看见自己身后排队登记的人是崔晨，也不知道对方什么时候出现在这里的，又将刚才的话听进去几分。

江柚绿想到前段时间还对崔晨说自己跟易辞没关系，而现在……

江柚绿扯了扯嘴角，尴尬地打着招呼："你好啊！"

最终环节入围了六个女生，其中江柚绿跟崔晨的票数很高。提到票数，江柚绿也没想到自己会因为朱玲玲发的帖子一飞冲天，从三四十的票数，猛涨到五百多，跟票数第一的崔晨没差几票。

原本朱玲玲弄那个帖子只是为了让网上那些人少抹黑她，转移大家的视线，哪想到逐渐有人开始爆料，甚至她以前的同学都来帖子回复了。

帖子的关注量越来越多，连带着她的票数也多了起来。

能进最终环节，这真的是一个意外。

学校商业街里的某咖啡屋。

崔晨翻看着手机。

第五十七楼：本人是江柚绿高中的同班同学，我记得上高三的时候江柚绿同学得了夜盲症，那会儿有个帅哥晚上接她回家，此帅哥正是易辞。

第五十八楼：你们这帖子都火到我们学校了，虽然跟江柚绿不认识，但易辞我认识啊！我们高中的风云人物啊，当年可是保送 M 大的。

第五十九楼：我听高中跟江柚绿同班的朋友说，江柚绿高一在一个学长那儿补课，后来朋友高三毕业才知道，给江柚绿补课的学长正是易辞！

第六十楼(最近很蒙)：原来是这个帖子火了啊，我就说最近好多人怎么问我高中的事情，爬到贵校贴吧里回复一下。我认识江柚绿，但其实你们说错了，江柚绿青梅竹马可不是易辞。易辞有个弟弟，那也是一等一的帅哥。在我记忆里，江柚绿跟易辞弟弟有过八卦，关于易辞，还真没啥。

第六十一楼：楼上你是不知道内情，高中三年我听的也是江柚绿跟易时的传闻，江柚绿得夜盲症初期，是易辞弟弟接送她的，后来才是易辞。当然，这不是重点，重点是高三了大家都知道抓早恋很严嘛，小女子跟男朋友有幸与江柚绿、易辞一起奔跑在教导主任的追赶下【羞涩】。试问，这还没有啥吗？（PS: 如果江柚绿看见应该知道我是谁了。）

第六十二楼：我现在严重怀疑易辞一开始是暗恋哎，我记得江柚绿一开始进学生会就想退会，按理说，如果是双箭头她不会排斥与易辞在一起工作吧。

第六十三楼：啊啊啊！我真的爱高中爆料，跟大学联系起来真的有好多糖！

第六十四楼：你们还记得原来那个帖有人说易辞大一的时候每周六给人打电话吗？刚才问了易辞的舍友，被证实是真的啊啊啊！那时候江柚绿上高三。

第六十五楼：你们说到这里我发现了一个事情，不知道有易辞QQ的人有没有发现，易辞在上大一的时候发说说很频繁，但是大一一结束就再也没发过说说，而我以前曾好奇去翻他高中说说，发现他高中并没有发过说说！你说我们高冷的易主席大一为什么那么活跃呢？

第六十六楼：难道是因为想发给不在身边的江柚绿看？然后易辞上大三了，而江柚绿也来到易辞身边，易辞就再也不发了？我哭了，这是什么爱情。

……

第七十一楼：等等！让迟到补课的我捋一下？这故事是不是我被青梅竹马的哥哥看上了？

……

崔晨再往下翻的时候，有人端着咖啡坐在了她的跟前，问："你想问我什么你说吧。"

崔晨看着对面的江柚绿，情绪低落道："我想退社团了，社长的做法让我越来越不舒服……"

江柚绿愣住。

"我最近才听到别人说社长，你当初退社团是不是因为知道社长以前做的一些事情？"

第四节 / 高中照片

随着女神选拔比赛的日期越来越近，贴吧上关于谁能成为今年校园文化节女神的讨论越来越多。

其中江柚绿跟崔晨是入围的六个女生中关注度最高的，因为江柚绿与易辞的帖子热度很高，支持江柚绿的人倒意外比崔晨的多起来。

"拜托，什么是女神，自然是从小美到大的。"有人在贴吧里说了这么一句话后，贴出江柚绿高中时候的照片。

江柚绿看到照片的时候，正在学生会里乖巧地等易辞帮她剪辑视频。她专门为此次的配音秀找了几个段子，自己又想了几个，而这些要剪出一个专门的段子视频。

"这些人也太恐怖了，再这样下去，估计我的百日照都能翻出来。"无聊刷手机的江柚绿突然有些哭笑不得。

"怎么了？"易辞询问。

"你看！他们居然找来我高一时跟别人的合照。"江柚绿将手机举起给易辞看，"你看看当时的我，真的太丑了，满脸的痘痘！"

她语气夸张，脸上却没有一点被人发照片后不开心的表情，反而给易辞看完后，自己盯着那会儿的自己看得津津有味："我高中时觉得自己丑几乎没拍什么照片，现在有些后悔了，这都是哪儿找的啊！我都没有这张。"

易辞看着她惊叹的表情，嘴角弯了弯，坐在她旁边道："你知道别人发这张照片出来，有何意图？"

"当然知道。我现在不觉得是黑历史。"江柚绿道，"发这张照片的人的心情我可以理解，毕竟对比其他入围女生，她们不是会跳舞就是会一门乐器，我这种没有特长的如果真成了女神，估计不少人得气死！"

江柚绿想着自己的人生，平凡且普通，只有遇见易辞，是她平凡普通生活里最亮丽的一抹颜色，让她普通的人生也变得稍微不那么平凡起来。

"哥你说你那会儿有没有嫌弃我……"江柚绿猛地一扭头，才惊觉易辞离她很近，过于惊艳冷绝的脸让她的大脑一下就短路了，忘记了自己要说什么。

"你不是还会模仿秀吗？"易辞看向她，眼底带着戏谑。

江柚绿愣了愣："啥？"

"你小时候跟易时桃园三结义……"

江柚绿一下捂住易辞的嘴，请求道："别别别，哥，我求你别说了！"她想起自己八九岁时在易家，跟易时拿着筷子充香棒朝大门跪着磕头拜把子，结果门从外打开，顾媛跟易辞站在门口呆若木鸡。那件事顾媛笑了她跟易时整整三天……这才是她的黑历史！

捂着易辞的嘴巴，江柚绿盯着他笑弯的眼睛，突然咽了咽口水。

她发现自己越来越对易辞的笑招架不住了，为什么他不笑就是高岭之花，笑起来就是"绝世奶精"，让人移不开眼，恨不得把他抱在怀里。

太可爱了！与高冷完全反差的可爱，真真小甜心！江柚绿感觉自己的一颗心都要融化在易辞的笑容里，她从来没觉得一个男生可以可爱到这种地步，她觉得自己无药可救了，病得不轻。

易辞看着江柚绿盯着自己目不转睛的模样，脸上的笑容一点点淡了下去，他眸色渐渐加深，拿掉江柚绿捂住他嘴巴的手，逐渐靠近……

"嗡嗡……"

手机铃声响起那刻，江柚绿仿佛身上装了弹簧般弹起，她红着脸慌忙去掏手机。易辞尴尬地咳嗽一声。

"喂，妈。"江柚绿心跳如鼓。

"怎么了？出什么事了吗？声音这么慌张？"吴怡丽突然惊觉道。

"没有！"江柚绿看了一眼易辞，"怎么了，妈？"

"你忘了这周都没给我打电话吗？"吴怡丽看了一眼时间，"是不是作业很多？学习压力大？"

江柚绿扶额，第八百次回答："妈，大学生没有什么课后作业。"

"哦哦，那你现在在宿舍吧？"吴怡丽不放心地问。

江柚绿胡乱"嗯"了一声。

"不对，平时你在宿舍，你们宿舍都吵得不行，今天怎么会这么安静？"

江柚绿心头一跳，就听见吴怡丽道："你让你舍友接电话。"

江柚绿惊恐地看向易辞，指着电话。易辞站起，拉开教室的门，然后关上。

江柚绿立刻会意道："啊？我出门了。"

"现在都晚上九点多了，你去哪儿啊？"吴怡丽声音拔高。

江柚绿看易辞指着他自己，又指了指电脑，立刻明白："哦哦，我马上有个比赛，需要剪一个视频，但我不会，就找了易辞哥帮忙，他现在给我送U盘呢！"

"那你让易辞接电话。"吴怡丽实在是不放心。

"好。"江柚绿模仿着小跑的声音，围着易辞转了几圈后将手机递给易辞，大声道，"哥，我妈让你接电话。"说完，拼命朝易辞眨眼睛。

易辞盯着她又慌又可爱的表情，喉结一动，接过电话的那瞬俯身将刚才未做完的事了结。

江柚绿瞪大眼睛，唇上柔软的触感刺激着她的神经，只是蜻蜓点水一下，易辞已弯了嘴角。

"阿姨，是我。"

江柚绿定在原地，脸红到脖子根。她家老母亲在电话那头松了一口气，对易辞道："有你在阿姨就放心了，我还以为她大晚上跟哪个男孩子出去了。"

江柚绿瞪着易辞，最大的危险就是这个人好嘛！

第十章

许你情长

Quanni Chenzao Xihuan Wo

第一节 / 真相

很快，到了校园文化节这天。

早上江柚绿迷迷糊糊接到易辞电话的时候，还在半梦半醒中。

"还没有醒吗？"易辞的声音低沉温柔。

江柚绿"嗯哼"一声，钻进被窝里。

文化节活动在下午举行，她因为要比赛所以不像学生会其他人要早早去忙。

"今天学生会很忙，所以下午不能在比赛的时候陪你了。"

"我又不是小朋友要表演六一节目。"江柚绿娇娇地说了一句。

"好，那大朋友就好好表现了。"易辞噙着笑，点了点头，"那我挂了？"

江柚绿"嗯"了一声，却迟迟没听见易辞挂电话。

她狐疑地又"嗯"了一下，电话里传来易辞的声音："没什么其他话想跟我说吗？"

江柚绿只觉得耳朵很热很痒，仿佛易辞就在她身边，到底谁才是小朋友啊？她觉得有些好笑，又有些甜。她握着拳头小声道："好的！加油！我们都加油！"

易辞笑出了声，其他人看着他们的主席，互相对视，无奈地摇摇头，他们做错了什么大清早要吃狗粮？

下午。

江柚绿跟朱玲玲抵达后台时，所有参加文化节的社团组织都在做着上台前的各项准备。

女神的最终选拔环节，是在文化节所有节目表演结束后，作为压轴出场。虽然是最后才上场，但江柚绿接到通知要先去报到，然后就是候场。

江柚绿一出现在报到点，就成了焦点。

"你就是江柚绿吧？终于看见你本人了，你比照片还要好看哦！今天我会支持你的！"

江柚绿受宠若惊："谢谢。"

话音刚落，一些不知道从哪儿冒出来的人迅速把江柚绿围了个水泄不通。

"那个，能不能跟我说一下，你跟易辞从小到大是邻居这是真的吗？"

"啊啊啊！我也想问，你们是不是高中就在一起了啊？"

"还有还有！我看贴吧上说，你来这里读书是因为易辞也在这儿！这是真的吗？"

······

一个又一个问题问得江柚绿猝不及防，有一瞬间她恍惚以为自己成了明星。

"那个······"她开口，无数双眼睛期待地看着她。

江柚绿："······"

正当江柚绿头疼不知道该如何是好时，一声暴喝吸引了大家的注意力。

"好啊！你们都退会啊！我说了表演我说的节目，你们穿的这都是什么？反了吗？"

江柚绿看了过去，是 Cosplay 社的社长。

"真当我们想伺候你啊？你要去装疯卖傻你上台，我们退会。"被骂的学弟也不甘示弱，摘掉帽子丢在地上，"一个流氓当上社长还真拿着鸡毛当令箭了，我们走。"

"你！"社长气急败坏。

朱玲玲立马拉着江柚绿闪到一边给这群人让路。

"你听说了没，前几天崔晨也退出这个 Cosplay 社了。"朱玲玲小声地在江柚绿耳边道，"估计是很多人都知道这 Cosplay 社社长是个什么德行了吧。崔晨退社后，社团里的其他女生都陆陆续续退社了，而且，我听说原本 Cosplay 社今天要表演的节目主角是社长，配角是由社团的女生出演，但女生退社后，社长无奈只能让学弟替补原本女生的位置，男生们不乐意，想直接换一个节目，双方沟通未果就吵了起来，今天一看，没想到还是真的。不过这种流氓就应该有人治一治……"

朱玲玲还在跟江柚绿一个劲儿吐槽人厌自有天收，江柚绿看着捡地上帽子的社长，他抬起头的时候也看见了她，忽地瞪了她一眼。

下午两点，校园文化节正式拉开帷幕。

江柚绿化完妆后跟朱玲玲蹲在舞台边的暗处，看着台上表演的同学。

"我开始紧张了，朱玲玲。"江柚绿哆嗦着腿盯着舞台。这舞台也太大，现场人也太多了吧！

"紧张啊？那就看那里。"朱玲玲指了一个方向。

江柚绿顺着她指的方向看了过去。

"看到了吗？"朱玲玲好笑道。

江柚绿眼睛亮了亮，雀跃地点着头，是易辞。

"果然谈恋爱了不一样了。你还记得高一那年的动员大会吗？我让你看易辞，你说不就是人吗？现在是不是发现，人家是宝了？"朱玲玲打趣着她。

江柚绿瞬间脸红，她望着舞台对面站着的易辞，哪怕他不是舞台上众人的焦点，但他站在那里，就像有致命吸引力一般，目光都会沦为他的追随者。

其间，有女生递过水问他喝不喝，他接过，避开触碰女生的手。如果有人过来跟他说事，他也只是摘下耳麦微微侧头，交谈过后又认真地盯着舞台。

江柚绿嘴角露出笑容，她以前想过如果易辞谈恋爱，喜欢他的女生肯定会被他的冰山性格冻死，可是现在，她觉得跟易辞这样的人谈恋爱很幸福，因为他所有的情绪包括温柔，只会对他喜欢的人展露。这种独一无二的专属感，应该是每个女孩子都想要的吧。

想了想，江柚绿掏出手机编辑了一条消息发送，然后期待地看向对面的人。

果然，易辞看到消息后往四周寻找着什么。

江柚绿笑得花枝乱颤，朱玲玲颇为嫌弃地远离了她，恋爱的人都这么幼稚的吗？

"你在哪儿？"看到易辞低下头手指不停地滑动着。

江柚绿望向自己的手机，三秒后，她收到了他的消息。

江柚绿脸上的笑容越发明艳，她乐了一会儿后捧着手机认真回复："哼哼，不告诉你，反正你记着我在暗中观察你，如果让我看见你对其他女生笑，我就分……"

"手"字还没打出来，一道人影就笼罩在她身上。

"你敢往下打试试？"

江柚绿一个激灵，手机差点没拿稳掉在地上。她抬起头看向来人，吃惊道："你是孙悟空吗？"这么快发现她还从对面绕过来了？

"从舞台后面过来很快的。"易辞看向朱玲玲，"借她两分钟。"

朱玲玲转身挥手："拿走不送。"

"听说你刚才被人围观了？"易辞食指轻点江柚绿的眉心。

提到这个，江柚绿就头大。她握住他的手，道："易辞哥你能不

· 230 ·

能再联系一下吧主，让他删掉那个帖子？你都不知道刚才有多尴尬，那些人问的问题我都不知道该怎么回答。"

江柚绿没想到那帖子有这么多人看，但上面有很多都是大家的臆测，现实情况根本就不是这样。

"他们问你什么了？"易辞好笑地问。

"你应该没看那帖子吧？很多造假的，我估计哥你看了都会发笑。"比如夜盲症那条，说他们高中就在一起，所以才会在抓早恋时跑。太假了！还有说什么易辞暗恋她，暗恋不都是温柔害羞的吗？想想她以前的补课遭遇、死亡凝视，那是暗恋人该有的样子吗！

易辞凝视着江柚绿表情丰富的脸，刚想说什么，身后有人喊他："易辞，你怎么在这儿？有社团突然决定不参演了，你快来看看怎么处理！"

"好，我现在就去。"易辞说完后回过头捏了捏江柚绿的脸，笑道，"等活动结束，我有话跟你说。"

"好。"江柚绿眨眨眼，乖巧地看着他匆匆离去。

"嗡嗡——"

手机突然振动起来，江柚绿看了一眼来电显示，意外地挑了挑眉。

"我出去走走，顺便接个电话。"江柚绿扬起手机对朱玲玲道。

"喂？"

"江柚绿！"

刚走到后台无人处接通了电话，电话那头咆哮的声音就穿透手机，差点把江柚绿耳朵给吼聋了。

"易时，你疯了啊！"江柚绿揉着左耳，气不打一处来。

"你居然跟我哥谈恋爱没告诉我，你说我能不疯吗？"易时在宿舍床上打滚。他一直期待的大结局，结果他居然不是第一时间知道，而是蒋飞来告诉他的？

蒋飞还嘲笑他作为易辞的亲弟弟、江柚绿的好朋友，这事他们都没告诉他。

"如果不是蒋飞告诉我，你们是不是打算一辈子瞒着我？"易时气结。

"没有不想告诉你。"江柚绿扶着栏杆，"只是如果你知道了，可能今晚顾阿姨、我妈他们都知道了。"

"江柚绿！"

江柚绿听见易时磨牙的声音。

"你不要瞧不起人！"易时无语，"我哥这些年为你做过的那些事，我也从来没告诉你啊。"

江柚绿愣了愣，易辞为她做的事？

"什么事？"

"就是小时候让我保护你啊，你生日我送的那些礼物都是他买的啊诸如此类很多事情，你可曾听我跟你说过，你摸着自己的良心说！"

"什么？"江柚绿眉头蹙起。

"什么什么？我哥没跟你说啊？"电话那头的人在说完这话后死寂，半晌才结结巴巴地说，"我……我哥……该不会……什么都还没……跟你说？不是吧！我真的是大嘴巴了？"

"你到底在说什么？你说清楚！"江柚绿隐隐约约感觉到有什么事情她还被蒙在鼓里。

易时期期艾艾道："我哥让我不要说的。"

"你刚才已经说了。"

易时："……"

"快说！"江柚绿抓心挠肝。

易时一个哆嗦："好吧，可能我哥觉得这不是什么大事，所以跟你在一起了他都没说。但江柚绿，我要说不是因为我守不住秘密，只是想让你不要误会，早点明白我哥的心。其实从小一直对你好的人不是我，是我哥，但好像因为你初三那次补课，我哥凶你凶得太过厉害，让你那么怕我哥，以至于看见他就跑，很多事情我哥只能让我去做。

"你还记得上中学那会儿吗？那时候我跟你说是因为刚开学我不熟悉班上同学，所以见到你总是很热情，上学放学一起走，其实真相是因为你那个时候长青春痘自卑，刚到一个新环境我哥怕你孤单，就让我照顾你。还有每年过生日时我总送你两份礼物，你最喜欢的那份都是我哥买给你的……"

江柚绿喉咙发紧，她想到以前自己拿到礼物开心地向易时道谢时，易辞总在旁边看着她。那个时候她还害怕地缩了缩身子，悄声问易时她是不是又做错了什么。

"你高三的电话补课，那都是我哥主动向吴阿姨提出的。别人说他懂礼貌贴心，可谁会愿意在一个与自己没什么关系的人身上浪费时间？他大学第一个假期回来的时候，听说你得了夜盲症，想都没想就去接你。他小心翼翼地守护着你，等着你对他一点点改观，却又害怕一说出口你就跑得远远的，于是一直默默地守护。或许你会觉得很不可思议，但我哥想让你大学也在他身边，所以他那么一个清冷的人开始发说说，只为逐渐吸引你对北方的兴趣，让你去北边，去他身边……

"他一直在等你啊，江柚绿，你们在一起，只不过是他漫长等待后，你终于看见而已。"

……

"以后不准替别人给我送信！"

"我们接着来说下一题。"

"雪下得很大。"

"江柚绿，你是怕别人误会我，还是你怕别人误会你？"

"我在等绯闻成真。"

……

她以为的假料，以为根本不会发生的事，其实……真相是真？她的心颤抖起来。

江柚绿一个人发了很久的呆，直到朱玲玲打电话问她在哪儿时，她才发现时间已不早了。

"女神比赛的环节提前开始了，你快过来准备。"

"好，我马上就来。"江柚绿收回思绪点着头，面前出现了一个人。

"学妹能帮我一个忙吗？"Cosplay 社社长看着她急道。

江柚绿抱着 COS 服一直跟着社长走到动漫社的杂物间。

社长感谢不已："这些小学弟说不演就不演，衣服随意丢在化妆间，前面演播厅活动一开始，后台根本找不到人帮我，好在遇到了学妹。"

江柚绿将东西放下后疑惑道："COS 社的节目不演了吗？"

"不演了，人都散了演什么呢？对了，学妹能不能借手机给我打个电话，我手机正好没电了。"

江柚绿没多想，将手机借给对方，好在 COS 社的社团就在演播厅的顶楼，不会耽误太长时间。

可手机给了对方，对方并没有打电话的意思。

社长握着手机，满意地点了点头，玩味着开口："学妹挺正义的啊？"

江柚绿怔住："什么？"

"你不是跟崔晨她们说我是流氓变态，让她们早点离开社团吗？"社长一改方才温和的模样，面容暴戾。

江柚绿一头雾水，她什么时候说过这样的话了？

"啪！"

社长生气地将杂物架上的玻璃杯摔在地上，碎渣飞溅，江柚绿慌乱地往后退了几步。

社长又拿起一根棍子，指着江柚绿的鼻子骂："你退社我没说你什么吧？你这样对我？怎么，是觉得有一个学生会会长的男朋友了不起吗？"

"我想我们之间可能有什么误会……"江柚绿退缩着，尽量不让自己受伤。

"误会？"社长怒极反笑，"崔晨亲口跟我说，说你退社是因为我对女生不尊重，说我这种流氓也不知道怎么当上社长的。"

江柚绿想到那天与崔晨的对话，蹙起眉头。她根本不是这样说的，崔晨为何这样描述？

见江柚绿没能立刻回话，社长更加确信。他看了一眼江柚绿脸上的妆，嘲讽："就你还想当女神，瞧瞧你高中时那张丑陋的脸，也不知道是不是整容了！你害我这次活动参加不了，被人说三道四，我——"

社长扬起江柚绿的手机正要摔，关键时刻手机振动起来，社长看了一眼，突然冷静下来道："你害我社团里的女成员走了，男成员辱骂我，这次活动也泡汤了，既然如此，你也不要参加什么女神选拔了。"

社长转身，江柚绿意识到他要做什么冲了过去。

社长转过身狠狠一推，江柚绿摔倒在地，而她面前的门被快速关上，并且锁了起来。

"喂！你干什么？你放我出去！"江柚绿起身狂拍着门，"你知道你这么做是什么后果吗？"

社长冷笑一下："我又没有杀人，也没有打你，你的手机我也没损坏窃取，我会有什么后果？你就叫吧，这里是顶楼，演播厅在一楼，等别人找到你，比赛也结束了。"

"喂！"江柚绿听到"啪"的一声，她的手机被人丢在门口，她再怎么喊，已没有人理她。

"江柚绿呢，还没有找到吗？"易辞沉住气问。

朱玲玲摇了摇头，着急道："打电话她也不接，明明之前打电话的时候说快来了，这都过去十多分钟了。"

"我把她的节目安排在了最后，我们先去找人。"易辞看了台上正在表演的第一位女生，立刻道。

出了后台，朱玲玲正好看见Cosplay社社长优哉游哉地从楼上下来。

"学长，请问你有没有看见江柚绿？"朱玲玲逢人便问。

"江柚绿啊？"社长指了一下出口方向，"我之前看她接了一个电话，口中说马上就来，走到一半的时候她好像发现自己忘带什么东西了，就慌慌张张出去了。"

"噢噢！谢谢学长。"朱玲玲松了口气，那应该是回宿舍拿东西了。

"嘁！"看着朱玲玲离去的背影，社长冷哼一声，悠悠离开。

江柚绿叫了许久，也没等来一个人。

现在一楼在办文化节活动，人都在一楼，而活动音响声音很大，就算她嗓门再洪亮，一楼的人也听不到她的声音。

江柚绿走到窗边，发现窗户根本推不开。她叉着腰四处看了一眼整个房间，最后目光落在了门上的通风窗上。

"宿舍没有啊！我在路上也没有看见她！你说她该不会走了别的路已经去了吧？"朱玲玲看向易辞。

易辞眸色如墨，唇线紧抿，他快速拨了一串号码。

"叶声晚，江柚绿回去了吗？"

朱玲玲紧张地看着易辞。

"那现在表演到第几个人了？"

电话那头的人报了一个数后，易辞开口："如果这个节目结束后江柚绿还没有出现，就取消她的节目，直接让主持人进下一个流程。"

朱玲玲瞪大眼睛，取消可就没有参赛资格了啊！

她着急地拿起手机锲而不舍地打江柚绿的电话，未接通后再拨一遍，突然，电话接通了。

"江柚绿！"朱玲玲大喜过望。

易辞立马回头。

朱玲玲问："你在哪儿啊？"

江柚绿趴在地上，整个人痛苦不堪，她刚才从门上的通风口爬出，头朝下直接摔到地上，真正地体验了一番眼冒金星的感觉。

因为头磕得太厉害，此刻她感觉又晕又恶心。

电话里朱玲玲的声音一遍遍地传来，江柚绿用尽全身力气，却只发出小猫叫的声音：

"演播……厅……顶……楼……"

第二节 / 我知道你要说什么

据说关公刮骨疗毒吭都没吭一声，还跟马良下棋分散注意力。

据说江柚绿被易辞跟朱玲玲找到时，趴在地上一动不动。事后朱玲玲对江柚绿说，易辞当时脸都白了。

能成大事者，在忍上面都超乎常人。

而实践证明，江柚绿成不了大人物在于她很怕死。

可能主角都是有光环的，她这个"女炮灰"并没有坚强的意志，以至于在易辞找到她时，她听见朱玲玲还在说什么比赛，她只想咆哮，她要救护车！她头晕眼花，感觉自己快不行了！比赛有命重要吗！

好在，没有她想的一摔摔成个植物人那么严重，只是头上肿了个包。

"那就是说，是崔晨从中搞事了？"M大附属医院里，朱玲玲火大，叉着腰开始骂骂咧咧。

江柚绿道："她之前有来询问过社长之前做的事，我看她好像在社团待得不是很舒服，便说如果她感到不舒服的话就离开社团。但我没想到她会跟社长那么说，把矛头指向我，她为什么要这么做呢？"

"为什么？这还用说吗？你是她这次女神比赛最强劲的对手，借别人手把你拖住了，那她不就稳赢了吗？这种白莲花。"朱玲玲嗤之以鼻，"就算这件事追究到她身上，别人也觉得她是实话实说。还有那个社长，真是人渣！"

江柚绿愣住，不可置信地指着自己："我是她最强劲的对手？我？我？"

"对，你呀！你大概是不知道你现在人气有多高。"

江柚绿："？？？？"

"事情我已经向校领导反映了。"易辞挂断电话后，看向朱玲玲，"这里有我，你先回去吧。等上完药，我们就会回去。"

朱玲玲看了一眼江柚绿，点了点头。

"那学校会怎么处理呢？"朱玲玲走后，江柚绿看向易辞。

"记过，公开道歉，社团免职，学院里公示。之前他骚扰女同学因为没有证据学校只是警告，这次会严厉处置。"易辞看着江柚绿额头上青紫的肿包，嘴角抿起，眼底的情绪越发汹涌。

"是不是很疼？"他语气不忍，伸出的手停在了半空中，收回去时被江柚绿握住。

"好痛！剧疼！"江柚绿龇牙咧嘴地将易辞的手放在脸边，歪头道，"但看见易辞哥心疼我，我就好多了！"

"咳咳——"端着药水过来的女医生咳嗽一声。

江柚绿跟易辞齐齐脸一红。

女医生给江柚绿擦着药，江柚绿皱紧眉头没忍住"啊"了一声。

易辞慌张上前："您……您轻点。"

女医生好笑地看了易辞一眼："我再轻她也会疼。"

顿了顿，女医生感慨道："还是年轻好，年轻会心疼人，你们大几的学生啊？"

"我大一，他大三。"江柚绿倒吸着凉气，试图说些话来分散注意力。

"大一才开学三个月……"女医生瞄了一眼易辞，"小伙子可以啊！"

易辞被打趣，眼神闪烁，避开江柚绿故意追随的视线。

江柚绿认可地点头："可不是嘛，才三个月我就被骗到手了！"

"不过人家小伙子长得帅又疼人，小姑娘你也不亏啊！"女医生收起药水，笑呵呵地走了。

江柚绿跟易辞对视着，江柚绿讪道："那……我们回去？"

走到楼梯口，易辞下了几级台阶，对走路慢吞吞的江柚绿道："上来，我背你。"

江柚绿看了一眼自己的膝盖，摔得虽然没有脑袋厉害，但也摔青了一大块，刚才一路走来腿都在打战。

她犹豫："我最近重了……"

"上来。"

江柚绿磨磨叽叽地趴在了易辞背上，站起时，易辞迟疑了一下，往上掂了掂。

江柚绿小声嘟囔一句："易辞哥，你要好好练练了。"

易辞："……"

从医院出来外面的天已经黑了，北方入冬比较早，一出有暖气的地方，外面便冷得让人怀疑人生。

路上的人并没有多少，江柚绿安心地趴在易辞的背上，揽紧了他的脖子。

"易辞哥，你说活动结束后有话要跟我说，你要说什么呀？"

光秃的树影在地上形成奇异旖旎的画面，江柚绿看着地上她跟易辞合二为一的影子，心里早有了底。

"等下次再跟你说吧。"易辞开口。

下次？江柚绿眼睛眯了起来，道："那好吧……"

一阵风吹来，江柚绿哆嗦了一下。她看着易辞，开始搓着手哈着气，待手暖和后，覆上易辞的耳朵。

"嗯……我今天配音秀也没有表演，不如我给易辞哥表演个吧，也不算我白准备。哥，你记得我让你剪的视频里有一小段是一对恋人三生三世的故事吧？"

易辞轻轻"嗯"了一声。

"我要配的就是这个故事，这个故事发生在男主死后，作为神仙的女主去找他的转世，第二世的男主成了一名小道士……"江柚绿伏在易辞肩上开口道，"女主找到第二世的男主时，男主还是个十五六岁的少年郎，女主问他：'小道长，你愿不愿意做我的夫君？'少年男主摇了摇头。女主问：'为什么？难道我不够漂亮吗？你不喜欢我吗？'少年男主说：'因为我还小……'"

她在模仿女主说话的时候，易辞有些意外，她模仿的是他们上高中时特别火的剧。

特定的声音有时会勾起相应的记忆画面，他似乎一下子回到了高三那年，自己坐在书房里听见客厅电视机的声音开得很大，易时跑过来跟他说播到哪儿了，让他赶紧出来看。

"少年男主反问女主：'你都那么大了，为什么还没有夫君？'你知道女主说了什么吗？"江柚绿突然凑近易辞的耳朵。

易辞脚步乱了一下，下意识地问："什么？"

江柚绿盯着易辞，心动地说出下一句："女主她说，因为你还小啊。"

从前，她在网上看到这个段子的时候，只觉得甜蜜无比，可现在她十分心疼那个等待的人，因为被等待的人，永远不知道那个笑着对他说话的人，等了他多久。来早了，怕对方还不懂情爱；来迟了，又担心对方已经喜欢上别人……

"哥，其实我知道你想说什么。"江柚绿埋在易辞的背上，闷声道，"今天易时打电话跟我说了。"

背着她的人一下顿住了脚步。

江柚绿眼眶刺痛，从小时候他抱着冻僵的她到现在他背着受伤的她，自始至终都是他啊。

江柚绿深吸一口气突然道："易辞哥，你现在快放我下来，快嘛。"

易辞不解她要做什么。

江柚绿从他身上下来，踉踉跄跄地走到他面前。

"易辞哥。"她突然扑进他的怀里，环着他的腰仰头喊着他。

"嗯？"易辞的心绪此刻很乱。

"易辞！"她又喊了他一声。

他看着她，眼神温柔，轻声询问："怎么……"

剩下的话被堵在唇间，江柚绿踮着脚，紧攥着他胸前的衣服，认真小心地吻着他。

不能忍。

喜欢到只能在醉酒忘记自己时才不能忍，他该有多喜欢她呢，她无法想象，只能许以他，她的……余生情长。

"我喜欢易辞，很喜欢。我想牵着易辞的手在校园里走，想与易辞一起走遍曾经他一个人走过的M市，想在未来的每一天与易辞在一起，我会爱你，眼里心里都是你……易辞哥，你听到了吗？"江柚绿喘着气，眸光熠熠。

易辞看着她，情绪一触即发，他拥她入怀。

"我听见了。"他颤着声音。

江柚绿怔了怔，随后弯起了眼睛，抱紧了他。

她以后会经常说给他听的，她的……竹马哥哥。

第十一章

大结局

第一节 / 藏不住

一个星期后，有关于 Cosplay 社社长的处分就下来了，如易辞所说的那样，这位社长的 Cosplay 社社团职务被免除，并对江柚绿公开道歉。

食堂里，江柚绿跟朱玲玲遇见了崔晨。

"喂！"见崔晨直接跟同伴从她们身边走过，朱玲玲喊住崔晨，"你难道没有什么话要跟我们说吗？"

崔晨不解地看着朱玲玲："怎么了？"

"怎么了？你心里没点数吗？"

"欸，你这个人怎么说话的？"崔晨的同伴莫名其妙于朱玲玲的不友好。

江柚绿拍了拍朱玲玲的肩膀，示意让她来。

她看着崔晨道："崔晨，你应该也听说我的事了，我想问你，你跟 Cosplay 社社长说了我什么？"

崔晨嘴角的笑容一僵，道："我？我没有跟社长说你啊，怎么了？"

"可是社长亲口跟我说，你跟他说了我。"江柚绿盯着崔晨的表情。

崔晨眼神闪躲了一下，随后道："我有些听不明白你在说什么。"

江柚绿看着崔晨，突然一笑道："那可能就是我误会了。也是，你这么漂亮又有实力的女孩子，怎么会做那种事？"

崔晨有些不自然道："误会解开了就好。"

江柚绿走后，同伴对崔晨道："她该不会以为 Cosplay 社社长对她做的那些事情，是你挑唆的吧？"

崔晨扯了扯嘴角，没说话。

同伴夸张道："江柚绿有被迫害妄想症吧？你那么优秀努力，还会害怕嫉妒她？你那支舞不知道多少人一眼惊鸿，她心底有这种想法也太阴暗了吧……"

崔晨脸色不太好看。

"你看，是易辞。"同伴看向远处走来的一行人，气愤道，"走，我们问问易辞他女朋友阴阳怪气什么情况？"

"欸……"崔晨不情愿地被同伴拉着。

易辞身后，何星还在跟宿舍老大安慰着霍珩。

何星拿着手机道："你看看他们有多甜，你没事去贴吧上补补课啊！"

宿舍老大附和道："就是，你想开点。你看看啊，易辞跟江柚绿谈恋爱了，你就可以专心搞学业了。如果易辞没有恋爱，你也不知道何时何地，会不会在关键时刻有小妖精冒出来作妖。"

霍珩扫到手机屏幕上的照片，一把夺过何星的手机，竖起眉毛——这照片怎么感觉很眼熟？

"喂喂喂，说小妖精还真来俩小妖精！"宿舍老大突然猛拍着霍珩。

霍珩抬起头，就看见一女生拦住易辞，趾高气扬道："易辞学长，有件事我要问问你，不知道你可记得我们是谁？"

易辞面无表情道："有事直接说事。"

女生："……"

女生将身侧的崔晨往前一推，易辞不着痕迹地后退了半步。

女生道："你女朋友江柚绿刚才说是崔晨害她没有参加女神比赛的，我问你，学生会就可以红口白牙诬陷人吗？"

"诬陷？"易辞吐出俩字，冷眼睨了女生一眼，"学生会倒不会红口白牙诬陷人，但你们倒会添油加醋扭曲别人的话。"

女生脸一黑："学长，你什么意思？"

何星小声道："易主席要怼人了。"

"字面意思，你确定你参加了高考？"易辞看向崔晨，"如果我没猜错的话，江柚绿应该问的是你跟 Cosplay 社长怎么说的吧？"

崔晨咬着唇，没说话。

女生抬杠："那不一样吗？她这话的意思不就是觉得是崔晨从中作梗，害她没参加成比赛吗？可崔晨什么都不知道啊，平白无故就被你女朋友给诬陷了！"

"如果你觉得是诬陷的话，不妨下午去院里的公告栏看看，Cosplay 社社长的道歉说明下午会在各院贴出，上面会有事情的经过。"易辞冷着声音说完，从崔晨身边擦身而过。

崔晨小腿突然一软，手脚冰凉，她的同伴还扯着嗓子："好啊！看就看！"

何星语重心长对霍珩道："你也听易辞说了 Cosplay 社社长跟江柚绿的事情吧？你瞅瞅这种大家眼中的女神，谁能想到她会做出那样的事情？所以江柚绿很好啦，我们还知根知底。"

霍珩还死死地盯着手机上的照片，那张照片正是贴吧上的江柚绿高中时的照片，他浑身颤抖。

他终于明白为什么照片那么眼熟了，是她！那个高中时嘲笑他瘦弱的痘痘女！居然是江柚绿！

他看不上的痘痘学渣女最后跟易辞在一起了？

霍珩两眼一翻，往后倒去。

何星大叫："我的天，这样不能接受吗？"

宿舍老大："你这个肌肉男怎么比我们还禁经不起事的！"

易辞回过头看向他仨："怎么了？"

"没事没事，你去找江柚绿吧。"何星笑着道，"霍珩最近没锻炼有些虚了，我们带他上二楼吃点好的补补。"

"江柚绿，你就这样放过崔晨了？"另一边，朱玲玲不可置信。

"那也没办法，人家不承认，我们也没证据，只能吃一堑长一智了。"江柚绿打着饭，想到什么好笑道，"我爸在我上大学前跟我说，大学是个小社会，有时候遇见奇葩，不要太生气，因为等出了社会，遇见的奇葩会更多。"

"哈？叔叔这毒鸡汤，我还以为他会说出了社会这些奇葩自有人收。"朱玲玲哭笑不得，"对了，这周要约会吗？"

江柚绿叹了一口气道："易辞说明天我要做一份四级卷，如果考及格了，才可以约他。"

"啊？哈哈哈！"朱玲玲乐不可支。

江柚绿摇了摇头，怎么她拿到的剧本永远不是正常的言情小说剧本？

一回头，江柚绿看见朝她走来的人，哀怨道："我的家庭教师来了。"

朱玲玲愣了愣，继而爆笑。

大学四年，在易辞这位"家庭教师"的督促下，江柚绿考了很多证，当她将这些证拿回家的时候，自家老母亲目瞪口呆。

"柚绿当初上大学的时候，你不就是想她能够在大学里好好学习，多考证书嘛。"顾媛打趣着吴怡丽。

吴怡丽讷讷道："我现在有些担心她读书读傻了，如果她研究生再这样死读三年，那我……"

"柚绿那个聪明劲，怎么会呢？"

吴怡丽叹了口气，换了个话题道："他们怎么还没回来？"

顾媛看了一眼时间道："应该快了吧，半小时前易时说已经在机场接到易辞了，估计还有半个小时就到家了。"

"你说易辞这次会不会把他的那个女朋友带回来见你？"吴怡丽兴奋着。

顾媛微微一笑："我还蛮期待见到的，想看看是哪个姑娘把我们家易辞调教得这么温柔有烟火味了。"

易辞大三回来的那个寒假，顾媛就发现他有些不对劲，她家高冷系的大儿子，开始散发出温暖的气息，经常会一个人拿着手机就温柔地笑了起来。

在顾媛的威逼利诱下，易时终于承认哥哥谈恋爱的事实，但易时没说女方是谁，只是说易辞的女朋友跟易辞一个学校的，比易辞小两届。于是这几年里，顾媛看着大儿子性格一点点外向起来，老母亲深刻感受到了，一个男人因谈恋爱由内而外的改变。

顾媛越发好奇易辞的那位女朋友，但宝贝儿子一直没说，她估摸着易辞想等毕业了再说，可易辞大四毕业后也没说，直接出国深造了，这让顾媛更加抓心挠肝了！

是她这个做母亲的平时看起来不像是开明的人吗？

"可不是吗？"吴怡丽道，"你瞧以前我们家柚绿，见到你家易辞跟老鼠见到猫一样，这几年两个人见面会打招呼会笑，这次还主动说要跟着易时去接易辞。"

两个女人欢快地吃着易辞的瓜，而另一边，易时开着车，瞄了一眼后视镜里正襟危坐的男女，好笑道："你们可以当我不存在，该拥抱拥抱，该牵手牵手，毕竟一年多没见了嘛。"

江柚绿红了脸，扬起拳头道："你开你的车，哪来这么多废话！"

"我这是废话吗？"易时故意道，"也不知道是谁今天起了个大早，洗了五天都没洗的头，大早上嗷嗷叫问吴阿姨有没有看到她的裙子。哥，你都不知道，我在楼上都被江柚绿的大嗓门吵醒了。"

"你嗓门才大！谁五天没洗头了！我天天洗……"

身侧，易辞轻笑一声，握住江柚绿的手："我也是昨天才洗头。"

江柚绿愣住。

易时尖叫："你们还真敢在我面前秀，啊啊啊，鸡皮疙瘩起来了。"

江柚绿甜甜一笑。

等到了家，易时识趣地先去停车，让易辞跟江柚绿先回家。

一路上，邻居们看见易辞都热情地打招呼。

"哎呀，易辞回来了！"

"我都多久没看见你了，听你妈妈说你出国了。"

……

江柚绿低着头走在易辞身后，手里发着信息。

"咚"的一声，头撞上易辞的后背，江柚绿抬起头，下一秒，她被人抱住。

"我很想你。"

头顶传来易辞的声音，江柚绿脸红，他是在跟人打招呼吗？怎么还看到了她的信息？

江柚绿刚准备开口说什么，楼上突然传来顾媛的声音："那我先回家做饭了，听说易辞已经到楼下了。"

"好。"回应顾媛的是吴怡丽。

江柚绿条件反射般从易辞怀中跳了出来，慌张地朝楼上看了看。

易辞看着惊慌失措的她，眸光闪了闪道："晚上出来散步吗？"

江柚绿拍了拍胸口，看着他点了点头。

一回到家，吴怡丽就八卦地问江柚绿："易辞有没有带女朋友回来啊？"

江柚绿在饭桌前坐下道："没有啊。"

"居然没有？"吴怡丽诧异，"我刚才还在跟你顾阿姨说易辞可能会带女朋友回来，难不成分了？"

江柚绿这才反应过来，惊悚道："你们怎么知道易辞谈恋爱了？"

吴怡丽笑眯眯道："做父母的从小看孩子长大，怎么会不了解孩子的一举一动？尤其谈恋爱最掩藏不住了，你顾阿姨都知道易辞是什么时候开始谈恋爱的，是大三！"

江柚绿心跳如鼓，试探道："那你们知道易辞的对象是谁吗？"

吴怡丽老实道："不知道。"

"那你就怀疑人家谈恋爱了啊？"江柚绿放下一颗心来。

"没谈恋爱谁会对着手机傻笑呢？你顾阿姨说了，易辞一定是谈恋爱了。"吴怡丽语气坚定。

江柚绿反驳："我也抱手机傻笑，你怎么不说我谈恋爱了？"

吴怡丽白了她一眼道："你傻乐不是在追星就是在看小说，没点出息。"

江柚绿："……"

江柚绿扒着饭，突然小声嘀咕一句："为什么你们从来不怀疑我跟易辞谈恋爱啊？"

小镇就那么大点的地方，江柚绿以前跟易辞约会走几步就会撞见一个熟人，一开始他们还会惊慌失措，但是顾嫒跟吴怡丽听到熟人调侃江柚绿跟易辞，都会觉得是个笑话。

　　"嘻，他们怎么可能？你说柚绿跟易时我倒是相信。"顾嫒当时道。

　　"就是。我们家柚绿在学校承蒙易辞照顾，对待易辞像对待哥哥。"吴怡丽也觉得没什么。

　　两个当事人："……"

　　"你们？"吴怡丽笑了笑，对江柚绿道，"虽然说孩子都是父母的心头宝，但是柚绿啊，不是妈妈打击你，你跟易辞比还是差点的，这孩子我都挑不出来有啥毛病，这样优秀的孩子，以后找的女朋友也应该是样貌好、学习好……反正是十全十美的来配。"

　　说到这儿，吴怡丽突然惊恐地看向江柚绿："你你……你这孩子该不会暗恋易辞吧？你可千万别有这个想法，易辞是看不上你的，及时止损！"

　　江柚绿："……"

　　"我真的怀疑我是我妈从垃圾桶里捡回来的。"晚上，在散步回来的路上，江柚绿一直鼓着脸。

　　易辞停住步伐道："或许，我们应该公开了。"

　　公开？江柚绿眸光晃动，担忧地开口："我妈反应尚且如此，那顾阿姨易叔叔呢？"

“他们迟早有一天要知道的，你觉得逃避能解决问题吗？”

“虽然逃避不能解决问题，但是能逃避一天是一天啊！”江柚绿说着歪理。

易辞看着她，沉着一双眼，道：“我听说你妈妈开始给你介绍相亲对象了？”

江柚绿：“……”怎么他连这个也知道？

事情是这样发生的——

江柚绿研究生面试通过后整日躺在家中，有一天吴怡丽突然问她大学有没有交往男朋友，她以为是试探，立刻说自己没有。谁料到吴怡丽下一句话是说她现在这个年纪可以试着交往对象了，然后问她记不记得某阿姨，最后给她推了某阿姨儿子的微信。

那个时候易辞还在国外读书，她没敢跟易辞说这事，看样子不仅是她家在八卦他，他家也在聊她。

“那个……人我没有接触！”江柚绿发誓道，“我跟他说了我有男朋友了，然后把他删了！”

“哦？”易辞高深莫测地看着江柚绿，语气不明道，“我怎么听说后来你们还是见面了，对方还追了你几天？”

江柚绿浑身一颤，没想到易辞了解得这么清楚，肯定是易时这个大嘴巴！

她决定坦白从宽：“这不我说自己有男朋友后，我妈那个朋友就过来指责我妈，说我有男朋友还给她儿子介绍，我妈骂我就算不喜欢对方也不能编这么假的理由，逼着我跟她一起与她朋友吃了饭，那个男生也在，我……"

江柚绿越说，易辞眸色越深，最后索性吻住她，封掉她所有的话。

"易辞哥！你疯啦！"江柚绿小声惊呼，慌张地看向四周，如果遇见熟人可就大事不好了！

"江柚绿，我们结婚吧。"易辞看着她。

江柚绿呆住："什么……"

"要早点把你定下，不然我还不知道你会背着我相几次亲。"易辞没好气道。

江柚绿盯着他，嘴角突然扬起一抹笑。

她挽住他的胳膊，努力顺着他的毛道："吃醋了吗？嘻嘻，不要吃醋嘛，易辞哥，对自己有点信心，谁能比你还好呢？我又不瞎。"

易辞不动声色。

江柚绿道："还生气啊？"

易辞点了点头。

"那我只能……"江柚绿踮起脚环住易辞的脖子，努力凑近易辞的脸。

挂在他身上的人突然身子一僵，易辞没等到江柚绿的下一步动作，就看着江柚绿默默从他身上下来，老实巴交地站好，对他身后机械地开口道："顾阿姨……妈……"

他转过身，看见目瞪口呆的顾媛跟吴怡丽。

江柚绿曾想过一百种她跟易辞公开恋情的场景，唯独没想过是这种情况。

"我爸妈说，虽然我对他们来说是很优秀的宝贝女儿，但是就事论事，他们觉得你更优秀，应该喜欢上比我优秀百倍的女生。"江柚绿丧气地打着电话，"他们觉得以后你的世界会更广阔，到时候遇见一个非常好的女孩，说不定你就会动心，我就会被你抛弃。"

她能理解吴怡丽，明白吴怡丽是站在母亲角度替她担忧，因为未来谁都不敢保证。她也开始担心有那么一个人出现在她跟易辞之间，而她抵不过现实。

她说完这话便陷入沉默，电话那边也没了声音。

"江柚绿，"良久，易辞的声音透过电话，敲在她耳膜上，"我不是没有遇到过各方面都很优秀的女孩，只是她们都不是你。"

"你不懂的问题，我可以一点点教你。你想去看的世界，我会带着你去欣赏风景。如果你害怕，我也能成为你抵挡的勇气，我喜欢的从来不是怎样的你，而是你。"易辞看着楼下房屋亮起的灯影，"所以不要多想，你父母这边的思想工作，交给我去做，让他们放心，这也本是我该做的。"

江柚绿控诉道："易辞！你还真的觉得有比我好的女孩！"

易辞："……"

女生的脑回路，学霸也搞不懂。

虽然口头上这样说着，但易辞的话还是给了江柚绿很大的信心，让她晚上没有怎么胡思乱想。

第二天江柚绿被客厅的动静吵醒，她顶着鸡窝头起床，不满地拉开卧室的门嚷嚷："妈！你大早上在做什么，那么……"

在看到客厅里坐着的人后，她瞬间消音。

等回过神来，她看着客厅里的顾阿姨易叔叔还有易辞，立马道了一声"抱歉"，又将门关上。

她吓得一颗心扑通扑通狂跳。

吴怡丽的声音自门外响起："快收拾一下出来，这都几点了还不起床？"

江柚绿立马拿起手机给易辞发消息："现在是什么情况，为什么你爸妈都在？"

她一颗心七上八下，大脑里已飞过无数种可能。

很快，易辞回复她道："没事，快出来吧。"

江柚绿磨磨叽叽了五分钟才从卧室里出来，她局促地跟易辞爸妈打招呼，从来没觉得打招呼会如此艰难。

"你们的事情刚才我跟你顾阿姨易叔叔聊了一下，正好你们一个要读研，一个还在国外进修，所以关于你们未来的事情，等到你们双方都毕业了再说。这三年，你们要经历时间和距离的考验。如果三年后你们还在一起，就结婚。"

吴怡丽的话让江柚绿一晚上的烦忧苦闷都烟消云散了，她看向易辞，眨着眼睛，他是怎么跟妈妈说的啊！

易辞嘴角弯了弯。

"咳咳！"吴怡丽咳嗽一声，打断这两人的无声交流，果然女儿大了留不住了。

顾媛轻笑一声，看向江柚绿，对她招了招手："柚绿，你过来。"

江柚绿看了一眼吴怡丽，慢慢走了过去。

"我猜来猜去，没想到易辞的女朋友是你，想来这几年我应该发现的……怡丽，只能说我们两家缘分深厚，本来今年要搬家以为不能再做邻居了，哪想到以后要做亲家。"说到这里，顾媛嘴角的笑意更浓了，她看着江柚绿道，"我就把易辞交给你了。"

"交给我？"江柚绿迟疑了一下，这句话怎么感觉应该是妈妈跟易辞说的。

"嗯。"顾媛笑着颔首道，"这几年易辞性格的改变我都看在眼里，这是你的功劳！别人都说我这个儿子有多么多么好，但是我这个做母亲的知道，他性格里的一些缺点，需要一个人很爱很爱他才会有如此改变……"

"我还以为你爸妈会反对，没想到是我爸妈……"江柚绿跟易辞边走边说。

"为什么会这样觉得？"易辞好笑地问道。

江柚绿皱眉："你不觉得你爸爸很像电视剧里那些难搞的豪门叔叔吗？为了阻止男女主在一起，想尽办法，用尽手段。"

她模仿着："给你五百万，离开我的儿子易辞！"易叔叔在她的印象里，是个话不多脾气大的大老板，江柚绿从小就有点怕他。

"我家又没有皇位要继承，又不需要商业联姻。"易辞戳着江柚绿的小脑袋瓜，"少看偶像剧，我爸也不会给你五百万的。"

"嘿……"江柚绿握住易辞的手，喜滋滋道，"反正一切都解决了，可以光明正大牵你手了。"

"江柚绿！"前方突然传来江楚天的声音。

江柚绿一个哆嗦松开易辞的手。她不可置信地看着江楚天，爸爸怎么中午就回来了？

江楚天在江柚绿大三的时候回小镇找了一份小区保安的工作，一般中午不回家，晚上也得到八点才下班。

这会儿看见江楚天，江柚绿很快反应过来，应该是为了她跟易辞的事情！

"叔叔好。"易辞礼貌地打着招呼。

"爸！我妈跟顾阿姨易叔叔已经开过会了！"江柚绿急急道。

"我知道。"江楚天看了易辞一眼，指着江柚绿气急败坏道，"你瞧你穿的什么衣服，外套也不拉上。"说着，就把江柚绿裙子外面的防晒服从下拉到了领口。

江柚绿："爸……我以前就是这样穿的你也没有说什么呀。"

"你既然穿上它就要好好穿！"江楚天拉过江柚绿道，"回家吃饭吧。"

"可……可我送易辞……"

"他是外地人吗，还要你送？不就是要搬新家了嘛。"江楚天瞪了一眼易辞，越想越生气。想他防火防盗防易时，哪想到防错了对象，宝贝女儿被易辞这个闷葫芦给拱了，拱了也就算了，毕竟已经不是早恋了，而且他家也不亏，但易辞一直藏着掖着都没跟他说，害他吃瓜吃到自己家，心态崩塌。

易辞道："你跟叔叔回家吃饭吧，早饭你都还没吃。"

"那就……哎哎，爸！"江柚绿话还没说完，就被拉上了楼。

吴怡丽在三楼看到这笑了："这个老醋缸……"

易辞在家没待多长时间就要飞去国外了。

机场内，江柚绿有些闷闷不乐，这种感觉，一下子让她回到了大四那年，送他去国外读书的时刻。

又是漫长的一年才能看见他。

"你脸上是什么哭笑不得的表情？"易辞捏着她的脸。

江柚绿哭丧着脸道："我只要想到，我们只是短暂分开，为未来长久在一起而做准备，就感觉挺开心的，但一想到这个短暂分开还需要一年的时间，心情一下子难过起来了。"

易辞哑然失笑道："时间会过得很快的，等我回来。"

第三节 / 夏夜风淡

秋去春又来，到了研一下学期。

女生宿舍楼内，江柚绿正跟舍友收拾东西，明天她们要跟随导师去外地开会。

"你听说了吗？那个人居然是富二代？"舍友好奇地看着江柚绿。

"那个人"是江柚绿的追求者，研究生开学那天，江柚绿的路被一个男生的行李箱挡住。

那男生长了一米八几的大高个,但一个行李箱,怎么也拎不上台阶。被堵了三分钟,江柚绿实在是看不下去了,直接上前将那男生的行李箱拎上二楼报名处。也不知道那男生是不是喜欢怪力女,居然对她"一拎钟情"?

"倒不意外。"江柚绿道。那男生平时一双鞋都上万,说家里没有矿她才诧异。

舍友看着她:"你真的不考虑考虑他?他长得可以,家里也富足,虽然被你拒绝过,但一直没放弃你!"

江柚绿盖上行李箱,白了舍友一眼道:"你忘了我是有男朋友的人吗?"

江柚绿有男朋友这件事,开学第一天宿舍人基本上都知道了,虽然美女有男朋友她们不诧异,但是江柚绿谈了三年,打电话还像刚谈恋爱般甜,她们就羡慕得流泪了!

"说真的……"舍友突然笑道,"我们一直觉得你有男朋友是你拒绝那个人编出来的理由。"

倒不是说江柚绿有男朋友这事是假的,而是有个那么优秀的男朋友是假的!

"你男朋友长得根本就不像是日常生活里会出现的人好吗!那颜值,出道都绰绰有余,还那么优秀,跟你还是青梅竹马?"舍友想到江柚绿给她们看的男朋友照片后连连摇头,"这简直是偶像剧,我每次听都像是在听故事。"

江柚绿好笑地看了舍友一眼:"好了,你赶快收拾东西吧,都跟你说了不要再在我跟前说起那个人，我跟他没什么关系。"

舍友抿上唇，做了一个拉上拉链的动作。

江柚绿起身去阳台打电话。

还有一个月，易辞就要回国工作了，两家父母决定，等易辞回来，就先把他们的婚事定下来。

电话没响几声就接通了，入耳的是电钻激昂工作的声响，江柚绿怔了怔道："你那边在装修？"

易辞走到客厅，电钻的声音才稍微小了下来。

他道："隔壁留学生已经搬走了，房东正在重新装修。"

"留学生都走了，你怎么还要留一个月啊？"江柚绿嘟囔着。

易辞笑了笑，岔开话题道："你是明天到 A 市吗？"

江柚绿点点头："对，明天中午到，晚上会跟导师去参加大公司的晚会，长长见识。"

"那路上小心，注意安全。"

第二天晚上七点，A 市 ×× 公司。

江柚绿以为像这种国内知名企业办的晚会，应该跟上流社会的晚宴那般衣香鬓影，结果到了会场后发现，是电视剧让她想得有些多！

不过这次活动，倒是让江柚绿见到了已经搬出宿舍的另外一个舍友。

"过几天请你们吃饭啊。"那舍友笑眯眯地看着江柚绿，不像是有前嫌的样子，她坐在江柚绿身边，亲昵道，"我脱单了。按照宿舍文化，脱单请吃饭，过几天我会让我男朋友请你们吃饭！"

江柚绿其实跟这位舍友一开始关系还可以，但因为追江柚绿的那个人，这个舍友开始对江柚绿渐行渐远，甚至讨厌上了江柚绿。

　　那个人在研一开学没多久的时候就打听到了江柚绿的消息，但他不是直接追求江柚绿，而是先接触江柚绿的这位舍友。那个人喜欢江柚绿又害羞，想通过江柚绿舍友先刷一拨存在，结果大家都以为那个人喜欢的是这个舍友，这个舍友也因为男生的热情而对他动心了，可没想到最后那个人向江柚绿表白了。这让江柚绿跟这个舍友的关系陷入尴尬的境地，也不知道是不是因为"恨屋及乌"，这个舍友开始不喜江柚绿。

　　那舍友继续道："他是销售经理，年轻有为。第一次见到我就要了我的微信，如果没有意外，我们年底就会见家长，他说很喜欢我，恨不得明天就把我娶回家哈。对了柚绿，你男朋友是不是马上也要从国外回来了，到时候也带给我们见一见啊？"

　　另外一个舍友坐在江柚绿的左手边，她用手戳了戳江柚绿，颇为无语那舍友所说的话，对方就差没直白嘲笑江柚绿谈那么久恋爱，男朋友还不娶她了。

　　"我男朋友性格比较慢热，如果你想吃饭，我可以请你。"江柚绿道。

　　"别呀。"那舍友不依不饶，"不光是我，我男朋友听我说了你的男朋友后都想见一见，下一次我可以带我男朋友来。虽然你男朋友是海归，但现在国内工作可不好找，企业都讲究工作经验，有些人呢觉得自己花点钱出国就是海归，回国后找工作高不成低不就的……你让他们认识认识，说不定我男朋友还能帮上点忙……"

　　左边的舍友悄悄凑近江柚绿："她大概是还不知道你男朋友本科

毕业于M大的王牌专业吧……"

江柚绿摇了摇头，没再说话。

晚会很快就开始了。

江柚绿在看到××公司的老总出来说话时，很是激动。这可是她只能在手机电视上才能看见的名人，电商领域的巨头啊！

老总："三年前，我接触到了几名很有思想也很有能力的年轻人，我们公司最新推出来的这款产品，其最大胆最具突破性的设计便是来自这几位年轻人……"

"江柚绿！那个人是不是你男朋友？"左边舍友看见易辞的瞬间差点尖叫出声。这么惹眼的极品帅哥，不就是江柚绿给她看的男朋友的照片上的人吗？

不，本人比照片还要惊艳，因为那清冷出尘的气质，是照片表现不出来的！

江柚绿失神地看着出现在台上的易辞，他不是……还有一个月才回国吗？

易辞的出现吸引了在场无数人的目光，刚才还揶揄江柚绿的舍友愣愣地看着台上的男人。她虽然也看过江柚绿男朋友的照片，但只记得很好看，具体长什么样子已经忘记了。

"江柚绿，这不是你男朋友吧？你不是说你男朋友还没有回国吗？还是说，这是你男朋友，但是他背着你回国了，你却以为……"

"如果你不会说话就不要说话。"江柚绿打断那舍友的话，眼神微冷。

那舍友愣住，从未见过江柚绿这副样子。

这几年，江柚绿的讨好型人格也在易辞的影响下得到改变，让她感到不舒服的时候，她不会一而再再而三自己忍着了。

台上到了提问环节，有人问易辞为什么毕业后会选择××公司，有人问他为什么没有留在国外发展，也有人红着脸问及他的个人问题。

"我有未婚妻了。"易辞在台上温柔一笑，"她也在这里，今天我出现在这里其实没有告诉她，是想给她一个惊喜。"

台下起哄。

帅哥有女朋友也就算了，还会玩惊喜，真够酸的了！

左边舍友挑眉对另外那个舍友道："有些人还是少些小心眼比较好，不然我都怕她得红眼病。"

"哼！"

晚会散场后，出现在江柚绿身边的易辞惊得江柚绿的同学们目瞪口呆。

"那我先不回酒店了……"江柚绿跟左边舍友小声道。

左边舍友笑得见牙不见眼："你今天晚上不回来都行。"

江柚绿红着脸瞪了她一眼。

"走吧。"易辞对江柚绿道。

"等等。"有人喊住了他们。

江柚绿回头，出声的正是那个和自己有嫌隙的舍友。

那舍友看向易辞道："既然你回国了，麻烦你管好你的女朋友好吗？不要一方面有男朋友，一方面又去招惹其他男生！你知道吗，我们学校有个男生追了她两个学期，她连让男生不去喜欢她都做不到！"

江柚绿拧起眉头，她以前怎么没发现这个人有这么多毛病？

"是吗？"易辞低沉着声音开口，"我不知道什么时候，被人喜欢成了有问题的事情？"

他扭头看向那舍友："所以喜欢你的人，一定是觉得你各方面平淡无奇，很让人安心吧。"

"噗！"人群里有人笑出了声。

那舍友："？？？"

"我们走吧。"易辞握住江柚绿的手。

"你什么时候回来的啊？"走了一会儿，江柚绿发现易辞神色有些不对劲。

"那个男生是你刚上研一时说的那个人吗？他还在追你吗？"易辞问。

江柚绿："……"她就知道躲不掉。

"他不再追我了，只是还一直喜欢我。"江柚绿扯住他西服衣角，晃了晃道，"就像你的那些数不胜数的爱慕者！"

她说这话时忍不住吃味起来："也不知道今天你的爱慕者又会增加多少个？"

易辞笑看着她，回答她刚才的问题："昨天到的家。"

江柚绿想到昨天的那个电钻声，诧异道："你昨天该不会是在帮我们家监工吧！"

昨天她家在安热水器，吴怡丽晚上还发了一条朋友圈说告别太阳能。她还寻思着昨天明明是上班日，怎么家里面会有人。

易辞嘴角噙着笑。

江柚绿指着他嗷嗷道："我就说我妈去年还在担忧我跟你，怎么现在跟我打电话一口一个你，还松口让我们今年登记？说！是不是还做了其他我不知道的事情？"

"只是一些小事而已！"易辞道。

"啧啧，好感是积少成多的，细节决定成败。"怪不得江楚天今年过年还在感慨找女婿不能找太聪明的。

"什么时候放暑假？"易辞跟江柚绿并肩在月色下走着。

"嗯……应该是下下周。"

易辞点点头，想到什么道："易时谈恋爱了。"

"啊？"江柚绿震惊地看向易辞，"长什么样？多大？哪里人？有照片吗？我要看看！"

易辞渐渐眯起眼看着她。

"啊哦……我就是好奇！你不要误会！啊！"

易辞步伐突然加快，大长腿一走快，江柚绿就要小跑着追，她呼喊着："真的只是来自嫂子的好奇啊！亲爱的，你走慢点！"

易辞闻声放慢了脚步。

"抓住了！嘿，你走慢了！"江柚绿仰起头，笑意盈盈。

易辞嘴角抑制不住扬起，他侧过脸看向挽住他手臂的人："你刚才叫我什么？"

江柚绿愣了愣。

易辞看着她："再叫一遍我就原谅你。"

江柚绿的脸一红。

以前她看表姐谈恋爱，表姐喊对象什么宝贝啊猪猪啊，恶心得她鸡皮疙瘩都起来了。她谈恋爱后，她有时候也会给易辞的备注改得很是腻歪人。

果然，谈恋爱让她这个小时候上房揭瓦的猛女变得不再勇猛了。

江柚绿小声哼唧一声："亲爱的……"

易辞眸色一深："先别回去了，陪我吧。"

江柚绿瞪大眼睛，脸红成了虾米："我我……"她好像腿毛还没刮，内衣也不是一套的，不对……她第一反应怎么会是这些东西……

"我还没准备好。"她低下头握紧拳头艰难道，双耳都快要冒出烟了。

可她听到的是一串压抑不住的笑声！

江柚绿诧异地抬头看向易辞。

"我让你陪我吃个晚饭，你在想什么呢？"易辞揉着她的脑袋，眼眸明亮，笑容蛊惑。

江柚绿恨不得遁地而逃，虽然只有三秒的工夫，但她刚才已经连跟易辞的孩子名字都想好了！

第四节 / 最后

江柚绿跟易辞领结婚证那天是江柚绿的生日，盛夏七月十七。关于婚礼的日子，两家人讨论半天也没有结果，最终还是江柚绿提议，定在来年冬天，也就是易辞生日这天，她想让彼此的生日都特别有意义起来。

江柚绿在老县城的家也要搬了，因为老县城的城市规划，要拆迁了，新家也搬到了新县城。

现在正是晚饭点，巷子里却不复记忆里小时候那般热闹，许多人家已经搬走，江柚绿家的那栋楼，也只剩下两三户人家。

江柚绿与易辞沿着他们走了二十几年的巷子慢慢踱步。

"我还记得小时候每次放学，你就站在你家阳台，盯着我，每次我一抬头都能被你吓一跳。"江柚绿指着四楼的阳台，回忆起来满是笑容。

易辞笑着点头。

"我要拿手机录个视频，留作纪念，下一次来，这里说不定已经变得我不认识了。"江柚绿扭头对易辞甜甜道，"亲爱的老公，能不能麻烦你去你家阳台，站在那里给我拍一个远景呢？我待会儿会从巷口走进来，你给我录个视频。"

易辞宠溺道："好。"

易辞一上楼，江柚绿就跑到巷口处，穿上已经准备好的衣服。

易辞来到四楼阳台处时，发现巷子里没有了江柚绿的身影，他愣了愣，朝四周看去，巷口突然出现一个穿着校服扎着马尾的小姑娘。

他眸光一滞，手抓紧护栏。

易时："你说你怎么这么尿呢？还怕什么东窗事发？"

江柚绿："你再说，小心我这个知情人告诉顾阿姨易叔叔！"

易时："别呀，江柚绿！你还讲不讲义气了，我把你当朋友才带你去的复印店，你要这样做，可就不够朋友了！"

江柚绿："喊，这么不相信我？成绩单还给你，你放一百二十颗心好了，我不会说的。"

语毕，她陡然感觉后背一凉，回过头定睛一看，果然在四楼阳台那里，看见一道修长清瘦的身影，此时对方正盯着他们。

"……"江柚绿低下头，暗呼倒霉，脚步加快。

与记忆里无数次抬头一样，江柚绿看见了四楼的易辞。

"易辞哥！"她脸上突然绽放出笑容，冲着阳台上失神的人挥着手，大声喊着。

易辞一下拉回思绪。

"易辞！"

她朝他跑来，毫不犹豫地、开心地朝他跑来。

易辞眼里溢满温柔，笑了。

（全文完）

番外

住在我家楼下的"女炮灰"

"江柚绿！江柚绿！"

巷内的大院里，熟悉的中年女音回荡着。

易辞站在自家走廊上，先是听到一声清脆的"哎"，随后一个扎着高马尾的小姑娘从某家住宅冲出来，像是草原上的土拨鼠，仰起了脑袋，目光锁定在呼唤她的老母亲身上，一个激灵。

"还不死回来吃饭！"吴怡丽拿着锅铲站在家门口咆哮。

易辞就看见那少女像一阵风，从对面的居民楼蹿回到自己家。他在四楼，都听见了她慌慌张张上楼的脚步声，随后是她家那扇铁门的关门声，跟地震一样巨响，最后是那扇门都挡不住的吴怡丽训斥声。

"一天天的，净往人家家里跑，你看看你还有点女孩子的样子没！匪得跟楼上的易时一样……"

他挑眉。

"哥，你在阳台待着干吗？"身后，易时好奇地问他。

他转过身道："在看你平时有多匪。"

"啊？"易时愣住，"我不就在你跟前吗？"

他眸光闪了闪，拍了拍易时的脑袋，留下易时一脸蒙圈地站在阳台。

嗓门大、狗腿、不知道脸皮为何物。

这是易辞对江柚绿一开始的印象，那个时候他是真的有些嫌弃住在他家楼下的女孩，经常搞不懂弟弟为什么会跟这样的女孩子整日在大院里上蹿下跳，吵得让人头疼。

"你说这丫头一点儿都没有女孩样，长大谁降得住？"春日里，吴怡丽织着毛衣，在三楼的阳台与顾媛晒着太阳说着话。

"降得住是什么啊？"易时突然从屋子里冲出来，一把抱住顾媛。

江柚绿在屋里要打要杀地喊："易时，这局你输了，你收拾！"

吴怡丽朝顾媛撇撇嘴道："你听听这大嗓门。"

顾媛笑着道："长大就好了。小孩子小时候都这样，更何况我们院子里男孩多，她难免男孩子气点。"

"妈，你还没有回答我呢。"小小的易时不依不饶。

"降得住就是害怕，看见这个人不敢闹脾气，你这小人儿有害怕的人吗？"吴怡丽逗趣着易时。

易时点点头："我哥，我爸。"

顾媛跟吴怡丽相视一笑。

易时想了想，又道："江柚绿也怕我哥，让我哥以后降她吧。"

在家正看《西游记》的易辞突然听着楼下俩女人的大笑声，他皱了皱眉，调大了电视机的音量。

女妖精："唐长老，你看看我如何？"

猪八戒："不如今日我们就散伙，我回我的高老庄……"

易辞越发觉得猪八戒真的是猪队友。

在易辞的记忆里，他九岁那年，父母做生意失败了，欠了很多钱。往后的两三年里，他见识到什么叫人情冷暖世态炎凉。

最明显的变化就是以前每逢过节，家里总是会来许许多多的叔叔阿姨，热情地问候他们，而家里的电话，从早上到晚上，一刻也不曾停歇。

他家做生意失败后，昔日里热情似火的人仿佛人间蒸发一般，消失了。甚至以前跟他玩得好的那些朋友，都被父母教导着不许与他接近。

"易辞，我妈妈说你家破产了，你是穷光蛋了。"

"易辞，我听说你家有可能还不起钱要坐牢。"

……

虽然父母口头上从未说过什么，觉得他还小，但他已经敏感地察觉到家里的变化。

一些院里的邻居，以前见到他家人都会热情地打招呼，现在他看见他们看到他，背对着他小声嘀咕着，随后笑声连连。他见识到一张张隐藏在笑意盈盈下的真实嘴脸，体会到人心隔肚皮。

他照常去上学，只不过再也不从以前上学的大路走，而是一个人从那些小路去上学，绕开那群往日里会见到的同学。

他的性子开始变得沉默，开始讨厌许许多多的人。

直到一日，他在小路上发现江柚绿。

她惊奇地看着他："哥你也知道这条秘密通道？"

他无语，快速走着，身后的江柚绿背着书包小跑追着他。

"哥你等等我啊！"她追上他，好奇地问，"哥，我妈说你家破产了，破产是什么意思？我听门口小商店的阿姨说是你家没钱了……"

他一下站住脚，目光凛冽地看着她，她缩了缩脖子。

"你要说什么？"他冷着声音，她要来嘲笑他吗？

"我就是好奇……为什么最近大家都在说你家破产了……"她低着声音。

"做生意，很正常。"他梗着脖子面无表情道。

江柚绿小心偷瞄他一眼，发现他没发火，立刻笑眯起眼睛："对嘛！其实是没什么事对吧！我家也没钱啊，为什么他们要大惊小怪你家突然没钱，你家又不是要养他们？"

她开心地继续道："放学的时候我同桌跟我说，我跟易时在一起玩很丢脸，可你家以前有钱的时候我家也没钱，易时也没说不跟我玩啊，为什么现在没钱了就丢脸了？我觉得我同桌说得不对，所以今天不跟她一起回家了，让她反省反省！"

她说到最后挺起腰杆，似乎觉得自己找到了赞同她观点的同盟者。

她道："易辞哥，回家吧！"

易辞看着她蹦蹦跳跳的身影，心里有些错愕。

结果第二天，他又在那条小路看到了她，她身边围着两三条花色小奶狗，摇晃着小尾巴。

"哥。"她看见他，跟他打了一声招呼，然后继续拿手中的火腿肠喂那些小狗。

应该是附近的流浪狗。

他敷衍地"嗯"了一声，继续往前走。没想到她逗弄着小狗，那些小狗追着她跑了起来。

他僵住，看着突然蹿到自己脚边的小狗，忍无可忍道："江柚绿你能不能去旁边喂啊！"

"易辞哥你怕狗啊？"她像是发现新大陆般惊奇道。

他没说话，也没有动，只是瞪着她，脸色很不好。

她蹲下身抱起一条白色小狗，道："这些小狗很可爱的，哥你……"

"汪汪汪！"远处，有狗狂吠，朝这边狂奔过来。

"快把手里的狗跟火腿肠扔了跑啊！"他一把拽起呆住的她，生平第一次吼人。

那天的回忆不怎么美好，好在母狗没有追他们很远，他跟她最后都没有事。

他跑得气喘吁吁。

罪魁祸首抠着手，说："哥……对不起……"

他气极无语，为什么有些人可以又笨又蠢？

那条小路他怕是再也不能走了。

下午放学的时候，他在教室里待了十分钟后才起身回家，没想到在学校大门口，又看见了江柚绿。

看见他，她眼前一亮，跑到他跟前噘着嘴抱怨道："易辞哥你怎么才出来，我还以为我把你看漏了。"

"你在这儿干吗？"

"我等你一起回家啊！我怕你从小路走看到狗，会害怕。"

他看着面前天真无邪的脸，一瞬间心情有些复杂，不知道是因为她看出他怕狗，还是因为其他什么原因……

他没理她，从大路上走着。

江柚绿就围着他团团转，像那些小狗。

"欸，易辞哥，你不从小路走了啊？"

"那我还带了两根火腿肠傍身。"

她像只麻雀叽叽喳喳说个不停，他有些头疼："闭嘴！"

"哦哦，好……"

可没过一分钟，她又开始了。

"易辞哥，那你以后走哪条路啊？我……"

"……"

自那以后，她天天跟着他一起放学，生怕他突然又想走小路一个人遇见狗就不好了。

他不知道该说她担心过多，还是该说她很笨，不会看人眼色，明明有时候他都不想理她，她却追着他一口一个"易辞哥"地叫着。

可习惯是一件很恐怖的事情，当他有一天没在校门口看见江柚绿时，他不安地折回头，去了她的教室，看见了冻僵的她。

又小又可怜，看见他，还努力地在笑。

他以为除了家人，没人再能牵动他的情绪。

可是，她做到了。

那几年里，他爸妈为了还债，比以前做生意时更忙碌了，日日见不到人影。每天他放学回到家，面对的就是一个没有生气的房子。

他习惯地去厨房煮方便面，煮给自己跟易时吃。

"哥……我不想再吃方便面了。"易时哭丧着脸。

"其他的我不会做。"他道。

话音刚落，敲门声便响起。

楼下又来送东西了……

"哥，这是蒿子馍，我妈做的，可香了。"门口捧着盘子的小人儿看着他，咽着口水，"里面放了腊肠丁，特别好吃，你快尝尝。哦，这蒿子还是我跟我在妈路边采的呢！"

她目光熠熠，似乎在等待他的夸奖。

他轻轻道："路边的野菜尽量不要吃，受到过各种污染。"

当晚，江柚绿跟吴怡丽上吐下泻，进了医院。

他时常觉得江柚绿的少根筋是遗传她妈妈吴怡丽，而以前他对吴怡丽也喜欢不起来。

因为吴怡丽经常会在他妈面前说场面话，背地里又让江柚绿不要跟易时学不好，好像江柚绿的调皮捣蛋，都是从易时那儿学来的。

可这么一个市井的妇人，在他家落难后，经常照顾没有饭吃的他跟易时。

吴怡丽能看出来易辞跟易时的不好意思跟拘谨，她就跟他们说："你妈给了我伙食费，你们吃啊，不然你妈妈辛苦赚来的钱岂不是被你们浪费了？"

那段时间，江家等于他跟易时的半个家，常常他坐在江柚绿的屋里写作业，听见吴怡丽咆哮江柚绿跟易时把客厅弄得乱七八糟。

只是江柚绿跟易时闹得再凶，也会小心翼翼地不打扰他学习，笨拙地以自己的方式对他好。

她虽然不怎么聪明，却比易时更能察觉到他的不开心，然后想办法让他开心。

"易辞哥，吃糖吗？我留了三块，没给易时哦。"笑容满分的江柚绿上线。

"易辞哥，你怎么这么聪明，哇，又考一百分！"狗腿江柚绿上线。

"易辞哥……"

好在三四年后，他家渐渐走出困境，日子又像从前蒸蒸日上了。

有一天，他无意听见顾媛很感激地对吴怡丽说："谢谢你那段时间对我们家易辞、易时的照顾。"

吴怡丽"嘻"了一声道："都是街坊邻居。更何况，只是添两双筷子的事情，小孩能吃多少米？"

他这才知道，他妈从来都没有给过什么伙食费。他也应该想到，那段时间他家都那样了，哪还有什么闲钱给人去照顾他跟易时。

永远不要给一个人轻易下定义。

这是那几年他学到的道理。

他家门庭再次若市起来，喜欢善变的人依旧善变，从未改变的人未来也一直未变，他看着这一切。

步入青春期后，"喜欢"成了他经常听见的词。

"这些人的青春里除了情情爱爱，就没有点化学方程式吗？"

放学路上，他听见走在他前面的江柚绿义愤填膺地发言，下一秒，她对身边的女孩子道："你说，是哪个又向易时告白了！"

他看着她的背影。

青春期的女孩总是抽条得比男生要早，他虽大她两岁，但是也没有比她高出很多。

旁边的女生不知道说了些什么，江柚绿勉为其难道："好吧，那你把信给我吧，但我不能保证，你会收到反馈。"

旁边的女生一下激动起来，拿出绿色的信对江柚绿道："你帮我送到就行，下午我请你吃冰激凌！"

"这可是你说的哦！"她一下子笑了起来，眉眼弯弯，光洁饱满的额头上有一颗红色的青春痘，却平添了几分可爱。

他听见身侧有低年级的男生小声地讨论："就是那个笑起来的女生，初二年级的，有没有特别可爱？"

"算了吧，你没看见人家跟易时玩得很好吗？是易时哎，你还是回炉重造一下吧。"

他眸光暗了暗。

下午上学的时候，易辞收到了那封他看见的绿色信封，准确来说，江柚绿带给他的是厚厚一沓。

"哥，这些都是学姐学妹让我送给你的信。"她眼神天真，似乎不知道手中的东西是什么一样。

装！他在心里吐出一个字，沉默地收下。她见他收下，很是高兴地去上学了。

初中的校门口就几家小卖部，他在冰激凌店门口守株待兔，一把抓住收好处的江柚绿。

她惶恐不安。

好像在易时跟前，她展现的都是她最真实的一面，她会朝易时大吼，会跟易时开玩笑，会追着易时打闹，但一看见他，她就像老鼠看见猫，说话细弱蚊蚋拐弯抹角，行事小心翼翼，甚至习惯性看见他的脸上挂着假笑，有点讨好他的意味。

于是戳穿她，就成了他乐此不疲的事。他逐渐喜欢看见她慌乱到手足无措的样子，喜欢看见她被他欺负得委屈巴巴敢怒不敢言的样子，他骨子里少年人的劣根性，在她跟前展现得淋漓尽致。

别人夸他懂礼貌成绩好很完美。蒋飞说他心思细，冰山性格下其实有一颗温暖的心。

其实，在经历了那几年的人情冷暖后，他习惯与人保持距离，沉默地看着一张张笑意面孔下的真实面孔，他心底深处，其实住着一个阴暗别扭的怪物。

易时说自己叛逆是想摆脱他的影子，想让别人注意到自己，可是易时不知道，或许也是因为父母觉得他很优秀，什么都可以做得好，所以易时得到父母的注意力就比他多。

逐渐地，他喜欢什么讨厌什么不会去说，希望有人能猜得到，生气也不会说理由，希望有人能够去哄着他。

他像只别扭的小兽，希望有一个人能够一颗心都捧给他，给他很多很多的爱。

而这些，笨蛋江柚绿都能做到。

"哥，我错了……"她撇着嘴像是受害人一般委屈。

他平静的眸光下暗流汹涌，警告她不准再帮别人给他送信。

她乖巧地点了点头。

那几天，她格外讨好他，努力顺着他的毛。

易时跟他说，他这个样子只会让女生更加不敢接近。

他想，他只要那一个就好。

江柚绿初三补课，他好像真的把她凶得后来两年看见他如同惊弓之鸟。

但他忍不住，他辅导易时功课时都没有那么头疼过，她笨也就算了，还像乌龟一样慢吞吞，非要人推着才肯学习。好在，过程虽然辛苦了点儿，她还是打擦边球上了一中，又在他眼皮底下了。

从初三开始，她的脸上就开始长青春痘，上了高中，她因为满脸青春痘而自卑。

他看见有男生玩游戏找她要联系方式，随后跟同伴嘲讽她丑，不屑丢掉手中那张字条，她眼眶红了起来。她走后，他以年级纪律委员的身份记了男生随手扔东西五分，扣的还是班级分数，男生自然逃不掉被班主任惩罚。

他虽不喜别人觊觎她，但也不允许别人轻贱她。

"哥，你如果想江柚绿不那么怕你，就自己对她好呗，干吗一直

· 280 ·

让我多照顾她？"易时好奇地问他。

他瞥向易时，说得轻描淡写："你不是扛把子吗？"

"那是！嘿。"少年不懂哥哥的心思，满脸笑容打着包票，"这事就包我身上了，有我在，没人再敢欺负她！"

他垂下眼睑，囿于沉默。

他开始在角落里看着她跟易时打打闹闹，目光里的情绪已经不再是当年的意味。

当他发现江柚绿一颗心偏向易时时，才惊觉自己做错了一件事。

喜欢这种事情，怎么能让别人去替他做？

他只能一点点慢慢来，去改变她对自己的害怕。

好在老天也给了他一次机会，兜兜转转，把她又送回到他的身边，他再次给她补课。

他看着再次坐在自己身边战战兢兢的少女，叹了口气，路漫漫其修远兮。

高三毕业，叶声晚向他告白时，说他是光。

其实每个人一生都在追寻着能够照亮自己的光，只是有些光因为存在距离，误以为它是发光的，就像天上的月亮，一开始人们认为月亮是会发光的，但如果没有太阳，人们是看不到月亮的。

他就是那个月亮，一轮孤独的月亮，有着不愿意示人的一面。

而等待总是漫长孤独的，他等着她，怕有些话说早了，她就被吓跑了，于是他开始努力地在为未来铺路，用尽心机，一点点地融入她的世界。

好在，虽岁月漫长，但值得期待。

"易辞哥！易辞！"

当她喊着他的名字朝他奔来时，他满眼温柔，他知道，他漫长的等待结束了。